風魔

（上）

宮本昌孝

祥伝社文庫

目次

第一章　風神《ふうじん》の子

一

神と閻魔《えんま》の同居する山であった。

箱根《はこね》山塊《さんかい》の最高峰ゆえか、山名を神山《かみやま》というが、北側中腹の爆裂火口の跡《あと》は、大地獄とも閻魔台ともよばれ、人を寄せつけぬ。草木はほとんど育たず、風化した岩石ばかりのその硫気荒原《りゅうきこうげん》から立ち昇る噴煙は、むせるような硫黄《いおう》のにおいを撒《ま》き散らし、あたりを白っぽくしている。

風が、飄々《ひょうひょう》と叫んだ。噴煙が吹き流されると、うす白く靄《もや》のかかった空と、まだ雪消《ゆきげ》には至らぬ天下一の秀峰、富士《ふじ》が現れた。

神山も、硫気荒原を除けば、全山鬱蒼《うっそう》たる原生林に被《おお》われ、木々の根元に残雪が見える。この地では春花のさきがけで咲く一輪草《いちりんそう》が、薄紫色の小さな花びらを、まだ寒そうに風にふるわせている。

樹間を吹き抜ける風の音に混じって、何かを叩く小気味よい調子の音が響く。ぶなの木の幹にとまった赤げらや青げらが、くちばしで幹を突《つ》つき、樹皮の下の虫をついばんでいた。

「神はどこじゃ」

どこかで人声がする。童《わらべ》のようだが、声だけでは童男童女《どうなんどうにょ》いずれとも知れぬ。

「ずっと奥」

こたえた人の姿もまた、どこにも見あたらぬ。こちらの声の主《ぬし》は、どうやら男の子と思われる。

「いきどまりではないか」

「音と匂いがする」

しばし、声が途絶《とだ》えたあと、

「女の神か」

また童が訊《き》いた。

「風神《ふうじん》は風の神だよ」

「いつもばかじゃな。神も人と同じで、男と女があるのじゃ」

「姫《ひめ》はいつも物知りだなあ」

ばかと嗤《わら》われた者の声は明るい。

両人の姿が見えぬのは、洞窟《どうくつ》の中に身をおいているからであった。

自然の造形であろう、山頂周辺のぶなの森の急斜面の一部が、そこだけ岩肌をむきだしにし、下方へ斜めに穿《うが》たれた洞窟となっている。夏ならば、緑に被い隠されてしまうことであろう。

洞窟の口は、円形に近い。さしわたしは、七尺《しゃく》ほどか。中へ入れば径《けい》は一挙にすぼまり、三間《けん》も進むと、あとは栗鼠《りす》や兎《うさぎ》などの小動物がようやく這入《はい》りこめるていどの狭さとなる。さらに奥は闇である。

いま、もし人が、陽光の射《さ》し込むこの洞窟の中を一瞬しかのぞき見なかったとしたら、その姿を栗鼠と見誤ったとしても不思議はない。岩床にうつ伏せになり、躰《からだ》をいっぱいに伸ばして、最奥のすぼまりへ鼻をくっつけている小狩衣《こかりぎぬ》姿の童女は、それほど可憐《かれん》であった。実際、栗鼠のようにまるい大きな瞳《ひとみ》を、好奇心に輝かせている。

姫とよばれたこの童女、名を龍《たつ》という。

こんなあられもない振る舞いにも、匂い立つ気品を隠せないのは、よほど高貴の血筋ゆえであろうか。

龍姫の前髪はふわふわと揺れ、長い睫毛《まつげ》もふるえていた。すぼまりから吹き出る風になぶられているのである。口笛のような音も絶え間ない。この洞窟は風穴《ふうけつ》であった。

龍姫の後ろで、できるだけ光を遮《さえぎ》らぬよう、岩壁の一方へ寄せた躰を、それこそ七《なな》重八重《えやえ》に折り曲げた窮屈きわまるかっこうの者を、これも人が見たら、冬眠から覚《さ》めたばかりの熊とでも思うに違いない。

その顔かたちは見えぬ。風穴の天井へ片頬《かたほお》を押しつけ、顔の前で双腕を交差させているからであった。両手も、押し上げるように天井へつけている。

風穴は風神の住まいであり、箱根一円を吹きわたる風は、神山風穴より起こる。そう信じる一党の中に生きる少年であった。きょうは、風神の住まいを見たいという龍姫を、春の訪れを待って、はじめてつれてきたのである。

「しかと女の神じゃ」

ひとり決めにきめつけた龍姫が、ちらりと少年を振り返る。が、なんの応《いら》えもない。

龍姫は、尻下がりに、少年の足もとまで戻った。そこでは、龍姫の身の丈《たけ》ならば、ほとんど立てる。

「なぜ女の神かと問い返さぬ。そちたちにはいちばんの大事じゃろう」

少年を叱《しか》りつけた龍姫は、艶《つや》やかな頬をぷっとふくらませている。

「なぜ」

と少年は問い返した。

「それでよいのじゃ」

龍姫の機嫌が直ったので、少年は腕のかげに隠れる唇をほころばせた。

「風は内侍《ないし》のにおいがした」

その龍姫のことばの意味を、少年はすぐに察することができた。龍姫が内侍とよぶのは、亡《な》くなった乳母《うば》の内侍典《ないしのすけ》であろう。

風穴より吹きいずる風を、少年の鼻は母の乳《ちち》の匂いとおぼえる。だから、ここへくると心が安らぐ。

そうと感じる者は、これまで、ほかにいなかった。風神を守護神として祀《まつ》る一党の人々は、風穴より起こる風の匂いを鳳凰《ほうおう》の血のそれであると畏怖《いふ》する。言い伝えでは、風神の化身《けしん》が鳳凰であった。鳳凰の羽が一本抜けて宙に舞えば、たちまち大風を起こす。羽が抜けるとき血が匂うという。言うなれば、少年ひとりの嗅覚《きゅうかく》が尋常ではなかった。

ところが、龍姫も乳母の匂いがすると言ったではないか。なればこそ、風神は女の神かと訊《たず》ねたのに相違ない。

「姫。暖かくなったら、またこよう」

少年の声はやさしい。だが、龍姫は気に入らぬようである。

「暖かくなれば風神は出てくるのか」

「出てくる」

うれしそうに、少年は断言した。

大きな翼をもつ美しい女人《にょにん》。そのふくよかな乳白色の裸身は、眩《まぶ》しいばかりの光に包まれている。山に春陽の盈《み》ちる時季《じき》、風穴に抱かれた心地よきまどろみの中に、その御姿《おんすがた》は出てくるのであった。いまはまだ、箱根の山は、龍姫を午睡《ひるね》に誘うには肌寒い。

そんなことを言おうとした少年だったが、龍姫にぴしゃりとさえぎられる。

「なれば、はじめから、妾《わらわ》を暖かい日につれてまいれ。ほんとうにばかじゃな」

「うん……」

龍姫の言うとおりだと思った少年は、少ししゅんとしてしまう。

「小太郎《こたろう》」

と龍姫は、少年の手をとった。

「道々《みちみち》、若菜《わかな》を摘《つ》んでまいろう」

存外《ぞんがい》やさしいところもある姫君である。

いつのまにか、風穴の前のぶなの木の枝に、猿が十四余りもすわって、風神の住まいの中を見下ろしていた。ところが、猿たちは、中からのっそりと出てきた人の姿に、威嚇《いかく》されたわけでもないのにおどろいて、あるいはべつの木へ飛び移り、あるいは転《ころ》がり落ちて、逃げてゆく。樹林に憩《いこ》っていた鳥たちも、猿の群れの急激な動きに危険をおぼえたものか、一斉に飛び立った。羽音と鳥獣の鳴き声が、全山に響きわたる。

ひらひらと降ってきた葉が数枚、小太郎の足もとに落ちた。

魁偉《かいい》、というほかあるまい。

とてつもない巨人であった。小太郎の身の丈、風穴の口の径に達する。紐《ひも》を左肩にかけまわして、右腰から垂《た》らした革《かわ》の袋も、小太郎の巨軀《きょく》に比《ひ》せば、さしたる大きさに見えぬが、実際には、龍姫の躰を収められるであろうほどの大袋であった。

いたずらに巨《おお》きいだけの体軀でないことも、筒袖《つつそで》より突き出る陽《ひ》に灼《や》けた双腕の見事さから察せられる。革の胴衣《どうい》と軽衫《かるさん》の下に一領《いちりょう》、堅固《けんご》な筋肉の鎧《よろい》を着《つ》けているに違いない。

最もおどろくべきは、その異相であろう。茶色がかった毛、長い頭、深い眼窩《がんか》と黒耀石《こくようせき》のような玻璃光沢《はりこうたく》に富む双眸《そうぼう》、高い鼻梁《びりょう》、両頬に深く切れ込む唇。南蛮人《なんばんじん》と見紛《みまご》うばかりではないか。

しかし、混血ではなかった。父も死んだ生母も相州《そうしゅう》の人で、いずれも容貌《ようぼう》尋常である。

かくも破格の異形《いぎょう》の者を、人の子とは誰も信ぜぬ。ゆえに、一党の人々は、小太郎をこうよぶ。

「風神の子」

箱根一円、長老たちですら初めて遭《あ》ったと恐れたほどの大風が吹き荒れた日に、小太郎が生まれた事実は、まさしくその称《しょう》にふさわしかった。鳳凰の血の匂う神山風穴で、居心地《いごこち》よく午睡できるのも、風神の子なればこそと皆は信じている。

小太郎は、龍姫を背負って、くるりと向きをかえると、笑った。笑み崩れた異形の貌《かお》は、決して恐ろしいものではない。明るい潤《うるお》いを湛《たた》えて、なんともいえぬ可愛げがあった。冬枯れが終わって、万物の生気づく春の山の姿は、笑うが如《ごと》し、と形容されるが、それに似た清々《すがすが》しさを、小太郎の笑顔は感じさせる。

「やあ、また会《お》うたな」

小太郎が笑いかけた対手《あいて》は、風穴の口の上の岩に、ちょこんと腰を下ろす老猿《ろうえん》であった。

この老猿が、巨人を目の前にしても逃げぬのは、知り合いだからである。幾度か小太郎の笑顔に接すれば、敵でないことが獣《けもの》には判《わか》るものらしい。

老猿が腹をすかしているのは、痩《や》せこけた躰と悄然《しょうぜん》たる風情《ふぜい》から明らかであった。猿は、餌《えさ》の得られにくい冬に備えて、秋のあいだに木の実を拾うなどして、これを貯《たくわ》えておくのだが、群れを離れた老猿にはたやすいことではあるまい。

「見知った猿なのじゃろう。にぎり飯《めし》をやるがよい」

小太郎の大きな肩ごしに顔をのぞかせた龍姫の眼にも、老猿は飢《う》えていると知れたようだ。革袋の中に、龍姫が汗をかいたり、雨に濡《ぬ》れたときのための着替《きがえ》の召物《めしもの》ひと揃《そろ》いと、ふたり分のにぎり飯が入っている。

ところが、にぎり飯を出さぬばかりか、なんの返辞《へんじ》もしない小太郎に怒った龍姫は、目の前の無造作《むぞうさ》に束《たば》ねられた総髪《そうがみ》を引っぱった。

「なぜにぎり飯をやらぬのじゃ」

それでも小太郎は、老猿を置き去りにして、急斜面をひと息に駈《か》けのぼる。

木々をいちども足がかり、手がかりに使わず、山頂の尾根道《おねみち》へ達した小太郎の力強さと敏捷《びんしょう》さは、老猿の目には驚異と映《うつ》ったであろう。

巌《いわお》みたいな背から下ろされた龍姫は、振り向けられた小太郎の顔に身をすくませた。ちょっと恐い。

小太郎のちょっと恐い顔は、余《よ》の人の物凄《ものすご》く恐い顔である。だが、龍姫は、唇を噛《か》んで、泣きだしたくなるのを怺《こら》え、睨《にら》み返した。

「姫。獣も、誰かが餌をくれると判れば、あてにするようになる。すると、おのれで餌を獲《と》る力は萎《な》える。その力が萎えれば、獣は死ぬ。老いれば、なおさらだ」

「いちどぐらい……」

とふるえ声で言いかけた龍姫に、小太郎はゆっくり大きくかぶりを振ってみせる。表情をすでに和《やわ》らげていた。

小太郎には、あの老猿がにぎり飯をもらったら、そのあとどうなるか見えている。人間の姿を探す。それでまた餌を頂戴《ちょうだい》できればよいが、できなければ盗むか、あるいは襲う。いずれにせよ、かえって打ち殺されるであろう。それは、野生の獣の尊厳をみずから汚《けが》す最期《さいご》というほかない。

「妾《わらわ》が飼う」

龍姫は宣言した。

「姫が猿を飼うのか」

負けずぎらいの龍姫らしい。小太郎はおかしくなった。しかし、笑わなかった。いやな気配を感じたからである。

二

この尾根道は、南北にのびていて、南は駒《こま》ヶ岳《たけ》へ、北は冠《かんむり》ヶ岳《たけ》へ通じる。北から、山伏《やまぶし》がやってくるのが見えた。三人である。

神山も駒ヶ岳も山岳信仰の霊山《れいざん》なので、修行者《しゅぎようじゃ》が往来することに何ら疑念はない。箱根権現《ごんげん》の衆徒《しゅうと》ともなれば、小太郎が見知っている者も少なくなかった。

（あの三人は修行をしにきたのではなさそうだ……）

風に運ばれてきたかれらの匂いが、それを小太郎に教えてくれた。こういう匂いは、風神の子、小太郎だけが嗅《か》ぎ分けられる。

「猿をつれてまいれ」

憤然《ふんぜん》とする龍姫を、小太郎は、素早く抱きあげて背負うと、

「海を見にゆこう」

唐突に言いだして、尾根道を南へ駈け下りはじめた。

箱根山中で、海といえば、芦ノ湖《あしのこ》をさす。当時は、箱根の海、芦ノ海などとよばれていた。芦の名は、岸辺に芦の群生することが由来であろう。

龍姫は、芦ノ海が好きである。

「妾を誑《たら》そうというのじゃな。猿のことは忘れぬぞ」

「ご勘弁《かんべん》」

「勘弁ならぬ」

「ご勘弁」

「勘弁ならぬ」

それからなお幾度も、小太郎が声色《こわいろ》を変えてはご勘弁と謝《あやま》るので、とうとう龍姫も笑いだしてしまった。

その間も小太郎は、たくさんの落ち葉を舞いあげ、左右の景色を後方へすっ飛ばしてゆく。

なんという迅《はや》さか。両足は、送るというより、回っている。宙を飛ぶような走りと

は、これを言うのであろう。現実に、地を蹴《け》る足音はほとんど聞こえぬ。

　自分を追って山伏たちも走りだすところをちらりと見た小太郎だが、いまや急速に引き離している。とても追いつけぬと判れば、かれらもあきらめるであろう。

「あ、海」

　追われているとは知らぬ龍姫が、歓声をあげた。森が途切れて、わずかにひらけたところから、芦ノ海が見えたのであろう。

「戻れ、小太郎。海を見たい」

「山を下りれば、目の前で見られる」

　山上から眺《なが》め下ろす芦ノ海の姿の美しさは格別であることを、むろん知っている小太郎だが、いまはその暇《ひま》はない。

「戻れ」

　龍姫は小太郎の髪を引っ張る。

「御意《ぎょい》のままに」

　何を思ったか、小太郎はにわかに翻意《ほんい》し、向きを変えた。

　龍姫の見つけた展望のきく場所まで戻ると、小太郎は、龍姫を背負ったまま、路傍《ろぼう》の丈高いひめしゃらの木の幹に手をかけ、するすると登った。さながら、大猿である。

高さ三丈《じょう》近いところでとまると、そこから谷側へ向かってのびる太枝《ふとえだ》に、革袋の紐をしっかり結びつけた。そして、龍姫の躰を、足から革袋の中へすっぽり収めてしまう。太枝がしなった。

そこからは、眼下に、瓢《ふくべ》の腰のくびれより上の部分を、一望できる。芦ノ海は、かたちが瓢に似ていた。

「姫だけの桟敷《さじき》だ。心ゆくまでご覧《ろう》じよ」

龍姫へにっこり微笑《ほほえ》みかけてから、幹を伝いおりた小太郎は、尾根道の上下を素早く見渡す。

山頂のほうから、三人の山伏。下からも、同じく三人の山伏が、錫杖《しゃくじょう》の鐶《かん》を鳴らしながらやってくる。小太郎がにわかに道を戻ったのは、往《ゆ》く手もふさがれたからであった。

山頂からの三人が、先に着いた。いずれも肩を喘《あえ》がせている。小太郎がさいしょに見たとき、かれらは笈《おい》を背負っていたはずだが、いまはそれがない。追走するのに重荷となって、捨てたのであろう。

「風間《かざま》入道《にゅうどう》峨妙《がみょう》の倅《せがれ》、小太郎だな」

宰領《さいりょう》らしき男が念押しするように言った。殺気立っている。

「知ってて、やってきたんだろう」

小太郎の口調は、のんびりとしたものだ。

「噂《うわさ》にたがわぬ化け物よな」

「おれが噂になっているのか」

「風間小太郎は、風魔《ふうま》一党二百人の中で、隠れもなき大男。身の丈七尺に余り、筋骨荒々しく瘤立《こぶだ》ち、目は逆《さか》しまに裂《さ》け、黒ひげに被われて耳まで裂けた大口より四本の牙《きば》いずる、頭は福禄寿《ふくろくじゅ》もおどろく長さで、鼻も天狗《てんぐ》と見紛うばかり」

「それで、あんたの目にも、そのとおりに見えるんだ」

「化け物は化け物ではないか」

挑発するように、宰領は嗤った。

小太郎は、たしかに躰の巨大さは、人をして瞠目《どうもく》せしめるが、目は逆しまに裂けておらぬし、まだひげを生やしてもいなければ、ましてや牙など出ていない。頭の長さと鼻の高さも、譬《たと》えが針小棒大《しんしょうぼうだい》にすぎよう。

だが、小太郎は、怒らぬ。それどころか、まんざらでもなさそうな顔つきであった。

「福禄寿に天狗か。いい噂だ」

針小棒大の譬えを、小太郎は気に入ったのである。

「ばかか、おのれは」

そう嘲《あざけ》る声は、背後で起こった。駒ヶ岳側から登ってきた三人も、いまやこの場に達していた。

小太郎は、振り向きざまに、長い猿臂《えんぴ》を伸ばして、嘲った山伏の鈴懸《すずかけ》の衿《えり》をつかみ、その躰を引き寄せた。対手《あいて》に抗《あらが》うことをゆるさぬ迅さと膂力《りょりょく》であった。そのまま、軽々と放り投げる。

投げられた山伏は、長い悲鳴をあたりに響かせながら、真《ま》っ逆《さか》さまに、はるか下方の森へと墜《お》ちてゆく。

あまりのことに、あとの五人の山伏らは、しばし身をすくませたあと、あるいは錫杖を突き出し、あるいは抜刀した。

「小太郎にばかと申してよいのは、妾だけじゃ」

とつぜん降ってきた声に、五人はおどろき、振り仰《あお》いだ。ひめしゃらの木の枝に吊《つ》り下げられた革袋の中から、童女が顔をのぞかせているではないか。

かれらのおどろきの一瞬を、小太郎は見逃さぬ。宰領を拳《こぶし》の一撃で横へ殴り倒すや、その後ろのふたりを、それぞれの錫杖をつかんで引き寄せた。そうしておいて、錫杖から手を放し、両腕をひろげる。たたらを踏んだふたりは、小太郎の二本の丸木に、いずれもみずから顔をぶつけて、ひっくり返った。

残るは、背後のふたり。ともに抜刀している。その一方が、小太郎の背へ斬りつけた。

巨軀が反転して、その斬撃《ざんげき》を右腕で払う。斬りつけた山伏は、小太郎の素手《すで》の打撃の強さにたえきれず、おのれの腕を痺《しび》らせ、思わず太刀《たち》を取り落とした。

小太郎の右腕に、かすり傷ひとつ見あたらぬ。刀身の刃《やいば》でも峯《みね》でもなく、横面《よこつら》の鎬《しのぎ》筋《すじ》のところを払ったとはいえ、鋼《はがね》にも負けぬとは、どこまで強靭《きょうじん》なのか。

無手《むて》となった対手の背を、小太郎はひと突きする。

前のめりに、大きく二、三歩踏み出したその山伏は、ぶなの木の洞《うろ》に頭を突っ込ませた。鈍《にぶ》い音をあげ、それきり動かなくなる。

ここに至って、最後の山伏は、怯《おび》えて、みずから太刀を捨ててしまう。完全に戦意を失ったようだ。

「死体は猛禽《もうきん》どもが食《く》ってくれる」

身も凍《こお》るようなことを、穏《おだ》やかな口ぶりで言うと、小太郎は、あとは黙って、最後の山伏を眺めやった。

「われらは……われらは、湛光風車《たんこうふうしゃ》さまの配下にござる……」

山伏は、いちど生唾《なまつば》を呑《の》み込んでから、訊かれもしないのに話しだす。いま途方もない力を見せつけながら、一転して穏やかな静止相《せいしそう》をたもつ小太郎が、恐ろしくてならず、白状せずにはいられなくなったのである。

「いずれ風間峨妙のあと、風魔一党の束ねとなる小太郎の器量と技を見きわめてまいれ。それが風車さまのご命令にござった」

「ふうん……」

小太郎の感想は、それだけである。

知っていることを何もかも吐く山伏であった。話を途切らせたが最後、首をへし折られるのではないか。そんな恐怖を湧《わ》かせたからである。

「もういいよ」

やがて小太郎の発した一言《ひとこと》は、それであった。汗まみれの山伏は、おもてをひきつらせる。

小太郎の手刀が叩きこまれ、山伏は膝から頽《くずお》れた。

実は小太郎は、ばかと嘲った者のほかは、ひとりも殺していない。いずれも昏倒《こんとう》せしめただけであった。

「よき眺めじゃなあ……」

龍姫が、心からの感嘆を洩《も》らしている。樹下で繰り広げられた闘いなど、さしたることではなかったのか、早春の光に湖面をきらめかせる芦ノ海の景観を、堪能《たんのう》しはじめたようだ。

小太郎は、声をかけぬ。龍姫が倦《う》むまで待つことは、この少年にはむしろ愉《たの》しい。

「小太郎、小太郎」

呼ばわりながら、山頂のほうから馳《は》せつけてきた者のせいで、至福の時はあっけなく終わった。

小太郎の足もとにへたりこんだその武士は、小肥《こぶと》りで手足が短いのと、おかしなほど垂れた眉目《びもく》のせいであろうか、手拭《てぬぐ》いでせわしなく汗を拭うしぐさが、どことなく滑稽《こっけい》である。

「や。これは、いかがしたことか」

あたりに山伏たちが転がっていることに、ようやく気づいて、腰を抜かしそうになる武士であった。思いのほか若い声ではある。が、年のほどは、若いのか、そうでもないのか、見定めがたい。

小太郎は、親指で、高い鼻の頭をちょっとはじいた。

「力比《ちからくら》べをしただけさ。それより、何か用があるんだろう」

武芸は申すに及ばず、走ることさえ苦手なこの男が、わざわざ息を切らしてこんなところまで登ってきたからには、火急《かきゅう》の用向きに違いない。

「龍姫さまは、いずれに」

「さわがしい、甚内《じんない》」

と龍姫から叱りつけられた武士は、その姿をもとめて、きょろきょろする。

「上じゃ」

景色を愉しんでいるところを邪魔されて、早くも龍姫は不機嫌そうであった。

甚内は仰天《ぎょうてん》する。

「姫。そのようなところで……落ちたら、いかがなさる」

「落ちるものか」

「いいや、なりませぬぞ。早うお降《お》りくだされい」

「おろしたければ、そちがあがってきて手をかすがよい」

「えっ……」

甚内がうろたえたのも無理はない。どうやれば人が木に登れるのか、さっぱり判らぬというような躰つきなのである。

「姫のご下命《かめい》とあらば、この庄司《しょうじ》甚内……身命を投げうって、木登りをいたしてご覧《らん》にいれる」

「おおげさなことを言うな」

小太郎は、笑いながら、甚内をひめしゃらの木の下から少し離れさせる。

「姫。家来の勇気を試す前に、あるじが先に範《はん》を垂れてみせろ」

「どうせよと申すのじゃ」

すると、小太郎は、顔を振り仰がせたまま、両腕を大きくひろげてみせた。

小太郎が龍姫に何をさせたいのか、甚内は察して、目を剝《む》いた。

「狂うたか、小太郎」

だが、まともでないのは、小太郎だけではなかった。龍姫が、革袋から抜け出て、枝上に立ったではないか。

「姫、おやめくだされ。後生《ごしょう》にござる。なにとぞ、なにとぞ」

小太郎が異相をほころばせた。その笑顔に魅了されたように、龍姫は枝を蹴る。光の躍《おど》る森の中を、白い妖精が舞った。

ひとり甚内だけが、おもてを被う。

音はしなかった。妖精は風神の子の腕と胸にやわらかく受けとめられた。

「どうじゃ、甚内」

地へ降り立つと、龍姫は得意そうに、あごを突き出してみせた。冒険をやりとげた昂揚感《こうよう》に、瞳をきらめかせ、頬を上気させている。

「どうじゃではござらぬ」

甚内は、目に涙をいっぱいためて、地団駄《じだんだ》を踏んだ。よほどの恐怖を味わったのであろうか。そのまま、おいおいと泣きだしてしまう。

「小太郎。甚内はなぜ泣く」

「心がやさしいんだ」

ふたりは、しばし待ったが、甚内は泣き熄《や》まぬ。

「海じゃ、小太郎」

倦んだ龍姫が歩きだそうとしたとき、甚内は洟《はな》をすすりながら言った。

「姫。公方《くぼう》さまが……お薨《みまか》りあそばしました」

それなり甚内は、地に突っ伏した。

「妾は古河《こが》へまいるのか」

小太郎を振り返って訊ねた龍姫の稚《おさな》い顔が、不安でいっぱいになっている。

「…………」

小太郎にはこたえられぬ。古河公方の息女の処遇は、関東の覇者《はしゃ》、北条氏《ほうじょう》の決めることであった。

三

足利尊氏《あしかがたかうじ》は、政治上・軍事上の必要性から幕府を京に開いたが、武門の本拠は源《みなもとの》頼朝《よりとも》以来の鎌倉府と考え、二代将軍義詮《よしあきら》の同母弟の基氏《もとうじ》を鎌倉《かまくら》へ下《くだ》した。以後、氏《うじ》満《みつ》・満兼《みつかね》・持氏《もちうじ》・成氏《しげうじ》とつづく五代を鎌倉公方、あるいは関東公方とよぶ。また、鎌倉公方の輔佐《ほさ》であると同時に、監視役を兼ねた関東管領《かんれい》には、代々、上杉《うえすぎ》氏が幕府より任じられた。

関東八ヶ国に、甲斐《かい》・伊豆《いず》を加え、のちには奥羽《おうう》・出羽《でわ》まで統治権を認められ、東《とう》国《ごく》の仕置《しおき》を一任された鎌倉公方が、独立の野心を起こさぬはずはなく、代を重ねるにしたがい、京の将軍との対立を深めてゆく。ついに持氏は、独立を諫《いさ》める関東管領上杉氏を討つべく、反幕の兵を挙げた。関東全域の武士を巻き込む永《なが》き動乱の始まりであった。

持氏のあとを嗣《つ》いだ成氏は、幕軍《ばくぐん》の今川《いまがわ》勢に鎌倉を徹底的に破壊されるに及んで、下総国下河辺荘《しもうさのくにしもこうべのしょう》古河へ逃れ、ここを御座所《ござしょ》と定めた。爾来《じらい》、古河公方の称が起こる。

成氏が古河を本拠に選定した理由は、関東公方の広大な御料所《ごりょうしょ》の下河辺荘を、経済的基盤にできるのと、一帯には渡良瀬川《わたらせがわ》・利根川《とねがわ》（現在の古《こ》利根川）・太日川《ふといがわ》などの諸川が縦横《じゅうおう》に流れ、水運の便に恵まれるのと同時に、天然の要害《ようがい》でもあったからである。成氏の母の実家簗田《やなだ》氏の水海《みずみ》城がほど近いことも、心強かった。さらに、下総の結城《ゆうき》氏・千葉《ちば》氏、常陸《ひたち》の佐竹《さたけ》氏、下野《しもつけ》の小山《おやま》氏・宇都宮《うつのみや》氏、安房《あわ》の里見《さとみ》氏などの支援を得られやすい地であったことも見逃せまい。おもに北関東の旧豪族衆は、基氏以来の鎌倉公方を武門の故地《こち》東国の象徴と信じ、京の将軍の威《い》を借りた新興勢力の上杉氏を悪《にく》んだのである。

幕府は、成氏征伐《せいばつ》と東国統治のため、八代将軍義政《よしまさ》の弟足利政知《まさとも》を派遣した。ところが、政知は、東国武士の支持を得られず、鎌倉入りすることも叶《かな》わぬまま、上杉氏の領国伊豆国《いずのくに》の堀越《ほりごえ》にとどまることとなってしまう。

政知を迎えた上杉氏自体が、長尾《ながお》氏の思惑によって、内紛を繰り返していた。上杉氏宗家《そうけ》は山内《やまのうち》上杉と称《よ》ばれたが、その家宰《かさい》で、宗家の守護領国の守護代もつとめて、主家《しゅか》を凌《しの》ぐ力をつけたのが長尾氏である。

一方で、上杉氏の一末流にすぎなかった扇谷《おうぎがやつ》上杉が、こちらも家宰の太田道灌《おおたどうかん》のめざましい働きによって、宗家に比肩《ひけん》する勢力を持ち始めた。

こうして関東争乱がいつ果てるともなくつづくうち、京でも応仁《おうにん》・文明《ぶんめい》の大乱が起こる。疲弊《ひへい》しきった東西は、成氏からの申し入れで、ついに和議を結ぶに至る。都《みやこ》の将軍家と、鄙《ひな》の古河の公方家との和睦《わぼく》という意味で、これを「都鄙《とひ》の合体《がったい》」という。伊勢新九郎《いせしんくろう》が、今川氏の家督《かとく》争いを調停すべく、京より駿河《するが》へ下ってきたのは、あたかもこのころのことであった。当主義忠《よしただ》の死の直後から、幼少の龍王丸《りゅうおうまる》を擁《よう》する一派と、義忠の従兄弟《いとこ》の小鹿範満《おしかのりみつ》を担《かつ》ぐ一派とに分かれて、今川氏では一触即発の危機的状況を迎えていた。龍王丸の生母北川殿《きたがわどの》が新九郎の姉である。

北条早雲《そううん》の俗称とともに、一介の素牢人《すろうにん》から小田原《おだわら》北条氏を興《おこ》した下剋上《げこくじょう》の申し子として、後世に伝わる伊勢新九郎だが、事実はいささか異なる。幕府政所執事《まんどころしつじ》の重職を世襲した京都伊勢氏の一族、備中《びっちゅう》伊勢氏をその出自とし、父親も早雲自身も幕府申次衆《もうしつぎしゅう》をつとめたほど家格が高く、駿河下向《げこう》の以前から侮《あなど》れない政治力を持ち合わせていた。

山内・扇谷両上杉の干渉をうけた今川氏の家督争いを、武力衝突を起こさせることなく見事に収拾した早雲は、いったん帰京する。

しかし、太田道灌の謀殺をきっかけに、両上杉の争いが激化すると、にわかにふたたび駿河へ下向した早雲は、混乱に乗じて電撃的に小鹿範満を攻め滅ぼしてしまう。さらに、堀越公方政知を烏帽子親《えぼしおや》に、龍王丸を元服《げんぷく》させて氏親《うじちか》と名乗らせ、実質的に今川氏当主の後見となったのである。小田原北条氏五代、百年の栄光は、ここから出発した。

その後、堀越公方家に内乱が起こる。政知の死後、家を嗣いだ茶々丸《ちゃちゃまる》が、異母弟潤童子《じゅんどうし》とその母円満院《えんまんいん》を殺害したのである。折しも、京では、円満院のもうひとりの子である清晃《せいこう》が、十一代将軍の候補として、実力者細川政元《ほそかわまさもと》に擁立されていた。

早雲は、清晃（のちの義澄《よしずみ》）の将軍職就任が決定的となるや、海路、伊豆へ進攻し、たちまち足利茶々丸を駆逐《くちく》し、堀越公方家を滅ぼした。政元の内諾《ないだく》を得ていたであろうことは、想像に難《かた》くない。

早雲の幸運は、太田道灌亡き後の関東に、自分ほど頭抜《ずぬ》けた政治的・軍事的才幹を持ち合わせた武将が存在しなかったことにある。氏綱《うじつな》という、後事を託すに不安のない跡取りにも恵まれ、この有能な二代目を教育しながら、伊豆につづいて相模《さがみ》も平定したのち、大往生《だいおうじょう》を遂《と》げた。

ただ、早雲の晩年、両上杉の抗争が、山内上杉の勝利というかたちで一応の結着をみたので、関東争乱の主たる対立図式は、早雲・氏綱父子対上杉氏というそれに変わっていた。

相模小田原城を居城とした氏綱は、関東平定という早雲の遺志を実現すべく、武蔵《むさし》進出にあたって、伊勢から北条に改姓する。執権《しっけん》として鎌倉将軍を輔佐し、相模・武蔵の守護職に任じられて、関東経営の実務にあたったのが前《さき》の北条氏であり、氏綱が同姓を名乗るのは、その継承者たるを示したことにほかならぬ。莫大《ばくだい》な費用を投じて鶴岡八幡宮《つるがおかはちまんぐう》を再建するなど、鎌倉の復興に尽くしたのも、北条氏政権樹立をめざす正当性を訴えたものといえよう。

右の相模守護について、誤解のないよう言い添えると、鎌倉時代、相模に守護はおかれず、政所・侍所《さむらいどころ》の管掌によったが、その両別当《べっとう》も執権北条氏の兼任であったから、事実上の相模守護という意味である。

鎌倉幕府の執権北条氏には、室町《むろまち》体制における鎌倉府の関東管領上杉氏を、準《なぞら》えることができる。氏綱の北条改姓は、上杉氏とかたちの上で対等になるということが、その狙《ねら》いのひとつでもあった。むろん、上杉氏は、これをまったく認めず、氏綱を「兇徒《きょうと》」ときめつけて、その後も伊勢氏とよびつづける。

この上杉氏と北条氏の争いの渦中《かちゅう》で、古河公方家は、初代成氏の没後、勢威回復に躍起《やっき》となるあまり、二代政氏《まさうじ》・三代高基《たかもと》・四代晴氏《はるうじ》いずれも迷走を繰り返した。

関東平定の大義名分を揺るぎないものとしたい北条氏綱は、わが血を享《う》け継ぐ子を古河公方にすべく、息女《そくじょ》を晴氏に嫁《とつ》がせることに成功する。願いは通じて、息女は男子を挙げた。のちの義氏《よしうじ》である。

氏綱の後継者の北条氏康《うじやす》は、晴氏と反目《はんもく》し合い、断交したものの、その武将としての実力には、父を凌駕《りょうが》するものがあった。上杉氏を味方につけた晴氏が、東国八ヶ国の武士八万騎を率いて、北条方の武蔵河越《かわごえ》城を包囲すると、かえってこれを夜中《やちゅう》の奇襲戦で散々に打ち破ったのである。

上杉氏に壊滅的打撃を与えた氏康は、孤立無援の晴氏に強《し》いて、義氏に家督を譲らせる。ここに、北条氏の血をひく五代古河公方が誕生したのである。

武蔵国を完全に制圧し、関東におけるその存在感も他を圧した氏康だが、しかし、このころは早雲時代とは違う。甲斐《かい》の武田信玄《たけだしんげん》、駿河の今川義元《よしもと》という、武勇と智略を兼ね備えた実力ある戦国大名が、近隣に成長しており、いたずらにかれらと戦うことは避《さ》けねばならなかった。のちには、上杉氏より関東管領職を譲られる越後《えちご》の長尾景虎《かげとら》、すなわち上杉謙信《けんしん》も登場してくる。

そうして東国の群雄たちが互いを牽制《けんせい》し合っている間に、急激に擡頭《たいとう》したのが、尾《お》張《わり》の風雲児・織田信長《おだのぶなが》であった。今川義元を討ったあとの信長は、三河《みかわ》以東を同盟者の徳川家康《とくがわいえやす》に任せ、みずからは美濃《みの》を手中に収め、足利義昭《よしあき》を奉《ほう》じて短時日《たんじじつ》で上洛《じょうらく》を果たした。

やがて、信長と袂《たもと》を分かった義昭の檄《げき》に応じ、武田信玄と上杉謙信は、それぞれ西上を試みたものの、どちらも志を遂げられず卒《しゅっ》する。

ひとり北条氏だけが、関東経略に専念したことで、版図《はんと》拡大を可能にした。関東における武門の象徴的存在、古河公方の権威が役立ったことは言うまでもない。氏綱息女を母にもち、氏康息女を正室とする五代古河公方義氏は、もはや北条一族というべきで、きわめて利用しやすかった。

北条氏四代目の氏政《うじまさ》は、簗田氏の下総関宿《せきやど》城を陥落《かんらく》させることにも成功した。古河公方家の宿老の簗田氏は、公方家と北条氏が血縁関係を結ぶことに反対し、晴氏と氏綱息女の婚姻が決まったときから、反北条氏の中心的存在として、頑強に抵抗をつづけてきた一族である。

簗田氏の駆逐後、氏政は、古河公方家そのものは残しながら、公方家の御料所と家臣を、次第に北条氏の中へ組み込んでゆく。この氏政のやりかたは、織田信長が最初からあからさまに室町将軍家の上に立ち、足利義昭に反抗されるや、これを弊履《へいり》のごとく捨て去って室町将軍家を消滅せしめた強引さに比べ、随分と悠長で生ぬるいものといえよう。

だが、信長のような革命的な男は、この時代の前にも後にも見あたらぬ。おのれが新たな武家政権を樹《た》てるにあたって、武門の棟梁《とうりよう》である将軍家や公方家を、飾り物にすぎぬと判っていても上に戴《いただ》くのは、武士の認識として議論の余地もないほど当然のことで、この点は氏政も例外ではなかった。別して、鎌倉将軍と執権、鎌倉公方と関東管領という武家政権構造を、およそ四百年奉じてきた関東武士に、それ以外のかたちなどはありえまい。だから北条氏は、関宿城奪取後、古河公方の利用価値が急速に失われても、存続させた。もし関東に信長ありせば、争乱の火種《ひだね》でしかない古河公方家など、信長が不必要と考えた時点で、一族皆殺しにしていたやもしれぬ。

その信長が、甲斐へ攻め入って武田勝頼《かつより》を滅ぼすや、部将の滝川一益《たきがわかずます》を上野国《こうずけのくに》へ差し向け、厩橋城《うまやばし》に入れた。

上州《じようしゆう》は、北条氏の勢力範囲である。室町幕府を滅亡させた旭日《きよくじつ》の革命家織田信長と、旧政権の遺物というべき落日の古河公方をいまだ擁する北条氏とが、ここに初めて対峙《たいじ》するところとなった。しかし、今川・武田・上杉という関東に覇を競《きそ》った英雄たちが、あるいは消え去り、あるいは衰《おとろ》えた中、ひとり発展してきた北条氏の強運は、このときはまだつづいていた。滝川一益の上州入りから、わずか二ヶ月後、信長が京都本能寺《ほんのうじ》に斃《たお》れたのである。信長横死に狼狽《ろうばい》する一益を、氏政・氏直《うじなお》父子は、上野・武蔵国境の神流川《かんながわ》で大敗させ、これを関東より追い出した。

五代古河公方足利義氏の逝去《せいきょ》は、本能寺の変から七ヶ月余り後の天正《てんしょう》十一年（一五八三）一月二十一日である。

嫡子《ちゃくし》梅千代王丸《うめちよおうまる》を夭折《ようせつ》させた義氏には、ほかに家督を嗣がせるべき男子はいなかった。血が絶えたのである。ところが、梅千代王丸存生《ぞんじょう》のころから、これを笑いとばしてきた男がいる。

「公方の血が流れるのは男子だけではあるまいぞ」

北条一門の最長老、幻庵《げんあん》である。早雲の子として、ただひとり長命をたもっていた。

義氏の血をひく女子、それこそ龍姫である。

どのみち古河公方は飾り物にすぎぬ。であれば、女公方のほうがそれらしい。まして、氏綱息女を母にもつ義氏と、氏康息女との間に生まれた龍姫は、両親から北条氏の血を享けたという意味で、義氏以上に濃厚に北条氏の子である。不都合など何もない。

北条氏では、始祖《しそ》早雲の子、幻庵の意見は尊重される。異論は出なかった。関東の大半を制圧したことでもあり、いまさらよそから、古河公方の家督を云々《うんぬん》されたところで、これを寄せつけぬだけの力と自信が、北条氏の人々に漲《みなぎ》っていたからともいえよう。いまや、公方家の先々のことについては、龍姫成長のみぎり、成氏以来の庶《しょ》流《りゅう》の血筋を探し出し、婿《むこ》に迎えればよいだけの話であった。

龍姫は、下総関宿城陥落の直後に、相模小田原城で生まれている。当時、懐妊《かいにん》中であった氏康息女に、万一のことがあってはならぬと、その身柄が古河城より移されていたからである。

誕生以来、龍姫だけは古河へ戻らなかった。なぜか幻庵に気に入られたからである。女子は縁組《えんぐみ》が決まるまでは、行儀作法や和歌などを習うほか、さしてすることもないから、いくさの絶えぬ下総で怯えた日々を過ごすより、北条氏の本拠の相模で自由に暮らすほうがよいと幻庵は言った。以後、幻庵は龍姫の後見のような立場となった。

龍姫は、相模では箱根東麓《とうろく》の水《み》ノ尾《お》城に住んだ。水ノ尾城は、かつて氏康の隠居《いんきょ》用に築かれた小城《こじろ》だが、氏康はほとんど居住せず、その後もあまり使われずにいたのを、幻庵が氏政に願って龍姫に与えた。同時に幻庵は、龍姫の遊び対手《あいて》と警固《けいご》役を兼ねる者として、風魔衆の風間小太郎を選んだ。風魔衆の根拠地を風祭《かざまつり》というが、ここも箱根東麓で、眼と鼻の先という近さに水ノ尾城はあった。幻庵と風魔衆の交わりは、幻庵が幼くして箱根権現別当坊金剛王院《こんごうおういん》に入寺したころからつづくものである。

古河城入りの決まった龍姫が、大勢の供を揃えて、水ノ尾城の武者溜《むしゃだまり》に用意された輿《こし》の前に立ったのは、箱根の山麓の桜もまだ咲かぬうちのことであった。

「小太郎はまいりませぬな」

見送りの人々を眺め渡して、溜《た》め息《いき》をついたのは、庄司甚内である。

「よいのじゃ」

龍姫はにべもない。だが、この童女には、小太郎の思いやりが伝わっている。

小太郎が古河まで供をすると言ったのに、龍姫は無用じゃとことわった。古河まで随行してきた小太郎が、そこから帰ってしまうと思っただけで、堪《た》えがたい辛《つら》さをおぼえるためであった。

そうと察した小太郎だから、見送りにも姿を見せぬ。古河でも水ノ尾でも、いずれにせよ、別れの場で顔を合わせれば、涙はとめようがない。龍姫が涙をきらう子であることを、小太郎は知っている。

「もう少し待てば、箱根も温《ぬく》うなるであろうな……」

ぽつりと龍姫は洩らした。

暖かくなったら、もういちど神山に登る約束を、小太郎と交わしていたのである。そうすれば、風神を見られた。

「甚内。まいるぞ」

思いを振り切って、龍姫が輿に乗ろうとしたとき、どこから紛れ込んだのか、小猿が一匹、ちょこちょこと走り寄ってきた。動きが愛らしい。

供の侍がこれを捕まえようとするが、龍姫は、さわるでないと命じた。童女の心は何かを感じたのである。

小猿は、龍姫の足もとまでくると、まだ細くて短い猿臂を精一杯、上へ伸ばした。抱いてほしいと、つぶらな眼《まなこ》で訴えている。随分と人に馴《な》れているのではないか。見れば、左手首に紙が巻かれていた。結び文《ぶみ》であろう。

龍姫は、結び文を解《と》いて、披《ひら》いた。

にぎりめし、しょもう

小太郎は忘れていなかったのである。龍姫が猿を飼うと宣言したことを。

風魔衆の中には、獣を飼って芸を仕込み、忍びの術のひとつとして用いる者もいる。小太郎が、そういう者に命じたのか、あるいは自身の力で小猿を人に馴れさせたのか、いずれとも知れぬが、それは龍姫にはどうでもよいことであった。ふたりにしか判らぬ餞別《せんべつ》を、小太郎が贈ってくれたことが、うれしかった。

龍姫は、小猿を抱きあげた。

「そちの名を決めたぞ。ふうじんじゃ」

小猿を抱いたまま、龍姫は乗輿《じょうよ》の人となった。

甚内は、輿の簾《すだれ》が下ろされてすぐ、嗚咽《おえつ》が洩れたように聞いたが、声をかけようとして、思い直した。きっと小猿が鳴いたのであろう。

輿舁《こしかき》たちの輿を持ちあげる一瞬を、待っていたように、風が吹いた。輿が軽やかにふわりと地を離れたのは、そのせいであったろうか。

輿の中の龍姫も風を感じていた。

（小太郎じゃ……）

風神の子が神山から吹き下ろした風。

龍姫の輿は、風に押されて、水ノ尾城を発《た》った。

この後《のち》、龍姫は、名を氏姫《うじひめ》と改める。初代鎌倉公方基氏から、五代古河公方義氏まで、満兼・高基を除き、七人の公方によって代々受け継がれてきた「氏」。女公方の誕生であった。

第二章　風雲《ふううん》、急《きゅう》

一

色づいた深山《しんざん》の川原に、十五、六名ばかり、弁当をつかう武士たちの姿が見える。

川原は、広々として、平坦に近い。人の手によって整地されたものであった。あたりに、伐採《ばっさい》された丸木が積み置かれてある。川原の後ろの段丘《だんきゅう》の上には、横長の掘《ほっ》建《たて》小屋が二棟、建つ。ここは杣人《そまびと》たちの仕事場であった。

川原で、ひとりだけ床几《しょうぎ》に腰をおろす武士は、福相《ふくそう》といってよい顔を仰向《あおむ》けて、穏やかな笑みを湛《たた》えながら、にぎり飯を頬張っている。紅葉《こうよう》を目で愉《たの》しみ、鳥のさえずりや川音に耳を洗われ、山の霊気を全身に浴びているといった風情《ふぜい》ではないか。

供のひとりが、水筒を差し出した。

無類の忠義者にして正直者、村越《むらこし》茂助の若いおもてが、屈託なくにこにこしている。

「はい」

「茂助《もすけ》」

床几の武士は苦笑する。

「亜相公《あしょうこう》。お水を」

「まあよい」

亜相公とよぶのはやめよと言おうとして、徳川家康はあきらめた。

茂助は主君家康の出世がうれしくて、官位があがるたびに、よびかけを変える。いまや従二位《じゅにい》権大納言《ごんのだいなごん》に昇進した家康が、従二位さまであり、亜相公であるのは間違いない。大納言の唐名《からな》を、亜相という。

家康が、この甲斐《かい》山中へ入ったのは、方広寺《ほうこうじ》大仏殿の棟木《むなぎ》に使う良材の調達のためである。家臣まかせにしないのは、関白豊臣秀吉《かんぱくとよとみひでよし》の命令だからであった。いささかも粗漏《そろう》があってはなるまい。

女の声がしたので、家康主従は皆、振り向いた。白衣の旅装束《たびしょうぞく》に、白木《しらき》の梓弓《あずさゆみ》と外法箱《げほうばこ》を携《たずさ》えた歩き巫女《みこ》が五人、杣小屋へ訪《おとな》いを入れている。

「どうやら、ここでひと稼《かせ》ぎいたすようでござりまするな」

茂助が笑った。あの歩き巫女たちとは、麓《ふもと》でいちど会っている。

諸国を漂泊《ひょうはく》しながら、求めに応じて、口寄《くちよ》せを行い、霊言《れいげん》を託宣《たくせん》することを生業《なりわい》とするのが、歩き巫女であった。春をひさぐ者も少なくないので、旅女郎《たびじょろう》とか白湯文字《しろゆもじ》などと蔑称《べっしょう》された。

杣小屋から出てきた若い者が、歩き巫女たちと二言三言交わしたあと、川原のほうを憚《はばか》るようにして、そそくさと五人とも招じ入れた。いまは杣人の大半は出払っているが、戻ってくれば悦《よろこ》ぶであろう。

「殿。弁当をつかい終えられたら、山を下《お》りましょうぞ」

家康の供衆の宰領である平岩親吉《ひらいわちかよし》が言った。親吉は甲斐郡代《ぐんだい》である。

「いま少し見たい」

と家康はこたえた。

「向こう側に、よき杉林があるのであったな、吉次郎《きちじろう》」

案内役の杣人を振り返りながら、家康は、川の対岸に高く聳《そび》え立つ断崖《だんがい》を、手で越えるようなしぐさをした。断崖上は鬱蒼《うっそう》と木々に被《おお》われている。

「見事な老杉《ろうさん》、数知れず」

家康を前にして、ほとんど無愛想にこたえる吉次郎であった。

杣人・狩人《かりゅうど》・山窩《さんか》・木地師《きじし》・鉄穴《かんな》掘りそのほか、田畑をもたない山の民は、対手《あいて》が東海の覇王《はおう》だからといって、少しもおどろかぬ。かれらには、基本的に領主が存在しないのである。仕《つか》えるべき対象は、古来より、ひとり天皇のみであった。

「秋は暮れるのが早《はよ》うござる」

もういちど、親吉が家康に下山をうながす。

「暮れたら、ここに泊まればよい」

「それはなりませぬ」

あわてたのは、茂助である。

「従二位権大納言ともあられる身が、ご宿所となさるようなところでは……」

途中で、茂助は口を噤《つぐ》んだ。吉次郎に失礼だと思い直したのである。

吉次郎は無表情であった。自分が口をさしはさむことではない。

「殿には、関東より聞こえし噂、お忘れあそばされたか」

親吉の口調が、ややきつくなった。

「北条の乱波《らっぱ》が関白とわしの命を狙《ねろ》うておるというあれか」

「御意《ぎょい》」

乱波とは、忍びの者をさす。

「ありえまい。新九郎どのがゆるさぬ」

北条氏当主の新九郎氏直は、家康にとっては女婿《むすめむこ》にあたる。

「助五郎《すけごろう》どののおられることであるしな」

と家康はつけ加えた。

氏康五男の北条美濃守氏規《みののかみうじのり》は、通称を助五郎という。家康が今川氏の本拠駿府《すんぷ》で人質として過ごした幼少時、氏規もまた北条氏からの人質として差し出されており、悲運の境遇同士、心安く交わった。先年、甲斐・信濃《しなの》という旧武田領の支配権をめぐって、徳川・北条両氏が対陣したおり、その厚誼《こうぎ》によって、北条氏側の講和《こうわ》の使者を氏規がつとめた。

「おそれながら、美濃守さまには、ご上洛《じょうらく》以来、截流斎《せつりゅうさい》さまのおぼえめでたからずと聞き及んでおりまするが……」

氏直に家督を譲って隠居した北条氏政は、截流斎と号すが、北条氏では、御隠居《ごいんきょ》さまと敬称されて、いまなお実権を手放さぬ。截流斎は、対秀吉の同盟者であったはずの家康が、小牧《こまき》・長久手《ながくて》の戦いのあと秀吉と和議を結んだのはまだしも、その後、臣従《しんじゅう》を誓ったことに憾《うら》みを遺《のこ》している。

また、美濃守氏規の上洛とは、秀吉との会見を拒《こば》む截流斎・氏直父子に代わって、家康の仲介により、氏規が京都聚楽第《じゅらくてい》で関白秀吉に謁見《えっけん》したことをいう。帰国後、氏規は秀吉の器量とその実力の巨大さを、父子に力説した。

「なにとぞ、ご下山を」

親吉はなおも強く家康へすすめる。

もともと、家康みずから山入りして良木を探すことに反対し、これを諫《いさ》めた親吉であったが、聞き容《い》れてもらえなかった。警固人数を少なくせざるをえなかったのも、杣人や山の鳥獣をおどろかせてはなるまいという、家康の慈悲《じひ》を尊重したからである。ただ、選んだ従者は、言うまでもなく、家康のためなら、いついかなるときでも死ぬ覚悟ができている者ばかりであった。

「刺客《しかく》に怯《おび》えるくらいなら、国の斬り取りなどせぬほうがよい」

白髪《しらが》まじりの武者が、親吉を眺めやって、鼻で嗤《わら》った。甲斐国のうち、郡内《ぐんない》(都留《つる》郡《ごおり》)を与えられた鳥居元忠《とりいもとただ》である。

「なんじゃと。もういっぺん言うてみい」

「おう。幾度でも言うてやる。平岩親吉は臆病者《おくびょうもの》じゃ」

親吉も元忠も気色《けしき》ばんだ。

「相変わらず仲のおよろしいことで」

と笑った茂助は、しかし、

「がきは黙っておれ」

「そうじゃ」

かえって両人から怒鳴《どな》りつけられ、首をすくめる。

「よさぬか、ふたりとも」

家康は、ここでも苦笑した。家康の人質時代に、従者として、ともに駿府で辛酸《しんさん》を嘗《な》めた親吉と元忠は、仲がよすぎて喧嘩《けんか》ばかりする。

「下《くだ》ろうではないか。ゆるゆるとな」

家康は、水筒の水をひとロ呑んでから、床几を立った。下ろうは親吉、ゆるゆるとは元忠、それぞれの意を汲《く》んだことばである。

すでに、気に入った良木を幾本も見つけており、それらをいま杣人たちが伐《き》っているはずであった。

ふたたび吉次郎が先導した。登ってきた道をそのまま戻ればよいと思うのは素人考《しろうとかんが》えで、こうした重畳《ちょうじょう》たる山々では、たったいちどの記憶など、むしろ迷いを生じさせるだけなのである。下山にも案内人は欠かせぬ。

川原から段丘へあがった家康の一行が、山路《やまじ》へ出るために、二棟の杣小屋の間を抜けようとしたとき、歩き巫女たちが一方の杣小屋から走り出てきた。

供衆は皆、親吉ひとりをのぞいて、差料《さしりよう》に手をかける。

「危のうございます」

「お逃げあそばしますよう」

歩き巫女たちのその叫びは、一瞬にして掻《か》き消された。爆発の大音響が轟《とどろ》き、二棟の杣小屋が、ほとんど同時に吹き飛ばされたのである。

猛然たる爆風に襲われた。避《さ》けられるものではない。人々は、宙へ舞いあげられ、次の瞬間には地へ叩きつけられていた。燃えた木《こ》っ端《ぱ》や、煤《すす》が降り注ぐ。

炎上した二棟の杣小屋は、黒煙を濛々《もうもう》と噴《ふ》きあげる。周辺も、黒煙に包まれ、何も見えぬ。

胸の悪くなりそうな異様な音がして、恐ろしい悲鳴が放たれた。誰《たれ》か判らぬが、何か重いものが降ってきて、その下敷きになったのであろう。あるいは、死体が降ってきたのか。杣人の大半は、家康の選んだ木の伐採のため出払っていたが、かしきや持《もち》子《こ》は杣小屋の中にいたはずである。かしきは炊事《すいじ》を行う者、持子は杣小屋へ食料や塩を運ぶ者である。

段丘から川原へ、躰《からだ》がずり落ちそうなところでとまっていた元忠は、ふらふらと立ち上がった。ひどい耳鳴りがする。

それでも、差料を抜いて、歩きだした。跛行《はこう》だが、これはいま怪我《けが》をしたのではない。三方《みかた》ヶ原《はら》合戦以来の元忠名誉の跛行であった。

「殿。殿はいずれにおわす」

呼ばわったとたんに、煙を大きく吸い込んでしまい、咳《せ》き込む。

何かに躓《つまず》いた。見れば、人が突っ伏しているではないか。

（殿……）

心の臓が縮まったような痛みをおぼえつつ、元忠はその人の躰を仰向けにした。家康ではない。血まみれの顔は、供衆のひとりのものであった。

「殿。殿。鳥居元忠にござる。お声をお聞かせくだされい」

黒煙の幕の中から、腕が伸ばされてきた。これをつかんで引き寄せた元忠は、刃《やいば》を対手の首へ突きつける。

「おお、おぬしも無事であったか」

「殿は……」

掠《かす》れ声を洩《も》らすなり、全身を元忠にあずけてくる親吉であった。どこか傷を負ったか、それともめまいでもするのか。

「むっ」

元忠は、左腕で親吉を支えながら、刀を前へ突き出した。いつのまにか、杣小屋の間の道に、十人余りの者が、こちらへ正面を向けて、居並んでいたのである。

風で横へ吹き流されつづける黒煙が薄れたとき、かれらの姿は垣間見《かいまみ》えるが、しかとは見定めがたい。元忠の目がはっきり捉《とら》えたのは、真ん中に立つ者の身の丈である。信じがたいが、七尺をこえるのではないか。伊賀者《いがもの》を束ねて家康に仕える服部半蔵正成《はっとりはんぞうまさなり》から、その巨人の噂を耳にしたことがある。

（風魔衆の風間《かざま》小太郎という者ではないか……）

すると、巨人は高らかに宣《せん》した。

「風魔の小太郎が、徳川家康を討ち取ったあ」

応じて、随従《ずいじゅう》の者らは勝鬨《かちどき》をあげる。

「おのれ、北条」

怒気《どき》を発した親吉が、元忠を突きのけ、抜刀するも、足元は覚束《おぼつか》ず、膝から崩れ落ちた。しかし、親吉もさすがに徳川氏の侍大将《さむらいだいしょう》のひとりである。脇差《わきざし》を抜いて、切っ先を自分の股《もも》へ突きたてた。おのれを正気づかせるためであった。徳川氏が三河の小豪族から成り上がることのできた最大の理由は、こうした勁烈《けいれつ》さをもつ三河武士団に支えられたことにある。

ふたたび立ち上がった親吉の横に、元忠が並んだ。

「乱波ごときに討たれる殿ではない。おぬしは殿を探せ。ここはわしが斬り込む」

ところが、目の前の小太郎たちは、とつぜん、なぜか一斉に背を向け、山路へ入って走り去ってしまったではないか。

背後に足音を聞いて、元忠と親吉は振り返る。川原から段丘へあがってきたのは、家康であった。四人の歩き巫女たちを従えている。

「殿」

「ようもご無事で」

両人は、感極《かんきわ》まって、涙を流す。

「これなる巫女衆が身を挺《てい》して守ってくれたのじゃ。さすがに平岩親吉よな」

満足そうに、親吉に微笑《ほほえ》みかける家康であった。

「ご存じにあられたとは、恐れ入り奉《たてまつ》る」

涙を拭《ぬぐ》って、親吉は、深くこうべを垂れた。歩き巫女衆は、親吉の配下の忍びなのである。

かつて武田信玄は、おどろくほど多くの忍びを飼って、かれらを諸国のいたるところへ放った。そのため、甲斐という海岸線をもたぬ完全な山国にありながら、奥羽から九州まで、あらゆる国の事情に精通するところとなり、近隣の武将からは足ながの坊《ぼう》主《ず》と恐れられた。なかんずく、歩き巫女まで情報蒐《しゅう》集《しゅう》の任にあてたのは、信玄独自の発想であった。甲斐の仕置をまかされた親吉は、家康に命ぜられて、武田氏の軍法を調査する過程で、それら忍び衆の一部を取り込んだ。

親吉は、この歩き巫女衆を「あつさ衆」とよぶ。「梓《あずさ》」は歩き巫女の別称のひとつだが、信玄の歩き巫女衆が根拠とした信州《しんしゅう》では、これを濁《にご》らず読むことから、「あつさ」としたのである。

「笹箒《ささばき》。ようしてのけた」

梓衆のひとりに、親吉は褒詞《ほうし》を与えた。

「万一のときは、筏《いかだ》にお乗せ奉り、川を下るつもりにございました」

四人のうちでも、別して美しい笹箒は、そうこたえた。

梓衆のひとりは家康の盾《たて》となり、爆風に飛ばされてきた太い木片を背に浴びて落命したが、笹箒は、敵襲に備え、残る三人と家康を守って川岸まで走った。そこに筏がつながれてある。木を川流しするさい、木が岩にひっかかったり、もつれ合うなどして動かなくなったとき、これをはずして流れにのせることを川狩《かわがり》というが、それを行う人の乗る小筏《こいかだ》である。

「殿。やはり北条の乱波にございましたぞ。風魔にござる」

口惜《くちお》しそうに親吉は言ったが、

「その儀はあとじゃ。まずは茂助らの生死をたしかめよ」

と家康に命ぜられる。

このとき、二棟の杣小屋が、いずれも音立てて崩れた。またしても降ってきたおびただしい火の粉《こ》や煤を避けて、皆は顔をそむける。そのため、杣小屋の裏手の山路を風のように走り抜けた一団に気づかぬ。

だが、山路から段丘までゆっくり出てきた人には、一同、さすがに気づいた。肩に村越茂助を軽々と担いでいるではないか。

元忠も親吉も梓衆も、家康の前へ身を移し、雲つくようなその巨人に切っ先を向けた。梓衆の武器は、独鈷《とっこ》である。

「風魔の小太郎だな。戻って参ったとは、笑止《しょうし》な。この鳥居元忠と平岩親吉を見くびるでないぞ」

しかしながら、元忠は、意外の感《かん》をもった。戦場往来を常とし、人の表裏というものをいやというほど見てきた元忠の目には、小太郎の相貌《そうぼう》は、たいへんな異相ながら、天性の明るさに盈《み》ちていると映ったのである。それに、随分と若々しい。ひそかに火薬を仕掛けて人を殺そうとするような人間とは、思われなかった。

「おれが戻ってきた……」

小太郎の語尾があがる。その怪訝《けげん》そうな表情からは、愛敬《あいきょう》すら感じられた。

「こいつは木から落ちてきた。あんたたちの仲間だろう。死んじゃいないが、きっとあばらが折れてる」

そう言って、小太郎は、茂助の躰を、そっと地へ横たえると、踵《きびす》を返した。

「われらを虚仮《こけ》にするか」

親吉が小太郎の背へ怒声を投げつけたのが合図となったか、梓衆四人は、巨人の前へ回り込んだ。

この瞬間、元忠は小太郎が無腰《むごし》であることに気づいた。いましがた黒煙の向こうに垣間見えた小太郎の腰には、刀があった。だが、別人とも思われぬ。こんな途方もない大男が、世にふたりといるはずはあるまい。それも、同じ場所に。

笹箒も、元忠とは違うことで、戸惑《とまど》っていた。小太郎があまりに隙《すき》だらけだったからである。

試しに笹箒は、手のうちで独鈷をくるりと一回転させ、威《おど》しをかけてみた。

「女と闘いたくないな」

明らかに困った顔つきで、小太郎はぼそりと言った。が、その一言が、かえって笹箒の怒りに火をつけた。

「侮《あなど》るでない」

笹箒は、地を蹴って、高く身を躍らせ、小太郎の喉首《のどくび》めがけて、独鈷を薙《な》いだ。

小太郎は、これを難なく躱《かわ》したが、顔をぴしゃりとやられた。笹箒の躰が後方へ降りるとき、元結《もとゆい》からはねあがった長い垂髪《たれがみ》に打たれたのである。偶然のこととはいえ、小太郎は、黒に深い緑を含む、どこか神秘的な双眸《そうぼう》で、感心したように笹箒を振り返った。

笹箒は、かすかにうろたえる。

だが、次の瞬間には、小太郎の視線は笹箒の後方へ注がれていた。

小太郎は、走りだした。川原へ向かって。

元忠と親吉が剣を繰り出すより早く、小太郎はかれらの脇を駈け抜けている。

川を上流より下ってきた小筏が、いまこの前を通過しようとしているのが、皆の目にも見えた。小筏を操《あやつ》るのは、渋染《しぶぞめ》の胴衣と裁着《たっつけ》姿の男である。入道《にゅうどう》だ。

川原へ飛び下りた小太郎は、そこに積まれてある長くて太い丸木を一本、持ちあげた。百貫《ひゃっかん》近くあるのではなかろうか。持ちあげただけでなく、両肩へ天秤棒《てんびんぼう》のように担いだ。

家康以下、誰もが唖然《あぜん》とする。これほどの膂力《りょりょく》の持ち主は、雷神《らいじん》と山姥《やまんば》の子といわれた伝説の怪童坂田金時《かいどうさかたのきんとき》ぐらいではあるまいか。

「湛光風車」

小太郎は、小筏に乗る者を呼ばわると、助走をつけて、岸辺から丸木を放り投げた。

丸木は小筏まで届かなかったが、強烈に川面《かわも》を叩いて、凄まじい飛沫《しぶき》をあげ、大波を起こす。

しかし、湛光風車は、ひっくり返りそうになる小筏を、まるで川狩の達人のごとく、棹《さお》とわが身を巧《たく》みに動かして、落ちつかせた。そして、小太郎に向かって、にやりと笑ってみせる。

そのまま、小筏を流れにのせて、湛光風車は遠ざかってゆく。

小太郎はあきらめぬ。こちらも、川岸につながれた小筏に乗り込み、棹さして、川へ滑り出た。

「うれしや。ご無事にあそばした」

茫然《ぼうぜん》と小太郎を見送る家康らの背後で、喜悦の声がした。ようやく息を吹き返した茂助であった。

二

碇星《いかりぼし》の輝く仄《ほの》かに明るい夜空の底に、ひときわ高く大きく聳える影は、聚楽第の天守《てんしゅ》である。

風が、京の街路から砂塵《さじん》を舞いあげ、町々の釘貫門《くぎぬきもん》の板戸をふるわせる。

とある町屋《まちや》の垣内《かきうち》の、庭の竹林も風にざわめいていた。

「そろり」

「ああ、ぬしさん」

「そろり、そろり」

「もそっと、たんとおくれやす」

「そろり、そろり、そろり」

「そうどす、そうどす」

贅沢《ぜいたく》にいくつもの燭台《しょくだい》を立て並べ、煌々《こうこう》と明るい寝間《ねま》で、いずれも一糸《いっし》まとわぬ男と女が躰を交わしている。

女は明らかに若いが、剃髪《ていはつ》の男は幾歳《いくさい》とも見定めがたい。好々爺《こうこうや》然として老《ふ》けた顔の下で、まったく弛《たる》みのないつやつやした肉体が、女の腰に吸いついて、力強く働いている。

男は、しかし、ふいに腰の動きをとめた。

「いやや、ぬしさん。いやや」

堪《た》えがたい風情で、女がみずから腰を使う。

「いけずな奴《やっ》ちゃなあ」

下肢《かし》を女にされるがままにして、男が首だけわずかに後ろへひねると、内障子《うちしょうじ》ごしに、次の間から声が洩れ入った。

「そろりは、鞘師《さやし》の異名《いみょう》というだけではなかったようだな」

「聞きおぼえのある声や」

「関東の田舎者《いなかもの》にて候《そうろう》」

すると、男は安堵《あんど》の笑いを浮かべる。

「風魔の頭領はんかいな。どうりで、たやすう忍び込めたはずや」

侵入者は風魔一党の頭領風間峨妙である、と男には判ったのである。

「曾呂利新左衛門《そろりしんざえもん》の屋敷。たやすうはなかった」

峨妙はそうこたえた。

「宿直《とのい》を殺したんか」

寝間のその男、曾呂利新左衛門が訊いた。次の間には、屈強の者を、宿直番として控えさせておいたのである。

「明るくなれば気づく」

「さすがやわ」

わずか内障子一枚で隔《へだ》てられただけの隣室で、新左衛門に気づかれることなく、宿直番を気死《きし》せしめるなど、尋常の業前《わざまえ》ではない。風間峨妙なればこそであろう。

「しばし待つ」

と峨妙は言った。新左衛門が女と事を終えるまで待つ、という意味である。

「長《なが》なるで」

豪語する新左衛門であった。

「忍びの房術《ぼうじゅつ》か」

「あほ言うな。わいの素ぅ《す》の力や」

「では、とくと耳で学ばせていただく」

「目で学んで貰《もろ》うてもええで」

「それは遠慮する」

「さよか。うっ……」

さよか、を言いおわらぬうちに、新左衛門は四肢を突っ張らせた。女から強烈にしめつけられたのである。

「あかん、あかん」

腰を引こうとしたが、間に合わぬ。男の精を強奪するさいの女の力に抗《あらが》えるものではない。新左衛門は、あっけなく放ってしまった。

内障子の向こうで、忍び笑いが洩れる。

それから、しばらくして、曾呂利新左衛門と風間峨妙は、庭の草庵《そうあん》の中で対《むか》い合っていた。

竹林といい、この草庵といい、市中の屋敷内に山里の趣《おもむき》を取り込むことは、当時の京の人々の流行であった。

（まこと、たいしたものだ……）

峨妙は、茶をたてる新左衛門の手もとを眺めながら、この男の出世ぶりにあらためて感心している。

峨妙が曾呂利新左衛門と初めて出会ったのは、互いに幼いころであった。

風魔のような忍びは、諸国の情勢を知るため、傀儡《くぐつ》・手妻《てづま》・猿回し・呪術《じゆじゆつ》・万歳《まんざい》、その他あらゆる漂泊の芸能民や、修験者《しゆげんじや》・托鉢僧《たくはつそう》などともつながりをもつ。だから、それら漂泊者が、風魔一党の本拠、箱根東麓の風祭を訪れるなど、常のことである。

新左衛門は鞘師の子で、幼名を頓丸《とんまる》といった。

一日《いちじつ》、箱根の早川渓谷《はやかわけいこく》で遊んだとき、峨妙は、深みの岩場に足がはまりこんで抜けなくなった頓丸を救い出したことがある。峨妙は、深みへ幾度も潜《もぐ》って、頓丸へ口移しに息を送りこみながら、その足をひっぱりつづけたのである。

以来、頓丸は一、二年にいちど、風祭を訪れたが、父親が亡くなったという噂が聞こえたころから、ぷっつり姿を見せなくなってしまう。それで峨妙も、頓丸のことは遠い記憶となった。

再会は七年前のことである。折しも、織田信長が本能寺に斃《たお》れ、秀吉との決戦を控えた家康と、北条氏が同盟を結んだ年であった。頓丸は、単身、風祭へやってくると、名を曾呂利新左衛門とあらためたことを告げ、いきなりこう切り出したのである。

「峨妙はん。この先、敵味方やで。昔の誼《よしみ》もあるよって、挨拶《あいさつ》だけは入れなあかん思うて来ましたのや」

秀吉直属の忍び集団の首領であることを、あっさり明かした新左衛門を、むろん峨妙は討ち取ることもできたが、指一本触れずに帰した。挑戦《けいい》をうけたのである。

峨妙は、ただちに、新左衛門が秀吉に仕えるに至った経緯を調べあげた。

亡父の生業の鞘師を継いだ新左衛門は、いつのころからか、堺《さかい》の浄土宗《じょうど》の寺に借家しており、その当時は杉本甚右衛門《すぎもとじんえもん》とも彦右衛門《ひこえもん》とも名乗っていたという。鞘の細《さい》工《く》はたいしたもので、刀身を差し入れると、実になめらかに、そろりと鞘口に合うので、それが評判となった。一方で、若いころは武野紹鷗《たけのじょうおう》に茶を学び、また志野《しの》流の香道《こうどう》にも達して、上方《かみがた》の文化人とつながりをもっていた。そうしたことから、秀吉に召しだされ、鞘師として仕えるようになったのである。ところが、仕えてすぐ、御伽《おとぎ》衆《しゅう》に列した。

御伽衆は、日夜、主君に近侍《きんじ》し、御咄《おはなし》の対手《あいて》をつとめて愉しませるのが、その任であるから、芸能を身につけていることはもちろん、当を得た頓智《とんち》や諧謔《かいぎゃく》など、話術に巧みで、また話題も豊富でなければつとまらぬ。秀吉に永年仕えてきた者ならば、昔ばなしに花を咲かせるということもできよう。だが、新左衛門のような新参者が、たちまち気に入られて御伽衆に加えられたのには、特別の理由があったと考えねばなるまい。

秀吉は、自分にいまだ服さぬ大名や叛心《はんしん》ある者の動向、さらには衆庶《しゅうしょ》の暮らしぶりなどを、大坂《おおざか》城や聚楽第に居《い》ながらにして、仔細《しさい》に知りたかろう。それを迅速《じんそく》にもたらすことのできる人間が、新左衛門であったのに違いない。よくよく峨妙が探ってみると、新左衛門は堺に落ちついていた当時から、漂泊民を使って情報網をつくり、それによって得た諸国の情報を、大名や豪商に売っていたらしかった。日本全土の制覇をめざす秀吉にとって、これほど重宝《ちょうほう》な人材はまたとあるまい。

曾呂利新左衛門という姓名も、秀吉から与えられたものであった。

「鞘口にそろりと合う。その評判を、姓といたすがよい」

と秀吉は言ったそうなのだが、しかし、それだけのことで、新左衛門が秀吉のために命懸《いのちが》けで働こうとすることが、峨妙には解《げ》せなかった。

姓名下賜《かし》の場の状況を、さらに詳しく調べてみて、峨妙にもその理由が察せられた。

秀吉は同座の千利休《せんのりきゅう》に同意を求めていたのである。天下一の茶匠《ちゃしょう》千利休にとって、そろりといえば、かつて武野紹鷗が茶室で用いた天下無双《むそう》の名物花入れ「曾呂利」のほかにあるまい。それは、いまや秀吉秘蔵のもの。つまり秀吉は、そろりの姓は、実は鞘師としての評判からとるのではなく、最も大事なる家臣に与えるものであると暗示してみせた。新左衛門が感激に身をふるわせたであろうことは、想像に難くない。

峨妙は、これを知ったとき、秀吉・新左衛門主従は手強《てごわ》いと感じた。

その後、秀吉が、北条・徳川同盟に対抗して、反北条の北関東大名衆と軍事同盟を結ぶに及び、峨妙の風魔一党は、新左衛門率いる曾呂利衆と諜報《ちようほう》戦を繰り広げた。これは、徳川家康が秀吉に臣従してしまったのちも、変わりがない。というより、風魔衆にとっては、探らねばならぬことが一挙に増えて、峨妙はいま手一杯であった。

「で、峨妙はん。わざわざ、京まで乗り込んできて、何の用や」

峨妙が茶を喫《きつ》し終わるのを待って、新左衛門が訊《たず》ねた。

「湛光風車」

と峨妙は言って、新左衛門を凝視《ぎようし》した。

峨妙と永きにわたって敵対のつづく湛光風車は、普化《ふけ》宗の僧である。

普化宗とは、唐《とう》代の風狂僧普化を宗祖とする禅宗の一派で、その徒は虚無僧《こむそう》とも薦《こも》僧《そう》とも梵論字《ぼろんじ》ともよばれて、半僧半俗の遊行民《ゆぎようみん》として知られる。それだけに、ともすると普化宗は浮牢人《ふろうにん》の巣窟《そうくつ》になりやすく、すでに鎌倉時代、徒党を組んだかれらの残忍な掠奪《りゃくだつ》行為が世人の眉をひそめさせている。

平将門《たいらのまさかど》の苗裔《びょうえい》を自称する湛光風車は、関東乱波大将軍とみずからに冠称して、あぶれ者たちを糾合《きゅうごう》し、関東から奥羽まで荒らし回って、戦国大名たちの手を焼かせた。これをまるごと召し抱えたのは、関東管領上杉氏の麾下《きか》、上州箕輪《みのわ》城主の長野《ながの》業政《なりまさ》であった。当時の業政は、最大の敵北条氏康に対抗するため、兵力の増強が急務だったのである。

だが、長野氏が、西上野に侵攻してきた武田信玄に滅ぼされてしまうと、湛光風車は配下を率いて相模へ逃れ、北条氏の庇護《ひご》をもとめた。氏康は、これを北条幻庵に命じて風魔一党に属せしめる。

湛光風車は、野心をひた隠して、おどろくばかりによく働いた。野心とは、いずれ風魔一党を乗っ取ることであった。そのころ、風魔一党の頭領風倉九鬼斎《かぜくらくきさい》が、恣意《しい》が過ぎて、人望を失いつつあったことを、湛光風車は相模へ逃れる前から知っていたのである。

急速に力をつけはじめた湛光風車は、風魔一党の総意により、宿老《おとな》たちの合議への列席を許されるようになった。

「風」の一字を姓にもつのが風魔一党の証《あかし》だが、法号に風のつく湛光風車は、名乗りもそのまま認められた。

直後に起こったのが、三増《みませ》峠の戦いである。これは、小田原城攻めに戦果なく、甲斐へ撤退《てったい》する武田信玄を、北条軍が相州《そうしゅう》三増峠で迎撃せんとして、かえって大敗を喫した戦いとして知られる。このとき湛光風車は、武田の山県昌景《やまがたまさかげ》隊が北条軍の側背《そくはい》を衝《つ》くべく迂回《うかい》を始めたのを、早々《そうそう》に目《ま》の当たりにしながら、九鬼斎へ報告しなかった。北条軍敗北の原因は、山県隊の動きを察知するのが遅すぎたことにあった。むろん、それらの事実は、湛光風車が本性をあらわしたあとに明らかになったことである。

山岳地において、敵の動きを素早く察知するのは、風魔一党の最も得意とするところのはず。その任を果たせなかった九鬼斎は、氏康からも幻庵からも叱りをうけ、一党内でますます人望を失った。待ちかねた好機到来とみた湛光風車は、九鬼斎に不満をもつ者らと語らい、これを妻子もろとも謀殺するや、頭領の座を望んだ。ついに野心を露《あら》わにしたのであった。

風魔の頭領は、代替《だい》わりのたび、世襲ではなく、一党の合意によって選ばれる。湛光風車を推《お》す者は、少なくなかった。

当時、寿太郎《じゅたろう》と名乗っていた風間峨妙は、風魔一党の分裂を阻止するため、三増峠の戦いにおける湛光風車の裏切りの証拠をつかんで、これを幻庵に告げ、湛光風車討伐の内諾を得た。風魔一党の祖というのが、本拠風祭にほど近い風間谷より出てきり、その在地名を姓とする風間家だけは、別格の家なのである。頭領が突然死んだときなど、次の頭領が決まるまで、その任をつとめるのも風間家の当主であった。

新頭領を決める合議の開かれる前夜、峨妙は、湛光風車の屋敷を急襲し、配下の大半を斬ったが、肝心《かんじん》の湛光風車その人には、逃げられてしまう。爾来《じらい》、北条氏と風魔一党にとって、湛光風車は問答無用で討ち取るべき存在となった。

そして、新頭領には峨妙が選ばれ、以後も一党の祖である風間家がその座を継ぐことを、新たに決定して、風魔一党はあらためて結束を強めたのである。

「湛光風車て、四日前の甲斐の一件やな」

新左衛門が鼻で嗤った。

「語るに落ちたぞ」

と峨妙は詰め寄る。

「早合点したら、あかんがな、峨妙はん。わいは、かかわりない」

「では、おぬしが知っているのはどういうわけだ。なぜか判らぬが、まだ家康が関白へ急報した形跡はないはず」

「そら、急報なんぞせえへんやろ。家康を襲うたのは、風魔やないと、あの場で露見《ろけん》してしもうたのやさかいな」

「なに」

峨妙は、北条の乱波、すなわち風魔衆が秀吉と家康の命を狙っているという噂が初めて聞こえてきたとき、その出所《でどころ》を探るべくただちに動きだし、ほどなく湛光風車が怪しいことを突きとめた。

湛光風車は、相模から逃れたのち、上州高崎《たかさき》の慈上寺《じじょうじ》に住職としておさまり、しばらく鳴りをひそめていたが、北条氏の上州侵攻がすすむと、ここも捨てて、どこかへ行方《ゆくえ》を晦《くら》ました。しかし、秀吉が北関東の反北条勢力と同盟を結ぶ前後から、ふたたび関東に現れはじめ、北条氏の拠点で諜報・放火・殺人などを行うようになっていたのである。

峨妙は、甲斐へ放った配下より、湛光風車出没の確報を得ると、みずから小太郎以下の小勢《こぜい》を率いて、風祭を発《た》った。多勢で乗り込むのを憚ったのは、秀吉と北条氏が一触即発の危《あや》うい時期だからである。両者をとりもつために何かと苦慮する家康の領国で、北条の忍びの風魔衆が目立った動きをしてはなるまい。そして、甲斐山中で、風魔衆を装った湛光風車が、杣小屋に仕掛けた玉薬《たまぐすり》を爆発させ、家康を殺しかけたところへ出くわした峨妙だったのである。

あれが風魔衆の仕業《しわざ》でないと家康に判ってもらうためには、張本人《ちょうほんにん》を捕らえて、その前にひきずり出すほかなく、峨妙は、小太郎だけを残して、湛光風車を追った。ところが、湛光風車には逃げられてしまったので、急ぎ杣小屋のあった場所へ戻ってみると、そこにはすでに家康も小太郎もいなかった。小太郎からは、川下りで湛光風車を追いかけたものの、ついに捕らえることは叶《かな》わなかったと、あとで報告をうけた。

もし風魔衆が家康を襲えば、北条氏の命令によるときめつけられても言い訳ができない。それは、秀吉に北条氏征伐の恰好《かっこう》の口実をあたえることになる。一見、北条氏と風魔一党に恨《うら》みを含む湛光風車の考えそうなことではあった。しかし、それでは湛光風車は一文《いちもん》の得にもならぬ。必ず褒賞《ほうしょう》と引き替えに違いない。つまり、命令者がいる。その命令者は秀吉方であると峨妙が考えたのは、当然のことというべきであろう。

秀吉方であるとするなら、曾呂利新左衛門のほかにありえぬ。秀吉の間諜《かんちょう》機関の長《おさ》たる新左衛門ならば、湛光風車にわたりをつけて、密命を下すことは難しくあるまい。

峨妙は、そこまで知っていると新左衛門へ突きつけ、それでも甲斐の一件を理由に、秀吉が北条氏攻めを決定するつもりなら、聚楽第へ忍び入って、秀吉を暗殺する。その覚悟で、京へやってきたのである。もし峨妙が生きて相模へ帰らねば、幻庵から家康へ、この事実が明かされることになる。

ところが、いま新左衛門は、甲斐の一件は、あの場で風魔の仕業でないと露見したと言ったではないか。いったい、どういうことなのか。

「村越茂助いう家康の側近が、玉薬に吹っ飛ばされて木にひっかかりよった。そんとき、気ぃが遠くなりながら、木の上から湛光風車を見たのや。あやつ、総髪《そうがみ》の鬘《かつら》をつけ、衣《ころも》の下に鎧《よろい》を着て、高下駄《たかげた》なんぞ履《は》いていたそうや。そらもう、あんさんの伜《せがれ》の小太郎はんに見せかけようしたのは、まるわかりやで」

それを見てから気絶した村越茂助は、そのあと、自分が樹上からずり落ちて、真下にいた本物の小太郎に抱きとめられ、家康の前に横たえられたことを知らぬ。息を吹き返すなり、樹上より目撃したままを、主君に話しただけである。

考えれば、家康を討ち取ったと叫んで逃げたはずの小太郎が、すぐに戻ってきて、村越茂助の身柄を返したこと自体、おかしなことであった。

「そやから、家康に随行の鳥居元忠らも、これは上方と関東の早々の決戦を望む何者かの仕業に違いない言うて、関白さんに報《しら》せるのはやめよいうことになったのや」

秀吉と北条氏の決戦を待望する者は、秀吉自身は言うまでもなく、両者の周辺に多い。常陸の佐竹氏や結城氏、下野の宇都宮氏など、北条氏の圧迫をぎりぎりではね返している北関東の大名衆は皆、秀吉の北条氏征伐に大いなる期待をかけているはずである。あるいは、武蔵や上野や下総にも、いまは北条氏に服しているものの、それは本心でないという武士も少なくあるまい。越後の上杉氏に到っては、北条氏に積年の怨《うら》みがあろう。また、上州沼田《ぬまた》領の帰属問題で紛争をつづけた信濃の真田《さなだ》氏も、北条氏が秀吉に滅ぼされることを望んでいるに違いない。

あれやこれやを勘繰《かんぐ》れば、誰が湛光風車に、風魔衆を装って家康を襲うよう命じたとしても、いっこうに不思議ではないのである。この場合、標的は家康でなければならなかったろう。上方と関東が開戦に至らぬよう、ひとり骨を折る家康を、風魔衆に襲わせたとなれば、北条氏は麾下の武将からも見限られるやもしれまい。

一方、暗殺は未遂《みすい》に終わり、風魔衆も関《かか》わりなかったと判った家康が、この事件を外へ洩らすのを躊躇《ためら》う理由を、峨妙は察することができた。北条氏の仕業であろうとなかろうと、甲斐で家康が暗殺されかけた事実が世上《せじょう》へ伝われば、上方と関東の決戦はもはや回避できぬという印象を、人々に与えてしまう。そうして生まれた時の流れというものは、決してとめられぬ。苦労人の家康は、そのあたりの機微《きび》を知っていよう。と同時に、北条氏でなければ誰の仕業かと犯人探しをして、新たな争いを起こすことも、家康は避けたいのやもしれぬ。それゆえ、秀吉にすら明かさずにいるのであろう。

しかしながら、秀吉の側近曾呂利新左衛門は、甲斐の一件をまるで見てきたように語っている。峨妙には不審であった。

「新左衛門。おぬし、いかにして、さまで仔細に存じておるのだ」

「吉次郎いう杣人がおってな。山で家康を案内《あない》した者や」

「そういうことだったか」

「そうや」

にいっ、と新左衛門は笑った。杣人吉次郎は、曾呂利衆だったのである。

「吉次郎が申すには、家康はんの身の躱しかたは、そら、たいしたものやったそうやで」

歩き巫女衆、実は平岩親吉の下命により、即《つ》かず離れず家康を警固していた梓衆が、杣小屋から急に飛び出してくるやいなや、家康はその場に身を伏せ、炎と爆風を避けた。梓衆が危ないと叫ぶよりも、それは早いように見えたという。

「峨妙はん。あんさんら関東者《もん》は、関白さんがどれほど気宇壮大《きうそうだい》なお人か、よう知らんのや。北条との手切れに、あぶれ者の湛光風車を使《つこ》うて策を弄《ろう》するような、そないにこんまいことするかいな。ましてや、いま家康の命を狙うなんぞ、論外やいうことぐらい、峨妙はんかて判るやろ。万一、事が露見してみいな、徳川・北条・伊達《だて》がこんどこそひとつになって、関白さんに刃向《はむ》こうてくる。そら、あんた、あかんがな」

新左衛門の顔つきは剽《ひょう》げていても、言っていることは、峨妙にもいちいちうなずけるものであった。

「こちらの勇み足だったようだ。屋敷を侵《おか》し、配下を気死させたことは、すまなんだ」

峨妙は、頭を下げた。

「わいは、ちいちゃいころ、早川で命を助けて貰《もろ》うた恩は忘れしまへん。風魔衆は敵やが、峨妙はんが生きてるうちは、卑怯《ひきょう》なまねをしとうない思うとるのや」

「ありがたいが、いまのは聞かなかったことにいたそう。おぬしがそう思うていても、いずれ秀吉に命ぜられれば、どんな卑怯なことでもやらずばなるまい」

「そこが、峨妙はん。関東者のあかんところや。なんでも、突きつめて考えよる。わいは軽い気持ちで言うたのやで。あんさんも、時には、なあんも知らん、どうとでもなるようになれいうて、放りだしてみるこっちゃ。すうっと気ぃが晴れるで」

「いま放りだせば、秀吉と北条は手切れになる」

「あほやな。風魔衆だけが気張《きば》ったところで、先はもう見えてるのや。関白さんと北条は、必ず戦うことになる。誰にもとめられしまへんで」

「家康にはとめる力がある」

「どうやろな。徳川家康だけは、どうにも心が読めん。怖《こわ》いお人や思うといたほうが、ええんちゃうか」

すきま風に、蠟燭《ろうそく》の炎が揺れた。戸外の風が強まったようである。

「もう一服、どうや」

「いや。これにて、辞去いたす。今夜の無礼、ゆるしてくれい」

立ち上がった峨妙だが、

「峨妙はん」

新左衛門によびとめられる。

「わいと共に、関白さんに仕えてみいひんか」

「風魔は、伊勢宗瑞《いせそうずい》さまのころより、北条に仕えてきた。寝返りはいたさぬ」

「寝返れ言うたのやない。北条が関白さんに滅ぼされたあとのこっちゃ」

だが、新左衛門は、峨妙が口を開きかけると、先に手を挙げて制する。

「北条は負けぬと言いたいのは判っとる。もしも、の話や」

数瞬、新左衛門を瞶《みつ》め返してから、峨妙はあらためて口を開いた。

「そのときはそのときのこと。どうとでも、なるようになれだ」

とたんに、新左衛門は相好《そうごう》を崩す。峨妙も口許《くちもと》をほころばせた。

やがては、諜報戦だけでなく、刃を交えることになるであろう。峨妙は、そう予感しながら、曾呂利新左衛門の屋敷をあとにして、洛中《らくちゅう》の風の中を走りだした。

三

赤城山《あかぎさん》と子持山《こもちやま》の間を、利根川は北から南へ悠然と流れゆく。

大河の川面は、さざ波立っている。越《こし》の海（日本海）を渡ってきた北西の風が、越後より三国《みくに》山脈を越えて吹き下ろし、谷間を伝わってくるからであった。上州名物といわれるからっ風である。

その冷たい風を正面からうけて、利根川沿いの道を、北へ向かう二人連れの旅人の姿が見える。

ひとりは小太郎であった。異相に笑みが絶えぬのは、風魔一党で風神の子とよばれるこの若者には、風が気持ちよいからであろう。

「甚内《じんない》。帰りは川下りをしよう。鉢形《はちがた》へ楽々と着ける」

と小太郎は、楽しそうに言った。

「さような儀を口にされるのは、お役目を果たしてからのこと」

この連れの男は、小太郎の従者で、名を鳶沢《とびさわ》甚内という。

六年前の早春、湛光風車の命により、山伏《やまぶし》に化けた配下数名が、箱根の神山山頂で小太郎を襲撃し、かえって一蹴《いっしゅう》されてしまったことがある。そのさい、小太郎の無言の圧力に恐れをなして、何もかも白状に及んだ者こそ、この鳶沢甚内であった。それから十日ばかりのち、甚内は単身、風魔の本拠風祭へ走ってきて、小太郎に助けをもとめた。山伏を装った配下らは、手もなく小太郎にひねられて、おめおめ戻ったというので、湛光風車の怒りにふれ、斬り殺された。ひとり甚内だけが、命からがら逃げてきたというのである。

風魔一党では、誰も甚内の話を信用せず、首を刎《は》ねようとした。それは無理もなかった。甚内のあるじの湛光風車は、かつて風魔一党を欺《あざむ》いて、前《さき》の頭領風倉九鬼斎を殺し、一党を乗っ取ろうとしたのである。

だが、峨妙は、甚内の処分を小太郎に委《ゆだ》ねた。助けをもとめられたのは、小太郎だったからである。

「甚内という名に悪いやつはいない」

それが小太郎の出したこたえであった。折しも、龍姫もその愛すべき家来の庄司甚内も古河行きが決まったあとだったのである。

鳶沢甚内が涙ながらに感激したことは、言うまでもあるまい。以来、この甚内は、小太郎の従者となった。

仕えさせてみると、甚内は、武芸のほどはさしたるものではなくとも、存外気の利《き》いた男で、何か物が足らぬとなれば、どこからかたちまち調達してくるといった、いわば商才のようなものがあった。実際、普化僧になる前は、筵売《むしろうり》・柴売《しばうり》・青菜売《あおなうり》などをやっていたらしい。細かいことを気にかけぬ小太郎には、よき僕《しもべ》である、と峨妙もいまでは甚内の存在を認めている。

「湛光風車はどこで何を企《たくら》んでいるのか、まったく判らぬのでござるぞ。この大事のときに、遊山《ゆさん》気分はお捨てなされよ」

甚内はさらに小太郎をたしなめた。

「けどな、甚内。こんな大きな川に、大きな山、冴《さ》え冴《ざ》えとした空。それに、この風だ。気分がいい」

「このような景色、どこでもご覧になれましょう。身共《みども》は、山や川より、京や堺のような大きな町のほうが好きにござる。いくさのない世になれば、小太郎さまのお供をして上方へ参りたいと思うており申す」

「ふうん。そんなことを思ってるのか」

小太郎がうれしそうに振り返ると、あわてた甚内は、ことさらにしかつめらしい顔をつくってみせた。

いま小太郎と甚内は、上州沼田城をめざしている。

甲斐の一件で、湛光風車の暗躍にいやな感じをもった北条幻庵は、峨妙に命じて、小田原城は言うまでもなく、関東じゅうの北条氏の主城に風魔衆を常駐させることにした。忍びは忍びを知るのである。

小太郎が派遣された城は、北条安房守氏邦《あわのかみうじくに》の武州《ぶしゅう》鉢形城であった。氏康の子氏邦は、兄の截流斎（氏政）と陸奥守氏照《むつのかみうじてる》、弟の美濃守氏規らとともに生母も同じくする北条一門の柱石《ちゅうせき》で、上野攻略の総大将である。

その氏邦から、小太郎は、沼田城代《じようだい》の猪俣能登守邦憲《いのまたのとのかみくにのり》に宛《あ》てた書状を託された。書状を届けるとともに、沼田領に湛光風車の影が見え隠れしていないか探ってくるのが、小太郎の役目であった。

沼田領というのは、かつて上杉謙信が関東経略の拠点とした地である。それは、からっ風の通り道と同じく、越後《えちご》から三国峠越えで関東入りするさい、最初にひろがる平地だからであった。いわば、戦略的要衝《ようしよう》である。謙信亡きあとは、甲斐武田氏属将の真田昌幸《まさゆき》が、沼田城を攻め落とし、一帯を領有するに至った。

「表裏比興《ひようりひきよう》の者」

真田昌幸を、豊臣秀吉はそう評した。わかりやすく言えば、くわせ者である。

武田が滅ぶとただちに織田に、織田が瓦解《がかい》すればこれまた素早く北条に属し、それで徳川の圧迫を受けると、あっさり北条から徳川へ寝返るという具合であった。しかし、常に大勢力の争奪の地でありつづけてきた信濃国より出た小豪族が、生き残ろうと思えば、それくらいの厚顔無恥《こうがんむち》はいたしかたあるまい。むしろ、その臨機応変ぶりはあっぱれというべきで、秀吉の昌幸への評価も、そういう好感を含んでいる。

徳川家康によって、信濃小県《ちいさがた》の本領を安堵された昌幸は、千曲川《ちくまがわ》段丘の要害の地に上田《うえだ》城を築いて、これを本城とし、一方で沼田城を拠点に西上野へ勢力を拡げてゆく。ところが、秀吉との対立を深めた家康が、息女督姫《とくひめ》を北条氏直に嫁がせて、徳川・北条同盟をつくると、昌幸の立場は危うくなった。北条氏との争いに、家康の支援をうけることが叶わなくなるからである。

昌幸は、家康から離反し、謙信の遺領を嗣《つ》いだ越後の上杉景勝《かげかつ》に款《かん》を通じた。それも束《つか》の間《ま》、小牧・長久手合戦の後、家康と秀吉の和睦《わぼく》が成ったので、昌幸はふたたび家康につく。昌幸にとって不運なことに、このときになって、徳川・北条両氏による旧武田領の分割が行われ、上野国は北条氏領と決定されてしまう。

代わりに、真田氏には応分の地が与えられることになったが、昌幸の納得できることではなかった。沼田領は、徳川や北条からの拝領地でなく、真田氏が多くの犠牲を払い、苦労してみずから斬り取った土地ではないか。どうして明け渡すことができようか。

昌幸は、家康を見限り、また上杉景勝に援助を求めた。折しも、景勝が秀吉に服属したばかりだったからである。さらに昌幸は、真田の本拠上田城へ攻め寄せた徳川の大軍を、奇計をもって撃破した。このとき、沼田城も北条氏邦に攻められたが、真田勢は守りきっている。

他方、関白・太政大臣《だじょうだいじん》にまで昇りつめ、四国・九州を制圧した秀吉は、京都聚楽第に天皇を迎えて、家康ら傘下《さんか》の大名衆より起請文《きしょうもん》をとった。天皇の政治の代行者が秀吉であることを、具体的に内外に示した一大行事といえよう。秀吉に叛《そむ》けば、すなわち天皇に叛くことになる。同時に秀吉は、流浪《るろう》中の足利義昭を帰京、剃髪せしめて知行《ちぎょう》を与えた。室町幕府を公的に完全に葬《ほうむ》ったのである。この時点で、全国の主立《おもだ》つ大名中、秀吉に臣従していないのは、関東北条氏と奥羽伊達氏ぐらいなものとなった。

秀吉は、再三の要請にもかかわらず、いっこうに上洛しない北条截流斎・氏直父子に対して詰問使《きつもんし》を送り、合わせて家康へは、関東大名の取次役《とりつぎやく》の任を全《まっと》うするよう命じた。家康も、これをうけて、なお上洛を拒むならば、氏直へ嫁がせた督姫を返してほしい、と北条父子へ申し渡したのである。

北条氏にとって、西の隣人家康と決裂すれば、それはすなわち、秀吉との即座の正面衝突を意味する。

すでに秀吉によって、日本全土に惣無事令《そうぶじれい》が発せられていた。惣無事令とは、大名同士の交戦を禁じ、領土紛争については、天皇になり代わって、秀吉が双方の訴えを吟味《ぎんみ》したうえで、その裁定を下す、というものである。実態は秀吉の全国侵略策であっても、現実に九州の島津《しまづ》氏は、これに服さなかったために、武力征伐をうけた。反北条連合とよぶべき北関東の諸侯が、この惣無事令を奉じて、秀吉に支援をもとめており、北条氏はいよいよ窮《きゅう》した。

いずれは秀吉と決戦に及ぶとしても、その万全の備えができるまで、時を稼がねばなるまい。かくして、截流斎・氏直父子の名代《みょうだい》として、截流斎の弟北条氏規が上洛するところとなった。

関白秀吉に謁見した氏規は、のちの北条父子の上洛と引き替えに、沼田領の北条領確定を願い出る。

北条氏が沼田領に固執《こしつ》するのは、この地を獲得できれば、上野国一国がその手に帰《き》すばかりか、上杉氏の関東侵入を阻止する堅固な拠点を得たことにもなるからであった。その上野の安定によって生まれた余力で、関東全土の平定を早める。関東平定が成れば、奥州《おうしゅう》伊達氏とも直《じか》につながるので、秀吉との対決も恐れることはない。

沼田領の一件は、先に真田氏からも、秀吉に委ねられていた。したがって、この時点で、秀吉は領土紛争の当事者双方の上訴《じょうそ》をうけたことになり、沼田領問題は惣無事令の下、秀吉政権が裁くべきものとして、公的に認知されたのである。ただ秀吉は、上杉氏も関わる大事ということで、氏規への即答を避けた。

以後、北条父子が上洛して秀吉に臣従を誓うのが先か、沼田領問題の結着が先かで、関東と上方との間で駆け引きがつづく。その間にも北条氏は、沼田領へ兵を放ち、真田氏に心理的圧力をかけつづける。むろん、沼田領に限っては、秀吉の裁定を待たねばならぬので、小競《こぜ》り合いは起こしても、決定的な合戦は避けた。他方で北条氏は、北関東の反北条大名を、以前にも増して激しく攻め、領土拡大をすすめた。北条氏のこれ以上の強大化を恐れた秀吉は、その臣従を急がせるべく、沼田領問題の結着を優先せねばならなかった。

今春、ついに秀吉の下した裁決は、沼田領の三分の二を北条氏直の、残りを真田昌幸の領地とする、というものであった。

昌幸に割譲される三分の一は、真田氏の墓地のある名胡桃《なぐるみ》とその周辺である。沼田城を北条氏へ明け渡さねばならぬが、昌幸はすべてを諒承《りようしよう》した。

対する北条氏では、截流斎ほか対秀吉強硬派は、内心不満であった。くわせ者の昌幸の兵が、沼田城から北へわずか一里余りにすぎぬ名胡桃城に、これからも居つづけると思うだけで、大いなる怒りとかすかな不安がこみあげてくるのである。しかし、北条氏みずから関白に上訴した一件だけに、表向きはありがたく裁定を奉じた。

また北条氏は、沼田問題の結着によって、秀吉とのかねての約定どおり、截流斎・氏直いずれかの早々の上洛を迫られることとなった。応諾の返辞をせぬ限り、沼田の地は手に入らぬ。やむなく、截流斎が今年の十二月には上洛すると秀吉へ返答する。

これをうけて、秀吉は昌幸に、沼田城の明け渡しを実行に移すよう命じた。

かくして七月、北条氏は、喉から手が出るほど欲しかった沼田城を、ようやくわがものとすることができたのである。

その沼田城をめざして、小太郎と甚内が辿《たど》る道は、二年前の北条軍の進攻路である。このときだけでなく、北条軍は幾度となく、沼田城を攻めた。が、そのたびに、城下の木戸内に閉じ込められて石攻め、火攻めをうけたり、天然の外濠《そとぼり》の役目を果たす片品川《かたしながわ》へ追い落とされたり、散々な目にあわされて、真田昌幸の前に敗れ去っている。猪俣能登守も家臣を多く失った。つまり北条氏は、秀吉の裁定により沼田城を手に入れたものの、合戦では真田氏に負けっ放しのままというほかない。

それゆえ、氏邦の猪俣能登守宛の書状には、決して真田の挑発にのって短慮《たんりょ》に走ってはならぬと記されている。城の受け渡しからわずか三ヶ月では、北条方も名胡桃城の真田方も、互いへの怨みはまだ燃え残っているはず。それに対する氏邦の配慮であった。

むろん小太郎は、書状の内容について何も知らぬ。役目は、ただ届けることにある。

「やあ。あれが沼田城か」

小太郎の眼前には、そこから西のほうで利根川へ流れ込む片品川が、東西に横たわる。両岸に河岸段丘をもつその片品川をはさんで、半里ほど向こうに、要害堅固の沼田城が見えた。

「ひとまわり」

という声が背後で湧いた。

素早く振り向いて、差料の柄《つか》に手をかけたのは、甚内である。

小太郎は、ゆっくりと動いて、声の主《ぬし》に対した。無腰だから、両腕はあそんでいる。小太郎の持ち物といえば、龍姫の躰を幾度もすっぽり収めたことのある、腰から垂らした大きな革袋ひとつしかない。

革袋には何が入っているというわけでもなく、こればかりは甚内にも不可解なことであり、なぜと訊ねても、小太郎は決まって、判らんと言って笑うだけであった。

「いや、ふたまわりか」

音も立てずに背後より近づいたあげく、わけの判らぬことを口走りつづけるのは、総髪を茶筅《ちゃせん》に結《ゆ》いあげた色白の武士であった。若い。年は、たぶん、小太郎とかわらぬであろう。胸の前で、右肘《ひじ》を左手に支えさせ、右手であごを撫《な》でている。

甚内が奇妙に思うのは、武士の立ちかたであった。両足をぴたりと合わせて、文字通り直立の態《てい》ではないか。膝と腰に余裕のないこのようなかっこうでは、斬りつけられたら、とても避けられまい。害意のないことを示そうというのか、それとも、こちらを小ばかにしているのか。あるいは、この武士当人がばかなのか。

「だしぬけに無礼であろう。名乗って、用件を申せ」

と甚内は気色ばんだ。

武士は、にやりとした。すると、男ぶりがあがる。

「唐沢玄蕃《からさわげんば》」

あっさりと名乗った。

「あっ、真田の猿飛《さるとび》」

なつかしい友に再会でもしたように、小太郎が明るい声を放つ。

「おれは、それほどに高名か」

まんざらでもなさそうな玄蕃であった。

「中山《なかやま》城へ忍び込み、金の馬鎧《うまよろい》を盗んだと聞いた」

中山安芸守《あきのかみ》が関東管領上杉憲政《のりまさ》より拝領した家宝の金の馬鎧である。

「それはわが親父《おやじ》どののやったことだ」

不機嫌そうに、玄蕃は言った。

初代唐沢玄蕃は、真田幸隆《ゆきたか》に従って、嵩山《かさやま》城の合戦で討死し、武田信玄の感状をうけている。二代玄蕃は、昌幸に仕え、跳《と》び六方《ろっぽう》という独自の業《わざ》を身につけて、〈猿〉とよばれ、いまも存命である。

小太郎の前に立つこの玄蕃は、三代目であり、そのおどろくべき身軽さは父を凌《しの》ぐといわれ、〈猿飛〉の異名をもつ。

「返したのだろう、その馬鎧」

「何を言っている。盗んだものを返すやつがあるか」

「業自慢のために盗んだのなら、返さなければいけないな」

「それは風魔衆のやりかたか」

「人の道だと思う」

これには、玄蕃は、くっくっと笑いだす。

「忍びが人の道を説くとは……。坊主か、風魔小太郎というは」

「風間小太郎だよ」

「どこまでもおかしなやつだ。風魔一党の頭領を継ぐ者ならば、風魔ではないか。だいいち、風間より風魔のほうが、人は怖がる」

「おれは誰も怖がらせない」

「化け物がよう言うものよ」

甚内が、玄蕃めがけて踏み込んだ。あるじ小太郎に対する化け物の一言に、怒りを発したのである。

甚内の抜き打ちが、玄蕃の右胴をとらえた。と見えたときには、玄蕃は後方へ十尺余りも飛んでいた。両足を合わせて真っ直ぐ突っ立ったままの姿勢から、そんな跳躍ができるはずはない。が、現実に、それはできたのである。

玄蕃は、着地したところで、また最初と同じ姿勢をとった。刀を抜こうともせぬ。

「おのれ」

甚内が二ノ太刀を送りつけた。喉首めがけての突きである。

さらに信じられぬことが起こった。玄蕃の五体は、その場で、真上へ七尺も跳び上がったのである。

驚異というべき跳躍力であった。玄蕃は、いずれの場合も、ただの一歩の助走もつけず、その場から前後、左右、そして上へと跳んで、易々《やすやす》と甚内の刃《やいば》の圏内から逃れ出てしまうのである。その跳躍の長さたるや、野生の猿のそれを凌駕《りょうが》しよう。

「これが親父どの譲りの秘術、跳び六方だ。もっとも、おれのほうが、より遠くへ跳べるがな」

そして、みずから段丘の台地の崖縁《がけふち》まで退《さ》がって、玄蕃は不敵に笑ってみせる。

「さて……前、後ろ、右、左、上。五方は見せた。ひとつ足らぬ」

まいれ、と玄蕃は甚内に向かって立てた人差指を、自分のほうへ二度、三度と曲げた。

玄蕃の真っ向へ、甚内は刃を振り下ろした。刹那《せつな》、〈猿飛〉が後方へとんぼを切り、崖縁から空中へ躰を投げだしたではないか。

「ばかな……」

甚内は、崖縁ぎりぎりまで寄って、落下してゆく玄蕃を目で追った。

下方に平らな岩場が見えた。五十尺、いや六十尺の落差がある。並の人間なら、五体を叩きつけられて死ぬか、大怪我を負うか、いずれかであろう。鍛えあげられた忍びといえども、無傷ということはありえまい。

玄蕃は、両足で軽やかに着地した。なんというしなやかさ、なんという強靭《きょうじん》さか。

振り仰がれたその顔は、邪悪に笑っている。

甚内は、あおざめた。自分と玄蕃をつなぐ長い糸を発見したのである。凧糸《たこいと》であろう、端《はし》に鉤《かぎ》がついていて、それは甚内の胴衣の衿《えり》にひっかけられていた。

「不覚《ふかく》……」

甚内が口走ったのと、爪糸が下から強く引かれたのとが、同時である。地獄への墜落に、目を閉じてしまった甚内だが、しかし、急激に引き戻された。

右腕一本で甚内を救った小太郎が、左腕には爪糸を巻きつけて引いている。

玄蕃は、爪糸を放して逃げればよいのに、そうはせず、小太郎の剛腕に引き上げられるまま、切り立つ岩壁をするすると登った。豪胆というべきであろう。

小太郎と玄蕃は、ふたたび対《むか》い立った。

「小太郎。こんどは、きさまがやるか」

自信に溢《あふ》れた目で、玄蕃は挑発する。

「遠慮しよう。あんたの業が大層なものであることは判った」

小太郎は穏やかである。その茫洋《ぼうよう》としたようすが、玄蕃の気に障《さわ》ったらしい。

「きさま。まだ思い出さぬようだな」

その目に憎しみの炎を燃え立たせる玄蕃であった。どうやら、初めて会ったのではないらしい。が、小太郎は、玄蕃の顔に見おぼえがない。

「忘れたか、八年前の黄瀬川《きせがわ》を」

その年、駿河と伊豆の国境線をなす黄瀬川を隔てて、武田軍と北条軍が対陣している。

「おれの初陣《ういじん》だ」

と小太郎はこたえた。

風魔衆は、連夜のように、黄瀬川の激流をものともせず忍び渡っては敵陣に夜討ちをかけ、武田軍将兵に、幾夜、眠れぬ夜を過ごさせたことか。

「うらめしや、風魔の忍び」

と武田勝頼《かつより》をすら口惜しがらせたものであった。

「あんたも参陣していたのか」

「きさまと同じく初陣よ」

初陣同士、いくさ場《ば》で顔を合わせたと玄蕃は言いたいのか。それならば、はじめに玄蕃が口にした、ひとまわり、ふたまわりの意味を察せられる。小太郎の体軀《たいく》が、あのころよりさらに大きくなったと見たのであろう。しかし、やはり小太郎のほうは、玄蕃に見おぼえがない。

「立ちすぐり、居すぐり。これでもおぼえがないとは言わさぬ」

風魔衆に苦しめられた武田軍は、夜討ちして逃げる風魔衆の中に、味方の忍びの者を十人紛れこませた。風魔衆の頭領風間峨妙を討ち取るためである。だが、かれら十人は、たちまち発見されて、逆に討たれてしまった。

松明《たいまつ》を灯《とも》して、あらかじめ決めておいた号令によって、素早く立ち、素早く座る。その取り決め事を知らぬ者が、後《おく》れをとったり、不審な動きをするのは避けられぬ。夜中、多勢の中、潜入した敵を見つけるこの法を、立ちすぐり、居すぐりというのである。

このとき、峨妙に命じられて、号令をかけたのは、小太郎であった。初陣のわが子の凛々《りり》しい姿を、風魔一党の人々の目に焼きつけたいという親心であったろう。

「われらが討った武田の忍びの中に縁者《えんじゃ》がいたか」

ようやく、小太郎は察した。

「兄者たちだ」

喉奥から絞りだされたような、玄蕃の一言であった。兄者たち、兄者たちというからには、ひとりではあるまい。深い悲しみと怒りが、小太郎にもひしひしと伝わってくる。

「そういうことなら、またいくさ場で会おう」

と小太郎は言った。

「戦国の世に、不覚悟なやつめ。いつでもどこでも、いくさ場だ」

おめいて、玄蕃は、差料を鞘走らせた。

横薙ぎの一閃《いっせん》である。だが、その刃を小太郎の胴へ届かせる前に、玄蕃は、柄を握る右の拳《こぶし》に衝撃をうけ、刀を取り落とした。小太郎のおそろしく長い脚《あし》に、蹴りあげられたのである。

玄蕃は、左方へ二度跳び、二十尺も離れると、左腕を二度つづけて振った。投げうたれたものを、小太郎は、ふたつとも腕で払い落とした。いずれも棒手裏剣《ぼうしゅりけん》である。

玄蕃が右手で投げなかったのは、小太郎の蹴りで痺《しび》れているからであろう。しかし、左手でも狙いは精確《せいかく》であった。

こんどは玄蕃は、後方へ跳びながら、空中で手裏剣を放った。が、それは、小太郎の頭上へ逸《そ》れた。やはり、左手では、思うようにいかぬらしい。

着地した玄蕃は、その場で、みたび手裏剣をうつべく、懐《ふところ》へ左腕を差し入れ、小太郎を睨《にら》みつける。対する小太郎も、半身にかまえて、視線を外さぬ。

「小太郎さま、危ない」

甚内が、叫びざま、小太郎の横合いから、その背後へ身を投げだした。背中合わせのようなかっこうで、四肢《しし》を思い切りひろげている。

振り返った小太郎の目に、地へ肩からどさりと落ちる甚内の姿が入った。

「返《かえ》り車《ぐるま》……」

抱き起こした甚内の右胸に、くノ字型の手裏剣が突き刺さっている。この手裏剣は、投げると、大きな円弧《えんこ》を描いて返ってくるので、返り車の名があった。会得《えとく》はきわめて難しいため、これを使う忍びがいるなど、小太郎も聞いた例《ためし》がない。それを玄蕃は、利き手でない左手で見事に投げた。

しかも玄蕃は、返り車を無策に使っていない。まず棒手裏剣を二本、見せておいてから、そのあとで投げうっている。頭上に逸れた手裏剣が返り車であったとは、あるいは峨妙でも見抜けなかったやもしれまい。

跳び六方の凄味《すごみ》といい、返り車の熟練といい、唐沢玄蕃は忍びの者として天才児というべきであろう。

（凄いやつだ）

小太郎が見やると、若き白面《はくめん》の復讐鬼は大きな舌打ちを洩らした。甚内に邪魔されたことが、よほど悔《くや》しいらしい。

玄蕃は、取り落とした刀を拾いあげ、青眼《せいがん》につけた。

「甚内。結着をつけねばならないらしい。しばらく辛抱しろ」

「さしたる疵《きず》ではござらぬ。存分に闘《たたこ》うてくだされい」

　小太郎は玄蕃に向かって立つ。甚内もみずから立ち上がり、右胸の返り車をそのままに、大きく後ろへ退がった。

「態よりもでかい図体《ずうたい》だ。斬り甲斐があるというものよ」

　復讐心を露わにして、そう憎々《にくにく》しげに吐き捨てた玄蕃に、小太郎は思ったままを陳《の》べる。

「あんたの兄たちのことは気の毒に思う。けれど、いつでもどこでもいくさ場ならば、誰の身にも起こりうることだ。怨みを忘れろとは言わないが、怨みに生きては楽しくないぞ」

「ほざくな」

　大きく踏み出そうとした玄蕃であったが、

「やめい、唐沢玄蕃」

　制止の声を投げられ、動きをとめた。

　十五名ばかりの兵を率いた一騎が、馳《は》せつけてきたのである。

　下馬したその武士の合図で、足軽たちが一斉に弓に矢をつがえ、小太郎と甚内へ鏃《やじり》を向けた。

「去《い》ね、対馬《つしま》。おれのいくさだ」

と玄蕃は、強く拒絶する。

「そうはまいらぬ。風魔の惣領《そうりよう》と引き替えなら、割田下総《わりたしもうさ》を取り戻せる」

「割田下総など知ったことか」

「お屋形《やかた》は取り戻したがっておられる」

かれらのお屋形といえば、真田昌幸である。

さすがの玄蕃も、主君をもちだされては、我《が》を通すことはできかねるようであった。抜き身を鞘に収めた。

「小太郎。必ず殺してやる」

捨てぜりふを吐きかけると、唐沢玄蕃は背を向け、走り去ってゆく。

「出浦《いでうら》対馬守盛清《もりきよ》と申す」

玄蕃から対馬とよばれた武士は、小太郎に向かって名乗った。はじめは武田氏の下で、甲州透波《こうしゆうすつぱ》の総帥《そうすい》として活躍し、その後、一時、織田家中の森長可《もりながよし》に仕えてから、真田昌幸に属した男である。

「名胡桃城までご同道願いたい」

小太郎は、対馬守盛清から、その兵らへと視線を移す。すると、盛清が、ゆっくりとうなずいたではないか。

「風魔の小太郎どののほどの強者《つわもの》に、その気になられては、われら、この小勢では、あるいは太刀打ちできぬやもしれぬ。なれど、敵《かな》わぬまでも、あれなるご従者だけは必ず仕留める」

甚内を指さす盛清であった。この百戦錬磨《ひゃくせんれんま》の忍びは、小太郎の従者への厚情を看《かん》破《ぱ》しているらしい。

小太郎は、疵の痛みに脂汗《あぶらあせ》を流しはじめた甚内を見やってから、盛清に訊ねた。

「名胡桃城に金創医《きんそうい》はいるか」

四

小太郎と鳶沢甚内が、出浦対馬守盛清に捕らえられ、名胡桃城へ連行されたその日の夜、沼田城をひそかに訪れた者がいる。

寝所へ入るところであった沼田城代猪俣能登守邦憲は、家臣より来訪者の名を告げられて、不審を抱いた。

「なに、中山九郎兵衛《くろべえ》……」

真田方の武将ではないか。七月に沼田城を受け取るさい、能登守は会った。九郎兵衛は、いまは名胡桃城代の鈴木主水重則《すずきもんどしげのり》に従い、出城《でじろ》の丸山砦《まるやまとりで》の守将《しゅしょう》をつとめているはず。

「用向きは」

と能登守は家臣に質《ただ》す。

「殿に直《じか》に申し上げたいと」

罠《わな》やもしれぬ、と能登守は疑った。真田昌幸には、何をしでかすか測りがたいところがある。

「人数は」

「供はわずか七名にござりまする」

敵城へたったそれだけの人数で乗り込もうというからには、いかなる用向きであれ、死地と覚悟せねばならぬ。だが、西上野の中山氏は、真田氏の譜代《ふだい》ではなく、攻略されて麾下に属した一族である。昌幸に何事か命ぜられたとしても、戦陣でないところでの死を、九郎兵衛は納得できまい。昌幸にしても、能登守に罠を仕掛けるつもりだとして、それほどの大事を託してよいまでに九郎兵衛を信用しているとは思われぬ。

（もしやして、寝返りか……）

考えられぬことではなかった。九郎兵衛は、名胡桃城代の座を望んで果たせず、鈴木主水の下風《かふう》におかれたことが不満らしい、と能登守の耳にも聞こえている。

それでも、要心《ようじん》にこしたことはない。

「城外へ物見《ものみ》を放ち、城の備えを一層堅固にいたせ」

「承知仕《つかまつ》ってござりまする。して、中山九郎兵衛は」

「会おう。なれど、城内へ入れるのは中山九郎兵衛ひとりだ。供は外で待たせよ」

ほどなく、会所に主立つ者らが集められ、そこへ中山九郎兵衛が入ってきた。能登守は、皆が揃ったところで最後に現れ、上座についた。

能登守の合図で、侍臣《じしん》たちが短檠《たんけい》を九郎兵衛へ近寄せた。本人かどうか、人相をたしかめるためである。

能登守は、九郎兵衛には一度会ったきりだが、忘れることのない特徴があった。左の目の下に傷痕《きずあと》があって、眼《まなこ》が曇りを帯びているのである。銃弾に掠められたそうで、以来、左目はほとんど見えぬらしい。

その特徴は、火明かりにたしかに照らしだされた。

「能登守どのには……」

おもてを伏せて、挨拶しかけた九郎兵衛に、能登守は無用とばかりに手を振る。

「夜中《やちゅう》、ひそかに敵の城を訪れるとは、よほどの用向きであろう。早々に申せ」

「されば、申し上げる」

おもてを上げた九郎兵衛は、ひと呼吸おいてから言った。

「名胡桃城代鈴木主水は、三日後の未明、この沼田城を急襲いたす所存」

列座の一同、息を呑んだ。

「いつわりであろう。関白の惣無事令を蔑《ないがし》ろにいたせば、真田はただではすまぬではないか」

さすがに能登守は、すぐには信用せぬ。

「城を攻められては、能登守どのとて戦わねばなりますまい。真田と同じく、惣無事令を蔑ろにいたしたことになり申す」

「ばかを申すな。やむをえざる仕儀《しぎ》で干戈《かんか》を交えて、なにゆえ蔑ろにいたしたことになる」

「なぜ戦うことになったか、その理由など、あとでなんとでも言えましょうぞ。真田昌幸がいかなる男か、北条の方々こそようご存じにござろう」

これは九郎兵衛の言うとおりであった。北条氏から見れば、真田昌幸は二枚舌どころか、三枚舌、四枚舌をもつ、とんでもないくわせ者なのである。能登守が先に挑発した、ぐらいの嘘は平然とつくであろう。

「真田昌幸はいまや、関白のおぼえめでたき男にござる。関白が、北条と真田、いずれの言い分を正しいとみなすか、申すまでもござるまい」

昌幸は、次男の源次郎幸村《げんじろうゆきむら》を、秀吉に人質として差し出しているが、幸村の利発さを愛《め》でた秀吉は、これを近侍させて片時も離さぬという。

「関白は、沼田で北条と真田の合戦が起こるのを待っている。能登守どのもすでにお察しのことと存ずる」

これもまた、そのとおりであった。

日本全土の征服をめざす秀吉が、北条氏征伐の口実を欲していることは、疑いない。それを知ればこそ、いまや北条氏は、やがてきたるべき秀吉との決戦に向けて、小田原城をはじめ、関東各地の支城《しじょう》も、より堅固にすべく、改修を急いでいる。その守りが万全となる前に、北条氏を討ちたいと秀吉が考えるのは、当然であろう。自分が領土分割の裁定を下したばかりの沼田の地で、北条氏がいくさを起こせば、秀吉にとって、これ以上の絶好の口実はあるまい。

「では、中山九郎兵衛。鈴木主水がわれらの城を攻めんといたすは、関白の命令か」

「それはござるまい」

「あからさまにさような見えすいた暴挙をなせば、関白は諸大名の信を失い申そう」

「なぜだ」

「ならば、真田昌幸の一存と申すか」

これにも、九郎兵衛はかぶりを振った。

「関白は何も語らず、真田昌幸がその意を察し、さらにまた、真田昌幸から鈴木主水へ以心伝心《いしんでんしん》。それがしは、さようにみましてござる」

「なるほど、鈴木主水ひとりを捨て駒に使うというわけか」

「主水は、過《す》ぐる元亀《げんき》二年（一五七一）、武田の軍門に降《くだ》ったおり、昌幸の父幸隆《ゆきたか》の口利きによって命を助けられ申した。以来、真田のために、いつでも命を捨てる覚悟のある男。沼田城へ攻め寄せてから、おそらく、ほどよいところで討死を遂げるつもりにござろう」

死人に口なしである。

「そのほう、これほどの大事、なにゆえ敵のわれらに知らせた。味方の中に訴える対手《あいて》がいよう」

「誰に知らせよと」

逆に九郎兵衛に訊き返され、能登守はすぐには返辞ができぬ。

「よろしいか、能登守どの。それがしが誰かに訴えることで、鈴木主水の沼田城攻めが行われなんだといたそう。この九郎兵衛の立場はどうなるとお思いか。関白の意を迎えたい真田昌幸は、要《い》らざることをいたしたと、それがしを疎《うと》むに相違なし」

「ならば、黙って鈴木主水に従い、城攻めをいたし、手柄を立てればよいではないか」

「関白の本意がどうであれ、表向きは惣無事令を冒《おか》しての城攻め。たとえ攻略に成功したところで、手柄と認めてもらえるはずがござるまい」

激昂《げっこう》もせず淡々と語る九郎兵衛に、能登守はいささかのおどろきを禁じえなかった。

(見かけによらぬ……)

最初に会ったとき感じた印象では、智慧《ちえ》よりも腕力に頼る男とみえたのである。だが、実際には、九郎兵衛はなかなかに思慮《しりょ》深い。

「それがしも乱世の武士。野心がござる」

真田は小大名。鈴木主水はその属将。九郎兵衛といえば、そのまた下におかれている。この先、さしたる出世は期待できまい。

「北条に寝返ると申すのだな」

「その存念なくして、能登守どのを訪ねはいたさぬ」

九郎兵衛の見えている右目を、能登守は瞶《みつ》めた。そこには並々ならぬ決意の光が宿っている。

このとき、家来がひとり入ってきて、能登守に耳打ちした。物見の報告によれば、沼田城周辺に不穏《ふおん》な動きはまったくないという。

(罠ではないらしい……)

九郎兵衛の沼田城訪問が、真田の仕掛けた罠であるのなら、城のようすを窺《うかが》う者がどこかに潜《ひそ》んでいてもよさそうなものであろう。しかし、まだ九郎兵衛を、心から信じることはできぬ能登守であった。

「されば、寝返りの証をみせよ。口先だけでは信用できぬ」

「能登守どのには、主水の機先を制して、名胡桃城を攻めていただきたい」

「なに」

「さすれば、それがし、内応《ないおう》いたして北条勢を城内へ引き入れ申そう」

北条勢が攻めかかったら、九郎兵衛もただちに兵を率い、丸山砦から一挙に山を駈け下って名胡桃城へ達し、城を救援するとみせて、攻城軍を雪崩《なだれこ》込ませる。そういう作戦である、と九郎兵衛は明かした。

「われらが名胡桃城を攻めれば、それこそ関白の思うつぼではないか」

列座のひとりが難色を示しかけたのを、

「いや」

と能登守は手を挙げて制す。

「中山九郎兵衛の申したとおり、鈴木主水が先に仕掛けても、関白は北条の罪を問い、関東攻めの軍をおこすに相違ない。であるならば、こちらが先に名胡桃城を落として、早々にこの沼田の地から真田を一掃し、上野国の備えをたしかなものとするほうが、得策というものだ」

すると、列座から賛意の声が次々とあがった。

「憎き真田にひと泡ふかせてやる絶好の機会よな」

「おお、それよ」

「討死した同輩たちの敵討ちができるわ」

などと、早くも腕を撫《ぶ》す者らもいた。

いくさでは、真田勢にどれほど苦汁《くじゅう》を呑まされてきたか知れない北条方の人々なのである。にわかに復讐心を燃えあがらせたのも、無理はなかった。

「殿。城攻めなさるにしても、まずは鉢形の安房守さまのお下知《げち》を賜らねばなりませぬぞ」

列座の中には、慎重な者もいて、そう能登守に進言した。能登守は、鉢形城主北条安房守氏邦の麾下である。

「それでは間に合い申さぬ」

九郎兵衛が強い口調でかぶりを振った。

「三日後の沼田城攻めに合わせ、明後日、吾妻衆《あがつましゅう》がひそかに名胡桃城へ集結いたす。むこうに人数が増えては、こちらの城攻めも至難となり申す」

吾妻衆とは、上野国吾妻郡の武士をさし、その大半は真田氏に属していた。

「能登守どの。名胡桃城を攻めるのは、明夜のうち。この機を逸《いっ》してはなりますまいぞ」

能登守に決断を迫って、膝をすすめる九郎兵衛であった。

能登守は、しばし、黙して考えた。

これから書状をしたため、武州鉢形へ急使を遣《つか》わしたとしても、ただちに氏邦から攻城命令が出ることはありえまい。北条氏の存亡にかかわると言うべき大事なのである。必ず、小田原の北条截流斎・氏直父子の決断を待たねばならぬ。となれば、さらに時がかかる。截流斎は名胡桃城攻めを望むであろうが、氏直は二の足を踏むに違いない。結果、九郎兵衛の言ったように、機を逸してしまう。

（わが生涯いちばんの大博奕《おおばくち》よ……）

名胡桃城を落としたことがきっかけで、のちに北条氏が秀吉を破ったとしたら、能登守は英雄となる。出世は思いのままであろう。野心は、九郎兵衛だけのものではない。能登守の中にも、滾《たぎ》るものがあるのである。

（鉢形へ知らせるのは、出陣後でよい）

ついにそう思いきめた能登守は、列座に向かって宣言した。

「明夜、名胡桃城に夜討ちをかける」

九郎兵衛が上座に向かって平伏する。床を眺める右目は、しかし、無表情であった。

それから、急ぎ、明夜の手筈《てはず》が決められると、九郎兵衛は座を立った。丸山砦へ戻らねばならぬ。

「待て、九郎兵衛」

能登守が呼びとめた。

「何か」

「そのほう、望みを口にせぬまま辞すつもりか」

「恩賞のことにござるか」

「申すまでもあるまい」

 名胡桃城攻めを決意したものの、九郎兵衛に対して、まだかすかな疑念を拭いきれぬ能登守なのである。わけても、恩賞のことは、九郎兵衛にとって最も重要な問題であるはずなのに、それを言いださぬまま帰ろうとするのは、さらに解せなかった。

「それがしの働きに、北条の方々がどれほどの値踏みをなさるか、それを待つまでのこと」

「値が安ければ、北条もまた見限る。そう申したいのだな」

「武人のならいにござりましょうぞ」

自分の働きに正当な評価を与えてくれぬ主君を見限るのは、当時の武士の感覚では裏切りでもなければ、むろん不忠でもなかった。

そして、九郎兵衛のことばの端々《はしばし》からは、大きな恩賞さえ約束してくれるのなら、誰にでも仕えるという軽々しさは微塵《みじん》も感じられぬ。本気で北条にすべてを賭《か》ければこそ、その度量を測りたいのだという強い意志が、伝わってくる。

この瞬間、能登守は、九郎兵衛を心底より信じ、

(名胡桃城はわが手に落ちる)

と昂《たか》ぶる思いで確信をもった。

五

重畳《ちようじよう》たる山並みの向こうに、陽が落ちてゆく。雪を戴《いただ》く高き峰々は、神秘的ともいえる美しい佇《たたず》まいをみせている。

「ほんとうに、よい眺めだなあ」

寒風をまともに浴びながら、心地良さそうに大きく深呼吸をしているのは、小太郎であった。名胡桃城の南側の丸山に、出城として築かれた砦の物見櫓《やぐら》にあがっている。

この砦は、狼煙台《のろしだい》をもつ。守将の中山九郎兵衛以下、百名の兵が常駐し、その任は、山上からの周辺の索敵《さくてき》と、緊急時に狼煙をあげて吾妻郡の真田方の城へ連絡することであった。

小太郎の横には、前髪立《まえがみだち》ではないものの、まだ少年の面差《おもざ》しを残す小具足《こぐそく》姿の武士が立つ。名胡桃城代鈴木主水の子右近《うこん》である。

昨日、名胡桃城へ連行されてきた小太郎の、おどろくべき堂々たる体軀と、敵陣の中でも明るい気を振りまく快男児ぶりに、若い右近はすっかり魅《み》せられてしまった。

それは、城の将兵も皆、同様であり、今朝《けさ》など小太郎に嬉々《きき》として組打ちを挑む者らがいた。かれらは、五人、十人と束になってかかっても、小太郎に造作もなく投げとばされるのだが、どの顔もむしろ痛快だと言わんばかりに晴々としたものであった。戦国の世では、敵同士がいつも憎しみ合っているわけではない。別して、小太郎のような名高い勇者から、何かしらあやかりたいと望むのは、少しも異常なことではなかった。

「割田下総をこのまま風魔にくれてやり、代わりに小太郎を貰い受けたいものだ」

主水まで、冗談とも本気ともつかぬ表情で、そう口走ったほどである。

出浦盛清の配下に吾妻七騎とよばれる忍びの手錬《てだれ》者たちがいるが、割田下総守重勝《しげかつ》はそのひとりであった。北条氏の譜代重臣松田尾張守憲秀《まつだおわりのかみのりひで》の陣地へ、単身で乗り込み、憲秀の愛馬をまんまと奪いとってくるなど、その大胆な忍び働きは、真田昌幸を悦ばせている。それが、一ヶ月《ひとつき》ほど前、北条幻庵の久野《くの》城へ忍び込んだところ、偶々《たまたま》訪れていた風間峨妙に発見、捕縛されてしまい、そのまま風祭へ引っ立てられて虜《りょ》囚《しゅう》の身となってしまった。

重勝を取り戻すよう、真田昌幸から命ぜられた出浦盛清であったが、風魔の本拠風祭に拘禁された者を救出するなど、不可能というほかない。無理にでも取り戻そうとすれば、味方にも多数の死者が出ることを覚悟せねばならぬ。

だから、風間小太郎がたったひとりの従者とともに、沼田へ向かったという情報がもたらされたとき、盛清は小躍りした。小太郎を捕らえて、重勝と人質交換をするのだ、と。

盛清は、小太郎を捕らえた昨日のうちに、風祭へ向けて使者を放っている。一両日中に、峨妙から返答があろう。

「気に入っていただけて、よかった」

鈴木右近は、小太郎に笑いかけた。丸山砦から望む景色は素晴らしいからと、小太郎を誘って、ともにのぼってきた右近だったのである。

「小太郎どの。ひとつ訊ねたい」

「いいよ」

「なにゆえ無腰なのか」

大刀はおろか、小刀すら腰に差さぬ小太郎なのである。

「おれは山で育った。山の獣たちは、刀も槍《やり》も弓矢も鉄炮《てっぽう》も恃《たの》みとせず、おのれの五体のみを使って闘い、生きている」

「それが理由にござるか……」

すると、小太郎が、にっこりする。右近はあっけにとられた。武士と山の獣と同列に論ずるなど、どうかしている。

「では、小太郎どのは生涯、武器を恃みとせぬと言われるのか。そのような武士が、この戦国の世で生き残れるとは、それがしには到底思われぬ」

「おれは、ほかのものを恃む」

「武器のほかのものとは」

「人さ」

「………」

またしても、右近は戸惑う。

「わが身のそばに、名刀が百振《ふり》あるのと、親しき人がひとりいるのと、いずれが勇気が湧く。そして、いずれが楽しい」

と小太郎が穏やかに訊いた。

「それは……」

返答に窮する右近であった。

「おれは、刀が千振でも万振でも、人ひとりのほうがいい」

「そのひとりが下郎《げろう》でも、さように思われるのか」

「下郎……」

小太郎は、訝《いぶか》って、首を傾《かし》げた。が、右近がばつの悪そうな顔をしたので、下郎とは鳶沢甚内のことを言ったのだと判った。

昨日、名胡桃城で疵の手当てをうけた甚内は、そのまま城内の一室で床に就いている。甚内が土牢《どろう》に入れられなかったのは、小太郎は決して逃げぬと出浦盛清が信じたからである。

「失《な》くしてしまったとき、刀はまた購《あがな》えばいいけれど、人は取り返しがつかない。おれは、甚内を恃みとしている」

また小太郎は破顔《はがん》した。その無邪気とも思える笑顔は、右近の心に鮮やかに刻み込まれた。

小太郎が、北のほうを眺めやった。

眼下に利根川の大きな流れが見える。一里ばかり下流のところで、東から薄根川《うすねがわ》が注ぎ込む。その合流点に近い薄根川沿いの断崖上に、沼田城が聳えている。

「沼田城はいつもあのようなようすか」

「あのような、とは」

訊かれた右近も、沼田城へ視線を移す。小太郎の質問の意味が判らなかった。沼田城には、火の手があがっているわけでもなし、べつだん変わったようすは見られぬ。いつもの姿である。

「小太郎どのには、どこかおかしゅう見えるのでござるか」

「おれは、いつも見ているわけではないから判らない。ひどく張りつめた気が、沼田城を被《おお》っているような感じがするだけだ」

「張りつめているのは、名胡桃城も同じこと。真田から北条への沼田城明け渡し以来、常に睨み合《お》うているゆえ」

なればこそ、右近も常に小具足を着けて過ごしている。

このとき、下から、右近の侍臣が声をかけてきた。

「あまり長居をしては、お風邪《かぜ》を召されまするぞ」

屋根と四柱をもつだけで、一枚の壁もない吹きさらしなのである。あたりも昏《くら》くなってきた。右近も小太郎も、沼田城のことはそれ以上気にとめず、物見櫓から降りた。

ふたりは、名胡桃城へは戻らず、丸山砦にとどまった。砦の兵らも、音に聞こえた風魔の小太郎と酒を酌《く》み交わしたいというので、右近はその願いを容《い》れたのである。

右近にすれば、束の間でも小太郎のあるじ気取りができて、いささか誇らしかった。主水には、侍臣を遣わして、許しを得た。

やがて、夜は更け、丸山砦も名胡桃城もすっかり寝静まった。酒の酔いで、小太郎も心地よい眠りへと誘われた。

小太郎は、五体にも五官にも獣性をもつ。もし丸山砦に夜襲がかけられようとしていたのなら、たとえ深い眠りに落ちていても、迫りくるその兵気《へいき》を察して、いち早く目覚めたことであろう。だが、沼田城をひそやかに出陣した北条軍が、灯火も用いず、粛々《しゅくしゅく》として包囲したのは名胡桃城である。さしもの小太郎にも気づきようがない。

大砲《おおづつ》の音で、丸山砦の者らはとび起きた。皆、自分たちが夜襲をうけたと思い込み、右往左往《うおうさおう》する。

「名胡桃城への夜討ちだ」

小太郎ひとりが、右近にそう言って、ともに砦の北側の端まで走り、乱杭《らんぐい》越しに、眼下を眺め下ろした。

名胡桃城の各曲輪《くるわ》で焚《た》かれる篝火《かがりび》が、ぽつりぽつりと見える。

砲音がふたたび轟いた。かと思うまに、一曲輪《いちのくるわ》とおぼしいあたりで、何かが叩き潰《つぶ》されたような音がした。砲弾が城の建物のどこかに命中したらしい。

闇の底のあちこちに、小さな火が出現しはじめた。それは、夥《おびただ》しい数となって、名胡桃城を包囲した。攻城軍がいま、松明を灯したのである。

「えい、えい、おう」

「えい、えい、おう」

雷鳴のような鬨《とき》の声が、夜気をふるわせた。

攻城軍から城に向かって、次々と火矢が射込《いこ》まれる。

「あれは、まさか沼田の北条勢……」

茫然と右近は、小太郎の横顔を仰ぎ見た。日暮れ時、小太郎が物見櫓から望見した沼田城に、張りつめた兵気をおぼえたことを、右近は思い出したのである。

「砦の兵を率いて、山を下れ。おれも供をする」

右近を促《うなが》して振り返った小太郎だが、

「供をするとは、いかなる存念か」

丸山砦の守将に立ちはだかられてしまう。中山九郎兵衛の右目は、疑念の色を露わにしていた。

「あの攻城軍は北条勢に相違なし。味方と戦うつもりはあるまい」

北条勢がやってきたのをよいことに、小太郎は出浦盛清との約束を反古《ほご》にして逃げるか、真田勢に牙《きば》を剝《む》くか、いずれかに違いない、と九郎兵衛はきめつけたのである。

「いまは敵も味方もない。おれは、甚内を殺されたくないだけだ」

小太郎は本心を吐きだした。

「いつわりを申すな」

怒声をあげた九郎兵衛は、兵らに命じて、小太郎を槍衾《やりぶすま》で包囲させる。

いましがた小太郎と酒杯を交わしたばかりの兵たちも、状況が変われば、心のありようも変わってしまう。これが、食うか食われるかの戦国の世というものであった。

「よさぬか、九郎兵衛」

と叱りつけたのは、右近である。

「小太郎どのはいつわりを申されるお人ではない。まことご従者の命を助けたい一心なのだ」

「小僧は黙っておれ」

「なに」

右近は、怒りのあまり総身《そうみ》をふるわせた。主従関係にあらずとも、いまは主水の命令をうける身の九郎兵衛ではないか。その主水の子である自分に対して、小僧とはあまりに無礼。

右近は、腰の陣刀《じんとう》の栗形《くりがた》を、左手でつかんだ。が、柄を握ろうとした右手は、小太郎に押さえられる。

「味方同士で争っているときじゃない。右近どのは早く往《ゆ》け」

「小太郎どのをここに置き去りにはできぬ」

「罠だぞ」

と九郎兵衛が言う。

「こやつ、必ず北条と示し合わせているに違いない。われらが名胡桃城救援のため丸山を一気に下るであろうことを見越し、北条は中腹あたりに伏勢《ふせぜい》を配したはず。われらが砦を出れば、たちまち押し包んで討つ。そうであろう、小太郎」

「…………」

小太郎が黙して反駁《はんばく》しないのは、九郎兵衛を説得することはもはや不可能と感じたからであった。生死の懸かった極限状況では、何事かをいったん疑えば、心の目は鬼を見ることになり、その鬼の姿は、大きくなりこそすれ、消えることはないのである。

「何も返辞をせぬところをみると、図星のようだな」

九郎兵衛は、勝ち誇った笑みを浮かべてから、数人の兵に物見を命じて走らせた。

伏勢がいては、不用意に砦を出ることはできぬ。

「あんた、伏勢を怖がって、このまま砦に籠《こ》もりきりになり、名胡桃城を見捨てるのか」

「なに……」

一瞬、九郎兵衛は返すことばに詰まる。

「そうだ、九郎兵衛」

小太郎の一言に勇気を得たのであろう、右近も詰め寄った。

「敵が攻め寄せたとき、山上よりいち早くこれを見つけて、名胡桃城へ急報するのが、この丸山砦の任であるはず。夜陰に紛れたとは申せ、北条勢が名胡桃城を囲むまで気づかなんだのは、砦の守将であるおぬしの怠慢《たいまん》だ。伏勢がいようといまいと、いますぐ名胡桃城の後詰《ごづめ》をするのが、恥を知る武士の致《いた》し様《よう》であろう」

「小僧が、生意気な口を……」

あまりの憤怒《ふんぬ》で、眼《まなこ》が飛び出しそうなほど、九郎兵衛の右目は引き剝かれた。

「右近どの、往け。まさかこの御仁《ごじん》も、味方を討ちはしないだろう」

小太郎に再度促され、右近はうなずいた。

「ご従者はそれがしが守る」

名胡桃城の兵の中には、北条勢の夜襲をうけた怒りから、腹いせに甚内を殺そうとする者が出るやもしれぬ。

「甚内のことはいい。右近どのは、自分が誰よりも恃みとする人を守れ」

北条勢が名胡桃城を攻めたからには、城主を、それが不在なら城代を、討とうとするのは、当然のことであろう。右近の守るべき人は、父の主水であった。

「はい」

身内を熱くしながら、右近は、侍臣とともに砦を飛び出し、名胡桃城めがけて、山を駈け下っていった。

すると、砦の兵のうち、半数近くが、九郎兵衛の制止を振り切って、右近のあとにつづいた。かれらは、直属の命令者を見限ったのである。

九郎兵衛が青ざめたのは、言うまでもない。このままでは、いくさの勝敗がどう転んでも、不覚者の烙印《らくいん》を押されるであろう。

それにしても、奇妙なことではある。北条勢が名胡桃城に夜襲をかけるやいなや、九郎兵衛も丸山砦から出陣する手筈ではなかったのか。あるいは、土壇場《どたんば》になって、九郎兵衛は猪俣能登守に裏切られるのを恐れたとでもいうのか。だとすれば、昨夜、沼田城で能登守を唸《うな》らせた智慧と胆力《たんりょく》は、どこへ消えてしまったのであろう。

「くそたわけどもが」

自分を見限った兵らを罵《ののし》ったのか、それとも北条への怒りか、九郎兵衛は悪態《あくたい》をついた。

「皆、名胡桃城へ往くぞ」

ついに九郎兵衛が、残っている兵らに、そう命じた。

すぐに、馬が曳《ひ》かれてくる。

「こやつは……」

と近侍の者が、小太郎の処分を、九郎兵衛に訊ねた。

「斬れ」

命じておいて、九郎兵衛は、鞍上《あんじょう》に身を移し、馬に鞭《むち》を入れた。小太郎の周囲に十人を残して、丸山砦の兵は全員、山を下りはじめる。

「そんな薄い衾《ふすま》はすぐに破れる」

小太郎の表情は、どこか拍子抜けしたようなものになった。槍衾のことを言ったのである。

「無腰が強がりを申すわ」

処分を任された侍が、嘲《あざけ》った。

小太郎の力を知る出浦盛清がいれば、たった十人で始末できるなどと、到底思わなかったに違いない。

「突き殺せ」

侍が命じるや、包囲陣の槍が一斉に繰り出された。

小太郎は、左足を一歩踏み出しざま、それを軸にして、右まわりに巨軀を回転させた。そのさい、高くあげた右足で、横薙ぎに槍をまとめて蹴り払っている。と同時に、左右の手には、一本ずつ、槍のけら首をつかんでいた。

槍を蹴り払われた兵らは、折り重なって、将棋倒しに倒れた。槍を奪われた二名は、その場で、側転しそこねたようなかっこうで、地へ肩からひっくり返っている。

小太郎は、槍を投げ捨てると、命令を下した侍に無造作に歩み寄り、あわてて抜刀しようとするその右腕をつかんで、枯れ枝でも折るように、いともたやすくへし折った。そのまま、侍の躰を、おのが頭上まで持ち上げ、ひょいと放り投げる。

おそろしい悲鳴が、夜気を切り裂いた。侍は、先を尖《とが》らせた乱杭に串刺しとなったのである。

兵らは、逃げだした。中には、腰を抜かして立てぬ者もいる。

小太郎は、もはやかれらにはかまわず、砦を走り出ると、日中、右近に同行して登ってきた道へ、巨体を躍らせた。

眼下に、大きな火の手があがっている。大手口前の外構《そとがまえ》の家臣団集落が、攻城軍に放火されたらしい。

鉄炮の斉射音《せいしゃおん》、矢叫《やさけ》び、刀の鐔音《つばおと》、男たちの狂気じみたわめき声。それらの入り混じった喧噪《けんそう》も、はっきりと小太郎の耳に届く。

突然、間近《まぢか》に女の悲鳴を聞いた。

いくさ場で血を見た昂奮《こうふん》から、混乱の中で女を犯す兵はめずらしくない。といって、悲鳴を耳にしたからには、知らぬふりはできぬ。

足をとめ、周辺に素早く目を走らせた。右方の風にざわめく木立の中で、小さく火花が散った。

躊躇《ためら》わず、木立の中へ駈け入った小太郎は、しかし、いきなり飛来してきたものを避けるため、横っ飛びに転がらねばならなかった。明るいうちなら、飛来したものを目に捉えて、腕で払い落としたであろうが、闇の中ではそうはいかない。

つづいて、人影が迫った。手裏剣か何かを投げうっておいて、小太郎をひるませておき、間髪《かんはつ》を入れず斬りかかる策であったろう。

(唐沢玄蕃か)

とっさに、あの天才というべき若き忍びの白面が、小太郎の脳裡《のうり》をよぎった。こんなところで自分を襲う者は、昨日結着をつけられずに去った玄蕃のほかに考えられぬ。

小太郎の足許《あしもと》で振りあげられた刀が、葉の落ちた木々の上から降る月光を、きらりとはじいた。小太郎は、立ちあがりざま、対手《あいて》の両肘をつかんで、そのまま押し倒し、重なり合って、斜面を転がった。刀が、対手の手を離れる。

木の根元でとまると、仰向けの対手の胸に馬乗りになり、押さえ込んだ。

血が匂う。小太郎の手にも、ぬるっとした感触があった。

鼻がくっつきそうな近さで、対手の顔を見る。

女であった。見覚えがある。

「風魔の……小太郎どの……」

女のほうから先に、おどろきの声をあげた。ひどく苦しげである。

小太郎は、女のからだの上から、身を離した。

「あんた、甲斐で会ったな」

小太郎も思い出した。徳川家康の寵臣《ちょうしん》平岩親吉に命じられ、小太郎を討とうとした四人の女。あのときは、いずれも歩き巫女の白衣の旅装束をまとっていた。眼前の女のそれは、たぶん柿色であろうが、乱れた衿の裏地の白がのぞいている。ただ、この女は、垂髪で小太郎の顔を叩いた女とは違う。

「笹箒を……」

息も絶え絶えの声が洩らされる。が、それなり、女は事切《こときれ》れてしまった。

上から、争闘の音が降ってくる。仲間を助けてくれと女は言いたかったのに違いない。

この女が小太郎に斬りかかったのは、新手《あらて》の敵がきたと思い込み、深手《ふかで》を負いながらも、最後の力を振り絞って逆襲に転じたのであったろう。

音のするほうへ、小太郎は、斜面を駈けあがってゆく。女に斬りかかられたあたりに、けものみちがあり、それが木立の奥へと通じている。

落葉を踏んで、けものみちを走った。死体が点々と転がっている。

樹間に飛び交う影が目に入った。数えて、七つ。一対六という対決図と見えた。一が、笹箒という者であろう。

馳せつけた小太郎は、いちばん手前のひとりの衿首を後ろからつかんだ。これは男である。そのまま右腕一本で、男のからだを、下方へ放り投げる。

ぐしゃっ、という異様な音がした。男は、物凄い勢いで、頭から木の幹へ叩きつけられたのである。

闘っていた者らは、乱入してきた巨影におどろき、一様に動きをとめた。

「笹箒か」

五人に囲まれた者へ、小太郎は、その包囲陣の外から声をかけた。

「もしや、風魔の小太郎どのか……」

と笹箒が誰何《すいか》するように訊き返してくる。

「そうだ。いま、名は知らないが、あんたの仲間に、笹箒を助けてくれと頼まれた」

すると、五人のうちのひとりが、突然、背をみせて逃げだした。

「小太郎どの、あやつは湛光風車。逃がしてはなりませぬぞ」

「なぜ湛光風車がここに……」

「訳《わけ》はあとで。早《はよ》う追いなされ」

「あんたは」

「わたくしのことは、ご案じなされますな。こやつらを早々に片付け、小太郎どののあとを追います」

強気なことを言った笹箒だが、その口が洩らした微《かす》かな苦鳴《くめい》を、小太郎は聞き逃さなかった。笹箒はどこか斬られたのか。

すぐに追えば、あるいは湛光風車を捕らえられよう。しかし、手傷《てきず》を負っているらしい女を、四人もの敵の白刃《はくじん》の前に置き去りにはできぬ。

小太郎は、敵の刃の圏内へ、巨軀を踏み込ませた。言うまでもなく、武器を持たぬ。その無謀さに、かえって対手はうろたえる。

小太郎の右腕が左へ振られた。対手は、吹っ飛んだ。頸《くび》の骨が折れたらしい。

右方から斬りつけてきた次の敵を、返す右の拳で殴りつける。大刀よりも長い小太郎の猿臂《えんぴ》であった。あごを砕かれたその者は、横ざまに棒倒しに倒れた。

これで二対二になった。

残った敵ふたりは、明らかに動揺している。そのひとりの刀を、小太郎は手刀で叩き落とす。それと見て、笹箒も、残るひとりへ、独鈷を投げつけた。

独鈷は、稲妻《いなずま》なる武器、あるいは雷斧《らいふ》ともよばれる金剛杵《こんごうしょ》のひとつである。柄の両方に剣身《けんしん》（鈷《こ》）がついており、これが一本ずつの金剛杵を独鈷という。三日月形に三本ずつの剣身をもつものを三鈷《さんこ》、真ん中とその前後左右合わせて五本ずつのそれを五鈷《ご》鈷《こ》とよぶ。梓衆は、これらを巧みに使い分けられる。

独鈷の一方の剣身が、敵の喉首へ突き刺さった。その間に、小太郎に高く放り投げられた最後のひとりが、背中からまともに地へ叩きつけられ、悶絶《もんぜつ》している。

小太郎は、笹箒へ歩み寄った。

「湛光風車を捕らえる好機でございましたのに……」

と笹箒は言ったが、声の響きは、小太郎を咎《とが》めてはいない。

笹箒がよろめいた。小太郎は抱きとめる。

ようやく間近で見た笹箒の相貌は、甲斐山中で対峙《たいじ》した四人の歩き巫女のうち、最も忘れがたかったそれであった。垂髪で顔を打たれたときの鋭い痛みが、一瞬、蘇《よみがえ》る。

笹箒のからだは熱い。火のようだといってよい。汗も尋常ではなかった。

気を失ってしまった笹箒の総身を、くまなく触ってみる。かすり疵はいくつかあるが、深手は一ヶ所も負っていない。

（病《やまい》だったのか……）

梓衆は、甲斐山中で家康の命を狙った湛光風車を捕らえるべく、総力を挙げて、その行方を追わんとした。しかし、湛光風車を捕らえて、その命令者を突きとめれば、秀吉と北条の決裂につながるかもしれない。そう案じる家康が、梓衆を飼う平岩親吉へ、あの暗殺未遂の一件は忘れよと命じた。家康の警固を命じられながら、爆破を未然に禦《ふせ》げなかった笹箒は、それでは納得できず、梓衆の頭領に願い出て、三ヶ月《みつき》に限っての湛光風車追跡を許してもらった。甲斐で、ともに家康警固の任に就いた三人も、同じ思いで、笹箒に同行した。

ところが、追跡を湛光風車に気づかれたらしく、笹箒は、毒を盛られたとも知らずに、百姓の子が汲んでくれた井戸水を呑んで、死にかけたのである。笹箒が、解毒薬を携帯し、毒消しの法を知る忍びでなければ、ほんとうに死んでいたであろう。

回復半《なか》ばで追跡を再開したばかりに、笹箒の弱っていた肉体は、旅の寒空の下で風邪を招き、こじらせてしまった。

笹箒らが湛光風車を発見したのは、きょうの日中のことである。湛光風車は、配下七人とともに、名胡桃城にほど近い温泉に浸《つ》かっていた。北条氏にとっておたずね者であることも、笹箒らに追われていることも、意に介していないとみえる放胆さであった。

やがて湛光風車は、名胡桃城の北側を流れる赤谷川《あかたにがわ》に沿ってしばらく遡《さかのぼ》ってから一転、南へ向きを変え、日暮れてのち、丸山へ廻り込んだ。そして、丸山の中腹あたり、名胡桃城を見下ろせる場所に落ちつき、そのまま夜になるのを待ったのである。

湛光風車のその不可解な行動の理由を、深更《しんこう》に至って、名胡桃城が北条軍の夜襲を浴びたとき、はじめて笹箒は察した。湛光風車はこれが起こるのを待っていたのだ、と。いかにも高みの見物というようすであった。しかし、湛光風車がなぜ北条軍の夜襲を事前に知っていたか、そこまでは笹箒にも推《お》し量《はか》ることはできかねた。

湛光風車主従八名が、眼下の城攻めの光景に小躍りし、油断をしたところへ、笹箒ら梓衆四名は背後から奇襲をかけた。しかし、最も腕の立つはずの笹箒の、病をおしての闘いには、やはり無理があった。笹箒は、湛光風車の配下二名を討ったものの、その代償として、仲間の三名すべてを失った。小太郎が飛び込んできたのは、その直後のことだったのである。

むろん、以上の事実は、いまの小太郎の知るところではない。

（どうするか……）

小太郎は、困惑していた。寸時でも早く甚内を名胡桃城から救出したいが、重病とみえる笹箒をここに放っておくわけにもいかぬ。

下方へ目を転じると、名胡桃城からあがる大きな火の手の数が増えていた。

「甚内。しばらく怺《こら》えろ」

口に出して言ってから、小太郎は笹箒の躰を背負って走りだした。めざすは、沼田城。そこに笹箒の身柄を預けてから、急ぎ名胡桃城へとって返すつもりであった。

このとき、明るいうちなら、小太郎は足許に落ちていたものに、目をとめたであろう。湛光風車が梓衆との闘いのさなかに、懐から落とし、湛光風車自身、気づかなかったものであった。

鱗《うろこ》である。

大魚の鱗を、眼に着けると、盲人のそれのように曇りを帯びた目となる。ただ身なりを変えるだけの変装ではなく、人相まで変えてしまう変相に用いる道具のひとつであった。昨夜、沼田城を訪れ、猪俣能登守に名胡桃城を襲撃するよう唆《そそのか》したのは、実は中山九郎兵衛に変相した湛光風車だったのである。

変相術では、薬物を使って膚《はだ》に痣《あざ》や浮腫《むくみ》をつくることもあり、対象者がそういう目立つ傷をもっていればいるほど、変相は容易で、周囲を欺きやすい。だからこそ、湛光風車は中山九郎兵衛を選んだのであった。

その事実を、夜襲をうけた真田方はもとより、攻める側の能登守とて知る由《よし》もない。

「お城の衆、われは中山九郎兵衛である。後詰にまいったぞ」

大手口より攻める能登守勢の背後に、九郎兵衛の一隊が現れた。その到着をいまかいまかと待ちかねていた能登守は、悦び、手筈どおり、兵らに道をあけさせた。

「真田の猛将中山九郎兵衛だ」

「おそろしい」

「ひとまず退《ひ》け」

怯《ひる》む声が、能登守勢のあちこちからあがった。

「見よ。この中山九郎兵衛の名を聞いて、北条勢は及び腰になりおった」

気持ち良さそうに、呵々《かか》と笑う九郎兵衛であった。

（どうしたことだ……）

不審を抱いたのは、右近である。右近は、九郎兵衛より先に丸山砦を出たものの、途中で追いつかれ、ともに名胡桃城へ馳せつけることになったのだが、百名に充《み》たぬ自分たちを、兵力ではるかに凌ぐ能登守勢が恐れて道をあけるとは、いかにも解せなかった。たしかに九郎兵衛は、剛《ごう》の者だが、名だけで敵を恐怖せしめるまでの活躍をしたことはない。それとも、能登守勢は、夜のことで、ふいに背後を衝《つ》かれておどろき、九郎兵衛隊を大軍と思い込んだのであろうか。

「入城じゃ。橋を渡せ」

と九郎兵衛は、城に向かって叫んだ。

おのれの名だけで能登守勢をふるえあがらせた自分の入城は、必ずや名胡桃城の兵の士気を高める。と同時に、城代鈴木主水に、そういうところを見せつけたい九郎兵衛なのであった。

大手口の深い空堀《からぼり》に架《か》けられた木橋は、城側の橋脚と、外構側のそれとの中間部分が、引橋《ひきばし》になっていて、夜間は城内へ引き込んである。大手門が開かれ、その引橋が、車輪の音を立てながら、出てきた。城でも、能登守勢が九郎兵衛を恐れたところを見ており、にわかに勇気づけられたのである。

大手口の橋が、つながった。

すると、それまで九郎兵衛隊を遠巻きに眺めていた能登守勢は、雄叫《おたけ》びをあげ、一斉に橋へ殺到した。

九郎兵衛は、応戦した。が、うろたえている。

能登守勢と九郎兵衛隊は、橋上で乱軍となった。

「もうよい、九郎兵衛。早《はや》、城へ入れ」

後方より、馬上の能登守その人が、九郎兵衛を叱咤《しった》した。これを、九郎兵衛に従っていた兵らも、大手門の城兵たちも聞き逃すものではない。

「寝返ったな、中山九郎兵衛」

馬上の九郎兵衛へ、陣刀の切っ先を突きあげたのは、右近である。その怒りのひと突きは、脇楯《わきだて》の下へ入って、九郎兵衛の腹を存分に抉《えぐ》った。

「ばかな……」

信じられぬという表情のまま、鞍上でぐらりと横倒しになった九郎兵衛は、そのまま空堀まで転落した。

能登守勢は、動揺する九郎兵衛隊を力押しに押して、一挙に城中へ雪崩込んだ。この瞬間、勝敗は決したといえる。

沼田城に笹箒を預け、とって返した小太郎は、名胡桃城下の正覚寺《しょうかくじ》の近くまで達したところで、甚内に出くわした。

「よかった」

うれしさのあまり、家来を抱きあげてしまう小太郎であった。

「小太郎さまのお心、鈴木右近どのより聞き申した」

甚内は涙ぐんだ。

「右近どのも無事か」

「はい。ご奮戦の末、血路《けつろ》を拓《ひら》かれ、出浦対馬守らと信濃めざして落ちてゆかれてござる。身共の命も助けてくだされた」

だが、右近の父の主水は正覚寺で腹を切って果てた、と甚内は言った。憤死《ふんし》というものであったろう。

小太郎は、恃みとする人を失った右近の心中を思うと、胸がふさがれた。

このわずか二年後、右近は廻国修行の旅に出る。小太郎の人を恃みとするという一言がきっかけであったようだ。

「猪俣能登守なる御仁は、なんという愚かなことをいたしたものか……」

甚内が嘆息した。

能登守の名胡桃城攻めに、どんな言い訳も通らぬことぐらい、子どもでも判る。現実に、この六日後、一部始終が、真田昌幸から大坂城へ伝えられると、激怒した豊臣秀吉は、関白の名をもって、逆賊北条氏の征伐軍をおこすことを、諸大名へ通達するのである。

変相用のたった一枚の鱗が、歴史を強引に動かしたことを知るのは、湛光風車とその命令者だけであったろう。

小太郎は、まだ疵の癒《い》えぬ甚内を沼田城に残すと、みずからは箱根へ帰還し、自分の知る限りの名胡桃城攻めのあらましを峨妙に報告した。と同時に、割田重勝を真田方へ返すよう頼んで、了承を得た。小太郎にとって、名胡桃城が北条方の手に落ちようと落ちまいと、自分と重勝の身柄交換は、それとは別問題なのである。

「曾呂利新左衛門の申したとおりになったか……」

峨妙の顔には疲労の色が濃かった。

(風魔衆だけが気張ったところで、先はもう見えてるのや。関白さんと北条は、必ず戦うことになる)

だが、峨妙が疲れている理由は、それだけではなかった。永年にわたり、風魔一党に直接下知してきた北条幻庵が、老衰のため、危篤《きとく》に陥《おちい》ったのである。

忍びの者の心をよく識《し》り、決して使い捨てなどしない幻庵を、風魔一党は慕《した》ってきた。秀吉との開戦が決定的となったいま、幻庵を失っても、一党の者すべてが北条氏のために命を捨てる覚悟をもてるかどうか。それが峨妙には不安であった。

幻庵亡きあと、一党の心をふたたびひとつにするためには、神の力をかりるしかあるまい。風神の子の力を。

「小太郎。幻庵さまはあと半月か一ヶ月《ひとつき》かで逝《ゆ》かれるであろう。そうなったとき、わしは一党の頭領の座を下りる」

「なぜだ、親父どの」

「秀吉が攻めてくる。箱根を越えられては、小田原は危うい。箱根を庭とするわれらは、存分に力を揮《ふる》わねばなるまい。なれど、わしの古びたつむりでは、いかに戦えばよいのか、見当もつかぬ」

「おれも見当つかないよ」

「そなたの思うとおりにやればよいのだ」

「親父どのこそ、そうすればいい」

「秀吉ばかりは、北条も初めて戦う巨大な敵。若き力でなければ、対抗できぬ」

「判ったよ、親父どの」

小太郎があっさりと新頭領となることを受諾したのは、その座を望んだのではなく、そうすることで、父の顔に生気が戻るのならと思ったからにすぎなかった。

峨妙が笑顔をみせたので、小太郎も微笑んだ。

この年、十一月二十四日、北条幻庵は卒した。享年《きようねん》九十七歳ともいわれたが、まことの年齢を誰も知らなかった。奇《く》しくも、豊臣秀吉から北条截流斎・氏直父子へ、宣戦布告のなされた日でもあった。

同じ日、峨妙は、風魔一党の人々へ、頭領の座を小太郎に譲ることを宣言した。

ここに風神の子、小太郎は、風魔一党を率いて、天下人《てんがびと》豊臣秀吉と戦うことになったのである。

第三章　上方颪《かみがたおろし》

一

「来春、関東陣軍役のこと」

猪俣能登守の名胡桃城乗っ取りに先立つこと、十日以上も前に、豊臣秀吉は諸大名へそう通達していた。名胡桃城の一件が起こらなくても、年明けには北条氏を攻めるつもりだったのである。というより、北条氏討伐の口実となる事件が必ず起こることを、秀吉は予期していたというべきであろう。

明智光秀《あけちみつひで》を討ってから、天下統一を果たすまでの秀吉というのは、神がかり的に冴《さ》えていた。幸運を招き寄せる力も尋常ではなかった。みずから小細工を弄《ろう》さずとも、物事はすべて秀吉の望むがままになったのである。

秀吉は、早々に参陣大名の陣立てを決め、先鋒《せんぽう》徳川家康には翌年二月一日、他の大名には遅くとも三月一日までに居城地を進発するよう命じた。

北条氏では、当主氏直は、なんとしても合戦を避けたいと考えていたので、この期《ご》に及んでも、家康に秀吉へのとりなしを頼み、合わせて、秀吉の関東惣無事令奉行《ぶぎよう》の富田左近将監《とみたさこんしようげん》と津田信勝《つだのぶかつ》に宛《あ》てて、弁明書を出している。

「辺土《へんど》の郎従《ろうじゆう》ども不案内の慮外《りよがい》なり」

名胡桃城の一件は、田舎者の家来が勝手にやったことで、北条父子のまったく与《あずか》り知らぬことであるというのだが、もとより信じてもらえるはずはなかった。

それどころか、氏直は逆に、富田たちから、ある書状を突きつけられてしまう。鮭《さけ》を送ってくれた猪俣能登守へ宛てた北条截流斎の礼状であり、その中にこうあった。

「そこもとの仕置《しおき》、油断なく致すこと専一《せんいつ》に候《そうろう》」

たんに、沼田の北条領の仕置をしっかり行うように、と読むことはできまい。名胡桃城乗っ取り後の備えを、堅固なものにせよと命じた文言《もんごん》であることは明白であろう。なぜなら、礼状の日付は、乗っ取りのわずか二日後だったからである。

家康からも、もはやどうにもならぬと言い渡された氏直は、父截流斎に詰め寄った。

「なにゆえ、かように愚かなことをなされた」

「あれは、真田方の中山九郎兵衛にもちかけられた能登守が、一存でやったことだと申したではないか。なれど、いまさら経緯をあげつらったところで、何になる。わが北条の家臣が、名胡桃城を攻めた事実は消しようがないのじゃ。いかなる弁明も秀吉には通らぬわ」

秀吉に臣従するつもりのない截流斎にすれば、決戦は望むところである。名胡桃城奪取もあっぱれと悦《よろこ》んでいた。能登守へ宛てた礼状の文言は、その悦びから出たものであったといえよう。

氏直は、最後の手段として、重臣石巻康敬《いしまきやすまさ》を上洛《じょうらく》させ、なおも弁明につとめたが、康敬はかえって囚《とら》われの身となってしまう。

北条氏の不幸は、実権を握る截流斎は主戦派、当主氏直は非戦派と、北条父子が相《あい》容《い》れぬ考えをもっていたことであったろう。とくに氏直は、いくさはもはや避けられないと判った あとも、どうしてこんなことに、という後ろ向きの思いを最後まで消すことができなかった。決して暗愚《あんぐ》ではなかった氏直だが、総大将にあるまじきその弱気は、結局は敗因のひとつであったといえる。

年が明けて、天正十八年(一五九〇)一月二十日。小田原城において、北条方の諸将が一堂に会し、大軍議が開かれた。対秀吉戦の策戦《さくせん》の最終決定をするためである。

小太郎も、風魔一党の頭領として、末席に列《つら》なった。

「彦太郎《ひこたろう》。豊臣の軍勢は、二十万を超えると聞いたが、いささか大げさではないか」

北条陸奥守氏照が、北条彦太郎氏隆《うじたか》に質《ただ》した。武州八王子《はちおうじ》城主の氏照は、截流斎の長弟として、北条氏の領国支配の中心的存在であり、軍事力も群を抜く。

「風魔衆の探ったことゆえ、間違いはないと存じまするが……」

彦太郎氏隆は、不安そうに言って、ちらりと小太郎を見やった。

北条幻庵の戦死した子氏信《うじのぶ》と、京都西園寺《さいおんじ》氏のむすめとの間に生まれて、幻庵の養《よう》嗣子《しし》となったのが、この氏隆である。昨年十一月に幻庵が卒したので、その家督を継いだ。公家《くげ》の血が濃いせいか、どこかたよりない。

風魔一党は、いまは氏隆の麾下《きか》である。小太郎は、代わりにこたえはじめた。

「東海道《とうかいどう》下りの軍勢は、十二番隊まで。先鋒徳川家康三万騎。二番隊織田信雄《のぶかつ》一万五千騎。三番隊蒲生氏郷《がもううじさと》、織田信包《のぶかね》、森忠政《もりただまさ》ら九千八百騎……」

覚書《おぼえがき》ももたず、滔々《とうとう》と言上《ごんじょう》する小太郎に、列座の一同は唖然《あぜん》とした。小太郎にこんな能力があったとは、誰も想像もしていなかったからである。

「……以上、合して十二万三千騎余り。これに、あとから、豊臣秀吉の本軍三万騎が合流。また、上野、信濃から進軍してくる北国勢《ほっこくぜい》が、前田利家《まえだとしいえ》、上杉景勝、真田昌幸、依田康国《よだやすくに》ら三万五千騎。紀伊《きい》、伊勢《いせ》、中国、四国から水軍一万四千騎余り。加えて、北関東の反北条大名衆二万騎。よって、総勢二十二万二千騎余り。ほかに、年が明けてから参陣を命ぜられた大名衆もいて、こちらの数はまだつかめていない。きっと、三十万騎近い兵力になる」

小太郎は、覚えようとして覚えたわけではなかった。各地に放った配下が、戻ってきて復命したときの姿を思い浮かべるだけで、なぜかその報告内容も脳裡《のうり》に鮮明に蘇《よみがえ》るのである。雑念というものがない子どもは、一瞬見た光景を、細《こま》かく再現できることがめずらしくないが、小太郎はそれに近いといえよう。

「三十万とは、かつて聞いたこともない兵力である……」

武州鉢形城主の北条安房守氏邦が、何事か沈思するような風情《ふぜい》で言った。いくさでは無類の強さを発揮する氏邦だが、ただの猛将ではない。思慮深く、慈悲心に富むので、家臣にも領民にも慕われている。小太郎も、北条一門の中では、この氏邦がいちばん好きであった。

「安房どの。三十万と申しても、所詮《しょせん》はひ弱な上方者。数を恃《たの》むは、翻《ひるがえ》って申せば、われら関東武者を恐れるがゆえにござろう」

と松田尾張守憲秀が嗤《わら》う。憲秀は、北条氏宿老の筆頭であり、その発言力は強い。

憲秀の言う上方とは、この場合、京、大坂を中心とする畿内《きない》とその周辺だけでなく、関東と奥羽以外のすべての地域をさす。これは、対秀吉戦に向けて備えを固める北条氏の中では、共通の認識であった。

「心してかからねばならぬ対手《あいて》は、上杉、真田のみ」

上方勢の中の主立《おもだ》つ大名で、北条氏が実際に干戈《かんか》を交え、手強《てごわ》いことを思い知らされたのは、憲秀の経験では、その二氏ぐらいなものであった。

「徳川どのも上方勢であるぞ」

そう不安げな面持《おもも》ちで言ったのは、一段高い上座の氏直である。徳川家康の強さも、北条氏は知っている。

「ご案じあそばされまするな。徳川どのが、ご女婿《じょせい》の殿を見限られるはずはござらぬ。このいくさは長引くことが必定《ひつじょう》ゆえ、いずれ徳川どのは秀吉から離反なされましょうぞ」

北条方の諸将の大半は、家康が必ず秀吉から離れると信じているか、期待しているか、いずれかであった。過去の家康と秀吉の敵対ぶりや、北条氏と徳川氏の姻戚《いんせき》関係を思えば、それは無理からぬことと言わねばなるまい。最強の実力をもつ家康が、秀吉から離れれば、その時点で上方勢は四分五裂《しぶんごれつ》しよう。

「そうかなあ……」

小太郎が茫洋《ぼうよう》たる顔つきで洩《も》らした。列座の一同、一斉に末席の巨軀《きょく》に視線を振る。

小太郎は、ぽりぽりと頭を掻《か》いた。心の呟きのつもりだったのに、思わず口をついて出てしまったことに、いま気づいたのである。

「小太郎。軍議においては遠慮は無用。何か申したき儀があるのならば、かまわぬ。申せ」

発言を促したのは、氏邦であった。幻庵を慕っていた氏邦は、小太郎も好もしく思っている。

「徳川勢の士気は高い」

と小太郎は言った。

小太郎は、家康の領国である三河・遠江《とおとうみ》・駿河・甲斐・信濃へみずから潜入し、徳川勢の出陣準備を見てきた。もし家康が、北条氏攻めに対して少しでも後ろめたい思いをもっていれば、それは家臣に伝わり、士気を鈍《にぶ》らせることは避けがたい。そんなようすは微塵《みじん》も感じられなかったのである。

「では、小太郎は、徳川どのはためらいなく、われら北条を攻めると申したいのだな」

　すると小太郎は、困惑して、また頭を掻く。氏邦の言うとおりなのだが、諸将こぞって家康をあてにしているのに、希望を失わせるようなことは口にしたくなかった。

　その心中を察して、氏邦が微笑《ほほえ》んだ。

「徳川どのは先鋒であったな」

　氏邦は、判りきったことを、小太郎に念押しする。家康こそ北条氏が真っ先に激突せねばならぬ対手であることを、皆に肝《きも》に銘《めい》じてもらいたいからであった。

　小太郎は、大きくうなずき返した。家康の任務は、東海道を進軍し、伊豆を押さえ、箱根山を確保して、後続の秀吉本軍のために、小田原への道をひらくことである。

「徳川どのがその気でおられるとすれば、小太郎は上方勢を対手にどう戦えばよいと思うておる」

　また氏邦が小太郎に訊《たず》ねた。

　北条方では、秀吉の宣戦布告以前から、籠城《ろうじよう》策が大勢を占めており、そのための準備も急速に進められている。

別して、本拠小田原城は、北条方の絶対的な拠《よ》り所であった。過去、あの武田信玄や上杉謙信ですら、まったく歯が立たなかった天下一の堅城である。それが、連年の城郭《じょうかく》整備によって、武田・上杉をはね返したときより、さらに強固なものとなった。そのうえ、惣構《そうがまえ》の内に城下町とその周辺の田畑まで完全に収め、もはや城ではなく、巨大城塞《じょうさい》都市に進化したといってよい。この小田原城を中心に、関東各地の主要な支城にも、北条方は挙げて立て籠《こ》もるという、一大籠城策戦なのである。

攻城のために兵力を関東じゅうに分散せざるをえない上方勢は、個々の力に頼ることになり、また兵站線《へいたんせん》も切れてしまうので、不案内な関東の大地において、それぞれが不安を抱えることになる。それらの、いわば孤立した軍勢を、北条方は各個撃破すればよい。つまり、籠城を基本とした多数の局地戦を展開するということであった。

しかし、氏邦は、秀吉を対手の籠城策は賢明ではないと考えている。秀吉の過去の戦歴を顧《かえり》みれば、城攻めを最も得意としていることが知れよう。織田信長の家臣であった当時の、播磨三木《はりまみき》城の干殺《ひごろ》しや、備中高松《びっちゅうたかまつ》城の水攻めは、関東にも聞こえていた。たしかに小田原城は難攻不落だが、それは並の武将の思うこと。農民の子から関白まで昇りつめたほどの男は、余人《よじん》には思いもよらぬ攻城策を立てているに違いない。

その攻城策が、氏邦にも考えつけば、この場で、諸将に対して、籠城は得策ならずと言える。だが、秀吉でない身には、考えつかぬ。だから、小太郎にさえ意見を求めたい氏邦なのであった。

「豊臣秀吉は人をおどろかせることが何よりも好きらしいと、わが親父《おやじ》どのが言っていた」

　小太郎が、氏邦にこたえる。

「そういう人間は、自分がおどろかされることは好きじゃない。だから、おどろかしてやればいい」

「どうおどろかす」

「出撃して野戦《やせん》を挑む」

「野戦をな」

　わが意を得たりとばかりに、氏邦は破顔したが、

「三十万もの大軍を対手に、野戦を挑むばかがいるものか」

と松田憲秀が小太郎を叱《しか》りつけた。

「あんた、所詮はひ弱な上方者って言った」

　小太郎は、氏邦に言われたとおり、遠慮しなかった。

「小太郎。ことばを慎《つつし》め」

うろたえて、たしなめたのは、氏隆である。幻庵ならば、小太郎が正しい、ぐらいのことは言ってくれたであろう。

実のところ、小太郎自身は、上方勢は決して弱兵ではないと思っていた。

秀吉は、支配領域において、刀狩《かたながり》というものを行い、農民たちの武器一切を没収し、かれらを年貢《ねんぐ》負担者という身分に固定しつつあった。それと同時に、従来、戦時はいくさ、平時は農事にたずさわっていた土豪《どごう》的武士をなくすため、武士は完全に農村から離れて、城下町に居住するよう義務づけている。つまり、秀吉政権下の武士は、武器を独占して、いくさのみを生業《なりわい》とする階級となりつつあった。とすれば、農事に割《さ》かれていた時間《とき》も、軍事に振り向けることになるから、上方勢がひ弱なはずはないのである。

(むしろ、北条方のほうがひ弱だ……)

この合戦で動員される北条方の兵の数は、ゆうに十万人を超えるが、そのうち秀吉政権下の武士階級に条件が匹敵《ひってき》すると思えるのは、三万五千騎がいいところである。残りは、十五歳から七十歳までの農兵であった。戦闘員としての能力は、甚《はなは》だ疑わしい。

ただ、小太郎も、秀吉政権のいわゆる兵農分離策の実態については、上方勢の動員兵力を探る段階で知ったことなので、かれらが実戦でどれほどの力を示すのか、そこまでは見当がつかなかった。

「殿」

氏邦は、上座の氏直へ向き直った。

「あれなる風間《かざま》小太郎の申したとおり、われらが野戦を挑むは、上方勢には思いもよらぬことにござりましょう。いくさは、まずは気において、敵を呑むことが肝要《かんよう》。緒戦《しょせん》に上方勢を動揺せしめれば、わがほうの勝機は大きくなり申そう」

「出撃し、野戦をいたすと申して、どのように戦うのか」

訊き返したのは、氏直ではなく、截流斎であった。氏直は、考え込んでいる。

「徳川勢が駿府を発する前に、殿にご出陣いただき、箱根を越えて、沼津《ぬまづ》の三枚橋《さんまいばし》城を落とし、そこをわがほうの拠点として、富士川の東に先陣を布《し》く。先陣は、不肖《ふしょう》ながら、この新太郎《しんたろう》氏邦めが承《うけたまわ》り、徳川勢の渡河《とか》を必ず禦《ふせ》いでご覧にいれましょう」

「新太郎。よき策じゃ。先陣は、わしに譲れ」

と声を張ったのは、氏邦の兄氏照である。氏照も、もともと、籠城策は臆病《おくびょう》にすぎると非難していた。

「源三《げんぞう》兄上。その儀はくじ取りにいたそうぞ」

「こやつ」

北条軍団で最強をうたわれる兄弟は、ともに笑顔をみせた。

「富士川まで出張《でば》るなど、危うすぎる。まして、徳川どのは名だたる野戦の上手《じようず》。渡河を禦ぐことはできまい」

難色を示したのは、穏健派の北条美濃守氏規であった。氏直から最も信頼されている叔父で、通称を助五郎《すけごろう》という。

「聞き捨てならぬぞ、助五郎」

氏照が、気色ばんだ。

「わしと新太郎では、徳川どのに勝てぬと言うか」

「源三兄上。それがしは、さようなことを申したいのではない。われらが籠城いたせば、上方勢も軽々《けいけい》に攻めることはできぬ。つまり、徳川どのも、しばらくはわれらと戦わずに済むのだ。大きな合戦もなく、長陣《ながじん》となれば、必ず徳川どののお心は渝《か》わる。なれど、われらが野戦を挑むとなると、事情は一変いたそう。野戦の上手といわれる徳川どのは、関白の手前、遮二無二《しやにむに》働かざるをえまい。やがては味方となるに違いない者同士が、互いを殺し合《お》うて何とする」

「助五郎。おぬしも小太郎のことばを聞いたであろう」

氏邦が弟氏規に向かって穏やかに言う。

「残念なことだが、もはや徳川どのは、迷いを捨て、われら北条を討つ気だ」

「新太郎兄上。この助五郎は、徳川家康どののことをよう存じておる」

その昔、今川氏の駿府城において、ともに人質時代を過ごした氏規と家康なのである。

「家康どのは、今川を見限って三河へ帰られたおり、いったんは妻子を置き去りになされたが、情愛もだしがたく、危うきを承知で、ただちに重臣石川数正《いしかわかずまさ》を遣《つか》わし、妻子を取り戻された。今度《こたび》も、このまま督姫さまを見捨てて、ひたすら関白のために戦うようなお人ではない」

「その取り戻した妻子を、のちに斬り捨てたのも、徳川家康というお人ではなかったか」

家康の正室築山御前《せいしつつきやまごぜん》と嫡男信康《ちゃくなんのぶやす》が、十一年前、武田氏への内応を疑われ、当時織田信長と同盟を結んでいた家康は、徳川氏安泰《あんたい》のために両人を自害《じがい》せしめた。

「あのころといまでは、徳川どのの力が違う。いまや、五ヶ国の太守《たいしゅ》にあられる。いくさでは、秀吉すら敵《かな》わぬことも、満天下にお示しになられた」

秀吉と家康の直接対決となった六年前の小牧・長久手の合戦では、両勢が実際に干戈を交えた大きな戦いは一度きりだったが、それが家康勢の圧勝に終わったことは事実である。ただし、政治的駆け引きでは秀吉が上回り、結着はつかずに、痛み分けとなった。

「よいか、助五郎」

納得のゆかぬ氏邦が、なお出撃策の利を説こうとしたとき、

「安房どの」

松田憲秀に割って入られた。

「かりに、徳川どのの呼応はないといたそう。なれど、伊達政宗《まさむね》どのは、われらとの同盟を裏切ることはない。いまや伊達どのは、奥羽六十六郡のうち、三十余郡を平げ、関東への道を阻《はば》む敵は常陸の佐竹のみ。伊達どのを常陸へ引き入れれば、関東と奥羽がひとつながりの大いなる力となり、上方勢など恐れるに足らぬ」

奥州探題《たんだい》の家柄の伊達氏に、秀吉の惣無事令に服さねばならぬいわれはなく、政宗は、父輝宗《てるむね》時代からの北条氏との友好関係をそのまま保ってきた。その政宗へ、すでに截流斎が、佐竹氏挟撃《きょうげき》を促す書状を出した。政宗もそのつもりで準備をすすめていることは、秀吉の参陣要請を無視している事実から、明らかと言うべきであろう。

　截流斎は、籠城策と合わせ、政宗に協力して佐竹氏を討ち、伊達氏には籠城勢の後《ご》詰《づめ》をつとめてもらう計画なのである。奥羽の覇者の後詰を期待できることは、北条方の諸将の大半が籠城策に傾いた大きな理由のひとつでもあった。

「伊達どのの関東入部《にゆうぶ》までの時を稼ぐためにも、ここは籠城いたして、上方勢に長陣を強《し》いることこそ、最上の策。さすれば、徳川どのとて、必ず呼応なされよう」

　松田憲秀がそう結ぶと、上座の隠居は大きくうなずいた。

　秀吉が旭日《きよくじつ》の勢いを得たころから、奥羽と関東と東海が連合して、一大対抗勢力を作ろうと考えはじめた截流斎なのである。この一大連合は、隣接する東と西に強大な同盟者を得られる関東の北条氏にとって、地理的に最も有利なものといえた。

　この連合計画を、截流斎はいまだあきらめていない。だからこそ、長途遠征してくる上方勢に離反者が出やすい状況をつくるため、籠城、長陣を望むのであった。

「新九郎。もはや籠城策で一決いたし、皆の心をひとつにしなければならぬ」

　截流斎は、当主氏直に最終決断を促した。

「しばらく、兄者《あにじや》」

　氏照が待ったをかけた。

　截流斎は、じろりと睨《にら》み返す。

「いや、御隠居さま」

不承不承《ふしょうぶしょう》ながら、言い直す氏照であった。截流斎は氏照にとって兄でも、北条氏の前《さき》の当主であり、また現当主の後見をつとめる高き身分であることから、他の人々と同じく御隠居さまと敬称せねばならぬ。

「われらは、武人《もののふ》の故地《こち》、関東に根を張る者にござる。敵がどれほどの大軍でも、堂々と野に出《いで》て、これを迎え討ち、華々《はなばな》しく戦《たたこ》うてこそ、関東武士の誉《ほま》れと申すもの。安房守が申したように、せめて緒戦だけでも出撃策をとられてはどうか。それでよき成果が得られなんだときは、籠城いたせばよい」

この氏照の意見を、つづけて氏邦が後押しする。

「富士川まで出張るのが危ういと言われるのなら、黄瀬川《きせがわ》を先陣といたしてもようござろう。かつて、黄瀬川では、風魔衆の夜討ちにより、武田勢を散々に苦しめ申した。われら北条にとって縁起《えんぎ》よろしきところにござる」

「富士川でも黄瀬川でもなるまい」

氏規がまた反対した。

「殿の箱根を越えての出陣など、もってのほか」

氏規は、ただひたすら、氏直を危地に向かわせたくなかった。家康の女婿に万一のことがあっては、それこそ徳川と北条の絆《きずな》は切れてしまう。氏直と督姫の間に、まだ家康の孫は生まれていないのである。

「真《ま》っ向《こう》からの野戦に、総大将が出陣いたさぬのでは、士気があがらぬわ」

吐き捨てたのは、氏照である。

截流斎が、出撃、野戦を主張するふたりの弟を、かわるがわる眺めやった。

「野戦、野戦と申すが、三増峠の合戦で、信玄を討とうとして、かえって大敗を喫したは、どこの誰か」

「陸奥。安房」

小田原城攻めに失敗して撤退する武田信玄を、氏照・氏邦軍が三増峠に待ち伏せ、截流斎（当時は氏政）の追撃軍と挟撃するという策戦を立てたのは、この兄弟である。ところが、挟撃策は信玄に気取られ、逆に手痛い打撃をうけた。

氏邦は視線を落として押し黙ったが、氏照は截流斎を睨み返した。

三増峠では、武田勢の山県昌景隊が北条軍の側背にまわった動きを、早々に察知することができなかったことなど、北条勢の失態はいくつもある。しかしながら、武田勢と激闘に及んだ氏照と氏邦のいちばんの不満は、小田原の截流斎の出陣が遅かったことであった。截流斎が一日早く出陣し、武田勢の背後に迫っていれば、すくなくとも大敗を喫することはなかったろう。もっとも、截流斎のほうから言わせると、弟たちがあと一日、峠一帯を確保していればと憾《うら》んだのである。だが、もとをただせば、当時はまだ健在であった名将氏康が、若い伜《せがれ》たちの力量を見極《みきわ》めるべく、三人に策を立てさせたことが、敗戦の原因であったといえよう。

いずれにせよ、この三増峠の大敗により、北条方の諸将は、籠城戦なら揺るぎないが、野戦は不得手《ふえて》という思いを、みずから抱くことになってしまった。秀吉との決戦に向けて、早くから籠城策に大勢が傾いたのも、そうした過去の苦い思いを拭えていなかったからである。

「全軍挙げて、籠城いたす」

ついに氏直が決断を下した。

和平の道を模索しつづけてきた氏直は、まだ思い切れない。だが、いくさが避けられないとすれば、当面は籠城するしかないのである。

列座の諸将は、氏照・氏邦兄弟以外、ことごとく氏直の宣言に賛意を示した。

「陸奥。そのほうは、八王子城に戻らずともよい。このまま小田原城に残れ」

と截流斎が氏照に命じた。

「ご本城《ほんじょう》の籠城戦の指揮をとれとの仰《おお》せか」

氏照も切り返す。

北条一門中、最大の軍事力を誇る氏照を、このまま居城の八王子城へ帰せば、自軍だけで勝手に上方勢に野戦を挑みかねない。そういう危惧《きぐ》を、截流斎が抱いたことは明らかであった。

北条氏の実権を握る截流斎の命令は絶対だから、異を唱えることは許されない。なればこそ氏照も、とっさに、小田原城の籠城戦の指揮を一任してくれるなら残る、という意思表示で応じたのである。

「もとより、そのつもりで申したのだ」

截流斎は、氏照に言質《げんち》を与えた。もともと、この兄弟は、戦略・戦術の相違はあっても、秀吉との決戦を唱えてきた点で、一致している。氏照が籠城戦を承知するのなら、その指揮を委《ゆだ》ねることに問題はなかった。

「承知仕《つかまつ》った。ご本城は、この陸奥守が守りとおしてご覧に入れる」

氏照が力強く誓ったので、列座の諸将も一様に安堵《あんど》の表情をみせた。

出撃、野戦を最初に口にした氏邦に対しては、截流斎は何も言わぬ。なぜなら、この律儀《りちぎ》で思慮深い弟は、長弟の氏照と違い、決して暴発などしないことを、截流斎は知っているからである。氏邦は、全軍挙げて籠城と決まってしまえば、自我を殺して、誰よりもその策戦を忠実に守り、居城鉢形城において、最も勇敢に戦うはずであった。

当主氏直の一声で、上方勢に対して北条方は例外なく籠城で対抗すると決定したあとは、諸将それぞれの、すでに進行中の具体的な方策を確認し合った。

(面倒なことだなあ……)

小太郎は、ひとり、こんどは間違いなく心中で洩らした。

北条氏康と正室瑞渓院《ずいけいいん》(今川氏親女《むすめ》)との間に生まれた截流斎・氏照・氏邦・氏規の四兄弟は、もとより北条氏の支柱である。それだけに仲が良く、結束力も強いと小太郎は思い込んでいたのだが、実際にはそうではないらしい。また、截流斎・氏直父子にも、ぎくしゃくしたところが垣間《かいま》見えた。これまでの小太郎は、父峨妙に言われるまま動くだけでよく、北条一門のこういう様々な思惑の絡《から》んだ場面に、実際に居合わせることはなかったのである。

ただ、小太郎は、戦術に関しては、籠城でも出撃でも、どちらでもかまわなかった。自分は、風魔一党を率いて、風魔らしい戦いかたをするのみである。

「風魔衆は、箱根の城砦《じょうさい》に分散いたし、それら城砦間及び、ご本城との連絡役をつとめよ」

と小太郎は命じられた。

箱根は名にし負う天下の険《けん》。北条氏は、その要所ごとに、いずれも街道を押さえるかたちで城砦を築き、万全の態勢を整えている。決して破られない自信があった。

中でも、箱根西麓の山中《やまなか》城は、西から箱根を越えようとする敵に対して、最初に立ちはだかる最も堅固な一大要塞である。小太郎自身は、この山中城に入るよう申し渡された。

大軍議は終わった。

「小太郎」

殿舎《でんしゃ》を出たところで、氏邦が声をかけてきた。

「よい策を授《さず》けてもらったに、無駄にした。すまなんだな」

目下《めした》の者に対しても、こういう接し方が自然にできるところが、多くの者に慕われる理由であろう。

「おれの意見がとおるなんて、思っていない。それより、安房守さま、兄弟はもっと仲良くしたほうがいいよ」

「仲が悪う見えたか」

「見えたから、言ってる」

「小太郎は正直者だ。峨妙によう似ている」

「ついでに訊くけれど、みんな、家康のことは恐れたり、思惑を気にしたりするのに、どうして秀吉のことを同じように思わない」

「豊臣秀吉という男が、どれほどの人物か、実のところ、誰も知らぬからであろうよ。わしも含めてだがな」

「おれも、秀吉のことは知らない。でも、察しはつく」

「どれほどの人物であるとみる」

「おれは、徳川勢のいくさ支度《じたく》を探った。足軽雑兵《あしがるぞうひょう》に到るまで何事にも粗漏がなく、出陣前から一糸乱れぬようすだった。きっと上方勢でいちばん強い。それほどの精《せい》兵《びょう》を抱え、家康その人も、諸大名に一目《いちもく》も二目《にもく》もおかれている。そんな徳川をすら臣従させてしまったのが、秀吉なんだろう」

「なるほど……」

　氏邦は小太郎の言いたいことが判った。

「豊臣秀吉とは、途方もない器量の持ち主であろうな」

「秀吉のために、家康は北条攻めで誰よりも働く」

　山中城の攻防は激戦になる、と小太郎は思っている。

「小太郎……」

何か言おうとして、なかば開きかけた口を、氏邦はすぐに閉じてしまう。表情を曇らせている。自分の意に染まぬことを、考えついたらしい。

幻庵亡きいま、秀吉に対していかに戦うべきか、また、この先も北条氏が生き残るにはどうすべきか、そうした大事を誰よりも真剣に思い悩み、そのためにいつでも命をなげうつ覚悟でいるのは、北条一門中、ひとり氏邦だけであろう。それを、小太郎は感じ取っている。

にもかかわらず、小太郎は、氏邦の考えついたことを見抜いて、機先を制する一言を告げた。

「安房守さまらしくない。おれも好《す》かん」

ふっ、と氏邦は自嘲《じちょう》する。

「そうであろうの……。忘れてくれ、小太郎」

「忘れる」

と言ったものの、氏邦の苦悩を思い遣《や》れば、北条氏に仕える身として、おのれの好《こう》悪《お》を口にしてよいものではなかった。去ってゆく氏邦の背を見送りながら、小太郎は後悔した。

（親父どのなら、やるかな……）

秀吉暗殺を、である。

二

先鋒の家康は、悪天候により、駿府進発が予定より幾日か後れたものの、ほかに支障はまったくなく、駿河長久保《ながくぼ》城に着陣して、秀吉の来駕《らいが》を待った。

秀吉は、参内《さんだい》して天皇より節刀《せっとう》を賜《たまわ》り、聚楽第で門出《かどで》の連歌会《れんがかい》などを催してから、三月一日、悠然と京都を発《た》っている。黄金の鞍《くら》と唐冠《とうかん》の兜《かぶと》を、陽にきらめかせ、笑顔の絶えぬ秀吉に、京の群衆は沿道より大喝采《だいかっさい》を送った、と数日後には関東まで聞こえた。秀吉本隊の兵力は、三万どころか、四万に達していた。

さながら物見遊山《ものみゆさん》のように、ゆったりと東海道を下った秀吉が、駿府に到着したのが、十九日である。早速、先陣から馳《は》せ戻ってきた家康の心尽くしの饗応《きょうおう》をうけた。

上方勢の集結地の沼津は、陸続と到着する諸大名の軍勢で埋め尽くされ、秀吉が三枚橋城に入った二十七日には、全軍が揃っていた。九鬼嘉隆《くきよしたか》・加藤嘉明《かとうよしあき》・長宗我部《ちょうそかべ》元親《もとちか》らの水軍も駿河湾に入っている。もし北条氏邦の出撃策が採用されていれば、この沼津が最初の激戦地となったに違いない。

他方、上方勢の別動隊である北国勢も、このころには、碓氷峠《うすいとうげ》を越えて、北条氏の重臣大道寺政繁《だいどうじまさしげ》が守る上野国松井田《まついだ》城を包囲中であった。

翌日、長久保城に本陣を移した秀吉は、家康と伴《つ》れ立ち、箱根西麓の山中城の周辺の地形を見て回った。

「まことに見事じゃなあ」

富士山の壮麗な容姿を、上から下まであますところなく眺めることのできる丘の頂《いただき》で、秀吉は嘆息した。巡視を終えて、休息をとったところである。

「徳川どの。やはり、美しきは駿河富士か」

「甲斐の者に言わせれば甲斐富士、相模の者ならば相模富士と申しましょう」

「甲斐はそうであろうが、相模は関わりあるまい」

たしかに霊峰《れいほう》富士は、駿河・甲斐両国の国境に聳《そび》えていて、相模国にはかからぬ。

だが、秀吉らしくないこだわりといえよう。

含みがある、と家康は察知した。

「間近に見られることでは、相模の者も富士の眺めよろしきを競うてもようございましょう」

「されば、徳川どのも、眺めるのは相模富士でもかまわぬと言われる」

秀吉の目が、富士山から家康へと向けられた。

「相模でもどこでも、富士を、日々、この眼にうつすことができれば、それだけで仕《し》合《あ》わせにござる」

ゆったりと、微笑で応じる家康であった。

「まこと欲のないお人じゃ」

秀吉は、上機嫌で笑った。

相模とは、北条氏をさす。北条氏征伐のあと、その領国であった国々を与えたいが、どうであろう、と秀吉は家康に打診したのであった。東海五ヶ国から関東への国《くに》替《が》えである。それを家康が、瞬時のためらいもなく、承諾したのであった。

「ところで、徳川どの。山中城は、哀《あわ》れな城よな」

「御意《ぎょい》」

城の備えは、たしかに様々に工夫《くふう》を凝《こ》らしてある。だが、いまだ普請《ふしん》の途中であることに、秀吉はおどろきを禁じえなかった。そのうえ、山中城は孤立無援の城というほかない。後詰が必要なのに、小田原が即座に対応できる準備をしていないことは、曾呂利衆の探索によって判っていた。

箱根の険《けわ》しい地形が、上方勢の攻撃を阻んでくれる。北条方はそう信じているとしか思われなかった。

言うまでもなく、それは思い違いである。というより、幻想にすぎない。籠城戦は、どれほど堅固な城であっても、また、その城がどれほど要害の地にあっても、城ひとつでは、戦えないのである。

「松田康長《やすなが》はどのような男であろうの」

秀吉は、山中城の守将の評価を、家康に求めた。北条方の武将の人物を、家康はよく識《し》る。

「凡将《ぼんしよう》にござる」

と家康は切って捨てた。

「なれど、加勢の北条左衛門大夫《さえもんのたいふ》氏勝《うじかつ》は、いささか手強き者」

「玉縄《たまなわ》の地黄八幡《じきはちまん》の血筋よな」

「さようにござる」

相州玉縄城を居城とした北条綱成《つななり》は、名将氏康の鮮やかな奇襲戦として知られる河越夜戦で大功を樹《た》てるなど、勇名を天下に轟《とどろ》かせ、黄色に染めた四半《しはん》の練絹《ねりぎぬ》に八幡の文字を墨書《ぼくしよ》した指物《さしもの》は、地黄八幡と称《よ》ばれて、敵を恐怖せしめた。

当代の玉縄城主氏勝が、山中城に加勢として入城するよう、截流斎から命じられたのも、亡き祖父綱成譲りの剛毅《ごうき》をうたわれるからであった。

「間宮豊前《まみやぶぜん》は存命か」

「白髪を墨《すみ》で染め、今度《こたび》も左衛門大夫に従《したご》うておるとのこと」

綱成以来、玉縄北条氏に仕える間宮豊前守康俊《やすとし》は、豪傑《ごうけつ》という称《しょう》が、誰よりも似合う老将であった。七十三歳になる。

「氏勝や豊前を討つのは惜《お》しいが、いたしかたあるまい。山中城を早々《そうそう》に落として、関東じゅうの籠城勢をあわてさせてやろう」

「それがよろしゅうござる」

この秀吉と家康の会話を、北条勢が耳にしたら、仰天するであろう。山中城落城が既定の事実であるかのように、両人は言ったのである。しかも、何の気負いも不安もなさそうに。

「熊《くま》」

秀吉が、振り返った。

あまたの従者の中から、陽に灼《や》けた逞《たくま》しい壮者《そうしゃ》が進み出て、秀吉の前に折り敷く。

一柳直末《ひとつやなぎなおすえ》という。少年期より秀吉に仕えて鍾愛《しょうあい》され、数々の合戦で手柄を立て、いまでは美濃軽海西《かるみにし》城主、五万石の大名であった。

「慥《たしか》なる者」

と信頼厚く、この北条征伐では、秀吉の甥《おい》の中納言《ちゅうなごん》羽柴秀次《はしばひでつぐ》の輔佐《ほさ》に任じられ、二千三百騎を率いて参陣した。秀吉が、直末を呼ぶのに、通称の市助《いちすけ》ではなく、幼名の熊を用いるのは、そのほうが似合っているからであった。

「早々に長久保城へ立ち戻り、中納言に申し伝えよ。明日の山中城攻めの総大将を命ずる」

「ありがたき仕合わせに存じあげ奉《たてまつ》る」

「軍議を開くゆえ、皆を集めておけ」

「承知仕ってござる」

直末は立ち上がった。刹那《せつな》、天から急告されたように、主君の危険を感じ取ったのは、この男が、歴戦の勇士であり、秀吉に尽くすことのみを生き甲斐としてきたゆえであったろう。

箱根の山に、銃声が谺《こだま》した。

秀吉に抱きついた直末の後頭《こうとう》から、血と肉と骨片が飛び散った。休息中で、兜を脱いでいたことが、命取りになったというべきか。

た。

である。

「熊めを盾《たて》に……」

直末は事切《こと き》れた。次の狙撃に備えて、わが身を盾にしてほしいと言いたかったので

ある。

小男の秀吉は、直末の大きな躰《からだ》を抱いたまま、がくりと膝を折って、尻餅《しりもち》をつい

た。

その秀吉の前へ、真っ先に身を移し、大手《おおで》をひろげて盾となったのは、家康であ

る。さらに、秀吉と家康の従者たちが、両人の周囲に分厚い盾をつくった。

「あの落葉松林《からまつばやし》じゃ。皆、つづけ」

手にもっている鞭《むち》で、前方の山の斜面を指《さ》し示しながら、走りだしたのは、本多忠《ほんだただ》

勝《かつ》であった。忠勝は、斜面の落葉松林の木々の間に、微《かす》かな靄《もや》のような消え残りの硝《しょう》

煙《えん》を、一瞬だが目にしたのである。さすがに、徳川随一の武功派というべきであろ

う。

休息場所の周辺には、万一の奇襲に備えて、かなり広範囲にわたって、秀吉と家康

の兵が配されていた。だが、山の中でもあり、もし敵がひとり、ふたりといった少人

数であれば、その動きに気づくことは難しい。

事実、敵はひとりであった。その男は、鉄炮《てっぽう》を落葉松の幹に立てかけると、あわて

るようすもなく、狙撃場所から離れようとした。

「待て」

呼びとめられ、ぎくりとして振り返った男は、そこに、途方もない巨軀《きょく》を見つけた。

「汝《うぬ》は、風魔の小太郎……」

実は小太郎は、氏邦の苦悩を思い、秀吉を討たんとして、山中城周辺を巡視するその姿を、ひとり、遠目から眺めていた。配下を率いなかったのは、秀吉の警固陣が厳重だったからである。人数を増やせば、それだけ発見されやすい。

討つといっても、飛び道具も刀槍《とうそう》も使うつもりはなかった。逃げ道など考えず、真っ向から襲いかかり、みずからの手で秀吉の首をねじ切る。その一手であった。あとは、斬り刻まれてもかまわぬ。暗殺から連想される薄汚《うすぎたな》さとは、およそかけ離れたやりかただが、これが小太郎の流儀である。

ところが、先を越された。

この山に入って、落葉松林の中から鉄炮の照星《めあて》を秀吉に合わせる男を見つけたときには、おそかった。とめようとする前に、引鉄《ひきがね》が絞られてしまった。

小太郎は、銃弾が、秀吉を捉《とら》えることはできず、とっさにその盾となった武士に命中したのを見届けた。

「あんた、上方衆か。なぜ、おれを知っている」

その装《なり》からみて、男は上方勢の足軽とおぼしい。

上方勢の中には、何年か前までは、秀吉を猿《さる》と呼んで、侮《あなど》っていた者も少なくないはずである。秀吉が味方に命を狙われるのも、ありえぬこととは言えまい。

「峨妙に聞け」

とにべもなく言って、半歩退《さ》がった男へ、

「逃がさない」

小太郎は一歩、大きく踏み出した。

このままでは、北条方が秀吉を狙撃したときめつけられてしまう。殺害成功ならばまだしも、しくじったのだから、秀吉を激怒せしめただけということになる。眼前の男を捕らえて、秀吉に引き渡さねばなるまい。

意外にも、男は足をとめた。

物《もの》の具《ぐ》の触れ合う音や人声や足音が、耳に大きくなる。秀吉と家康の兵が、迫ってきたのである。

「ひとつだけ教えてやる。おれが殺したかったのは秀吉ではない。家康だ。だが、見てのとおりの躰よ。狙いをはずした」

ふん、と男はみずからを鼻で嗤った。左腕がないのである。

男は、落葉松の幹に立てかけておいた鉄炮を右手で取り上げるや、小太郎へ放り投げた。

とっさの反応である。小太郎も、手で鉄炮を受けとめた。瞬間、男は、陣刀《じんとう》をすっぱ抜き、小太郎に切っ先を向ける。

「関白さまを狙い撃ったのは、こやつ。北条の忍び、風魔の小太郎にござるぞ」

後ろに向かって、男は声を張りあげた。

最初に駈けつけた本多忠勝勢が、ひとりの足軽の背中越しに、小太郎の巨軀を目に入れた。

「鉄炮隊、前へ」

忠勝は、間髪を入れず、命じた。

本多の鉄炮足軽衆は、右手に結びつけてある火縄《ひなわ》の火を、吹き起こしながら、木立の中で折り敷く。火薬と弾丸はすでに詰めてある。その火縄を火挟《ひばさみ》で挟《はさ》むや、一斉に小太郎へ狙いをつけた。

「そこな足軽、伏せよ」

忠勝は、男を怒鳴りつけた。

「はっ」

地に突っ伏し、陣笠《じんがさ》ごと頭を抱え込んだ男であったが、顔はほくそ笑んでいる。

早くも小太郎は、鉄炮を投げ捨てて、本多勢に背を向け、樹間を縫って山の斜面を駈けあがりはじめていた。

(やられた)

男に不覚をとったことを、認めないわけにはいかぬ。

おそらく、男は上方勢の兵ではあるまい。装っただけであろう。そして、秀吉と家康の兵の中に紛《まぎ》れ込んで逃げるつもりでいた。ところが、風魔の小太郎という、秀吉狙撃犯に仕立てあげるにはまたとない人間の出現によって、より確実な逃走策を、にわかに閃《ひらめ》かせたものと思われる。

「射放《いはな》て」

忠勝の号令一下、斉射音が轟いた。

小太郎は、弾道から躰を逃がして、木の幹を盾とし、この弾雨《だんう》をやり過ごした。

次の弾雨まで、束《つか》の間《ま》の猶予《ゆうよ》があろう。逡巡《しゅんじゅん》せず、小太郎はふたたび斜面を駈けあがった。

焦《あせ》りも恐怖もない。ここは、風魔衆にとってわが家の庭と呼ぶべき箱根なのである。必ず逃げきれる。

三

小太郎は、無事、山中城へ帰還すると、配下の風魔衆に、親父どのに聞きたいことがあるので風祭へ往《ゆ》くが、明日中に戻ると言いおいて、鳶沢甚内ひとりを供とし、ふたたび城を出た。

家康を暗殺しようとした隻腕《せきわん》の男は、峨妙に聞けと言ったのである。

男は逃げ果《おお》せたに違いないので、また家康を狙うやもしれぬ。北条方の諸将がいまだ家康に期待を寄せていることを思えば、男の正体を知って、早々に捕らえ、その黒幕を突きとめる必要があろう。

夜に入って風祭の風間屋敷に着いた小太郎は、峨妙に仔細《しさい》を告げた。男の人相は、筆で紙に描いてみせた。

「神崎《こうざき》甚内……。しぶとく生きておったか……」

峨妙は、信じられぬようであった。

「親父どの。こいつ、どんなやつだ」

「下総の常陸川《ひたちがわ》筋に神崎という川湊《かわみなと》がある。そこの生まれのようでな、武田信玄が駿河を侵したのちに、武田に仕えるようになった」

　今川氏の衰退により、駿河へ進出した武田氏は、北条氏より駿河・伊豆の制海権を奪うため、水軍を編制することになったのだが、当然ながら、海岸線をもたぬ領国の甲斐や信濃に人材はいなかった。そこで急遽《きゆうきよ》、知行地も屋敷も軍船も与えるという条件で、他国の海賊衆を招いた。そのさい、みずから売り込みにきたのが、神崎甚内だったのである。

　船上での斬り合いに異能を発揮し、少しは名を知られるようになったころ、神崎甚内はさらに手柄を立てようと、伊豆の軍船発着地に夜陰、ひそやかに小舟を列ねて入津《にゆうしん》し、北条水軍の関船《せきぶね》一隻を奪って逃げた。だが、事前にその計画を察知していた北条方では、老朽化した関船を、故意に奪わせたのである。海上へ出るや、関船内にひそんでいた者が、用意の火薬樽に火をつけ、海へ飛び込んで逃げた。神崎甚内以下、数十人が、関船もろとも吹っ飛んだ。

　火薬樽に火をつけた者こそ、誰あろう、峨妙であった。

　ところが、神崎甚内ばかりは、悪運が強いのか、左腕を海に落としたものの、一命をとりとめた。

その後、武田氏が滅び、神崎甚内は家康を憎むこととなる。なぜなら、武田水軍の小浜《おばま》・向井《むかい》・間宮・伊丹《いたみ》ら諸氏はそのまま徳川水軍に属すよう懇《ねんご》ろに勧められたのに、神崎甚内だけが不要とされたからである。

隻腕でも充分に働ける神崎甚内は、なぜと家康に問うて、一言ではねのけられた。

「忠義を嗤う相《そう》である」

おのれの野心のみに生きる男だ、と看破されてしまったのである。

「徳川の忍びの服部半蔵が、気を利かせ、神崎甚内に刺客《しかく》を放ったように聞いたが、それでも生きのびてきたとすれば、まことに命 冥加《いのちみようが》な男だ」

と峨妙は、神崎甚内の話を結んだ。

「ならば、親父どの。家康を狙ったのは、あの男の恨みによる一存か」

「何とも言えぬな。神崎甚内は家康に復讐することに命を懸《か》けている。それと知った誰かが、銭《ぜに》で雇ったとも考えられよう」

「復讐であれば、峨妙さまも狙われるのでは……」

不安を口にしたのは、鳶沢甚内であった。

「案ずるな、甚内」

「峨妙さま。甚内はやめてくだされ。その恐ろしき男と同じ名というのは、何やら気持ちが悪うてかないませぬ」

「甚内という名に悪いやつはいないと思ったのだがな……」

小太郎が苦笑する。

「小太郎。明日からでも、わしが神崎甚内の行方を追う」

「危のうござる」

また蔦沢甚内が不安を露《あら》わにしたが、峨妙は笑う。

「案ずるなと申したであろう。昔、戦《たたこ》うた対手《あいて》だ。あやつのことは、よく識ってい る」

この夜、小太郎は、久々に風間屋敷で躰を休めた。すぐに山中城へとって返さなかったのは、小太郎ほどの者でも、あれだけの堅城に、上方勢は無闇《むやみ》に攻めかからぬと思っていたがためである。

翌日未明、箱根の高嶺《たかね》から風祭の地へ轟然《ごうぜん》と颪《おろし》が吹きつけ、屋敷を揺らした。小太郎は、目覚めた。

（この颪は……）

風神の子、小太郎は、風を観《み》る。膚《はだ》が粟立《あわだ》つほどの不穏の風であった。

「甚内、支度しろ。山中城へ戻るぞ」

このとき、北条勢四千の兵が籠もる山中城に、上方勢は七万の大軍をもって、いきなり総掛《そうが》かりを開始していたのである。

小太郎は、鳶沢甚内ら二十名の配下を引き連れて、風祭を発った。峨妙も同行した。

芦ノ湖南岸の芦川宿《あしかわ》まで達すると、そこは家財をまとめて逃げようとする人々でごった返していた。早くも、山中城からの敗走兵たちが駈け込んできたからである。

敗走兵の中に、風越喜八《かざこしきはち》がいた。小太郎が山中城に残してきた配下のひとりである。

血と埃《ほこり》にまみれた惨憺《さんたん》たる姿の喜八は、峨妙と小太郎を目の前にするなり、安心したのか、腰砕けに頽《くずお》れた。

「今早朝《こん》、山中城は、上方勢の総掛かりを浴び、たちまち岱之崎《たいのさき》を落とされてござる」

「まことか」

目を剝《む》いたのは、峨妙である。

山中城は、本城とその南側の岱之崎山に築かれた出城とで、箱根路を扼《やく》している。

この岱之崎だけでも、堅固の城と称んで《よ》よいのに、それが早くも落とされたとは、信じがたいことといわねばなるまい。

「間宮豊前守どのは……」

岱之崎の守将をつとめた老将間宮豊前守康俊《やすとし》は、最後は一族郎党《ろうとう》を率いて討って出て、壮絶な討死を遂げた、と喜八は言った。

「それがしが脱するころには、山中城は三の丸を落とされ、二の丸も危うきに至っており申した。無念ながら、いまごろは落城いたしておるやも……」

喜八ら、山中城に籠もっていた風魔衆の者は、なんとか脱け出して、箱根じゅうの北条方の城へ急報に向かった。喜八自身は、小太郎に報《しら》せるべく、風祭をめざしていたところだったのである。

「これほど短兵《たんぺい》急《きゅう》な城攻めは、秀吉らしくない」

と峨妙が訝《いぶか》った。

「関白は激怒して、山中城を半日で落とせと命じたと聞こえており申す」

「何に激怒したのだ」

「それは……」

喜八は、ちらりと小太郎を見やった。視線に遠慮がある。

「なんだ、喜八。言え」

　小太郎が命じた。

「昨日、関白の寵臣一柳直末が、鉄炮で撃ち殺されたとか……」

「狙撃したのは、この風魔の小太郎ということになっているんだな」

「もとより、われらは信じておりませぬ。おかしらならば、素手《すで》で殺すはず」

「その口ぶりでは、味方の中に、小太郎が要らざることをしたと非難した者がいるな」

　そう峨妙が言いあてる。

「敗色が濃くなるにつれ、幾人も……」

「愚かなことじゃ」

　峨妙は吐き捨てた。

　敵の中でも猛将として知られる一柳直末を、味方の小太郎が討ったのであれば、大いに褒《ほ》めて当然であるのに、かえって非難するなど、おかしなことではないか。これは、家康が秀吉から離反するまでは決定的ないくさを避けたいと望む不覚悟な者が、北条方に少なくないことを露呈した事実といえよう。

「喜八。徳川勢のいくさぶりは」

「もっとも果敢で、容赦《ようしゃ》のないものにござった」

「小太郎。そなたの思うたとおりであったな。徳川家康に、北条を助ける気持ちは、毛筋の先ほどもない」

峨妙自身も、曾呂利新左衛門に言われたことを、あらためて思い出さずにはいられぬ。

(徳川家康だけは、どうにも心が読めん。怖いお人や思うといたほうが、ええんちゃうか)

「だが、秀吉ほどの者が怒りにまかせての急攻《きゅうぜ》めをいたすとは、信じがたい。敢《あ》えて兵を損《そこ》ねるのは、秀吉の流儀ではあるまい」

なお不審をおぼえずにはいられぬ峨妙であった。敵の犠牲すら最小限にとどめようとするのが、秀吉流であるはず。急攻めをすれば、味方にも多大の犠牲を避けられぬ。

「いいや、親父どの」

小太郎が、かぶりを振った。

「上方勢は、大軍のうえ、精兵《せいびょう》ぞろいだ。籠城勢は、立て直す暇《いとま》すら与えられず、一挙に圧倒されたんだ。きっと上方勢の死傷は少ない。そうだろう、喜八」

「仰せのとおり。上方勢の総掛かりの鬨《とき》の声を聞いて、それから四半時《しはんとき》もたたぬうちに、岱之崎も三の丸も、敵兵で埋まっており申した。乱軍の中、仆《たお》れるのは、わがほうの兵ばかりにござった」

豊臣政権は、半農半士《はんのうはんし》の存在を否定し、武士を完全なる戦争従事者に変えた。圧勝に違いない山中城攻めは、その実力を遺憾《いかん》なく発揮してみせた戦いというべきであろう。

「親父どの。上方勢は、関東武士が思っているより、はるかに強い。このままでは、箱根じゅうの城がすぐにでも落とされる」

箱根は北条方にとって、最強の防御壁であったはず。上方勢によるその制圧は、時を移さず、小田原城が完全包囲されることを意味する。

「何か考えがあるか、小太郎」

「小田原城をからにして戦うほかない」

「策は」

「まずは陸奥守さまが、湯本《ゆもと》まで出張って、上方勢を迎え撃つ」

箱根路から小田原をめざす上方勢は、分散して箱根の城々を落としたとしても、最後は全軍が湯本に集結するであろう。それを、北条陸奥守氏照が迎撃する。

「一方で、お屋形《やかた》が、残りの軍兵《ぐんぴょう》をすべて率いて、ひそかに小田原城を出陣し、上方勢の後背《こうはい》をつく。道案内は、おれがやる」

けものみちも含めて、箱根山中のあらゆる道を知り尽くす小太郎ならば、万余の軍勢を進軍させて、敵に気づかれることなく、その背後へ回らせることは可能である。

つまり、湯本に上方勢を押し込めて、東西から挟撃するのである。

「小太郎、おもしろい策だ。なれど、小田原城をからにはできまい」

「安房守さまをよぶ」

「それでは、鉢形城をすてることになる」

「親父どの。北条の諸将がそれぞれに籠城したところで、持ち堪《こた》えられる城なんか、いくつもない。奥州の伊達も、徳川はもはや寝返らないと知り、また山中城の敗報も届けば、必ず二の足を踏む。だから、いま、こっちから戦いを挑んで、秀吉をあわてさせる。それで、大きな勝利は得られないとしても、小さな勝ちはものにできる」

「小さな勝ちか」

峨妙は、うなずいた。

湯本の挟撃戦で、勝てないまでも、上方勢に傷を負わせ、それから小田原城に籠もれば、北条方の士気は高まる。それはまた、山中城攻めで得たであろう上方勢の勢いを削《そ》ぐ効果もある。

かつて小牧・長久手合戦で、家康はみずから指揮した局地戦の一勝の価値を最大限に利用した。最後は、政治的駆け引きで秀吉に敗れて臣従することになったものの、家康は、領地を減らされることもなく、それどころか逆に、豊臣麾下の大名中、ひとり別格の立場を得るに至った。

氏直も、湯本で勝利して、速《すみ》やかに小田原城に籠もり、その一勝を満天下に誇示することで、道が拓《ひら》けるやもしれぬ。

「親父どのは、神崎甚内のことはひとまず措《お》いて、ここから取って返し、小田原城へ登り、おれの策を陸奥守さまに進言してくれ」

「神崎甚内のことはいい。それより、久野へは言上せず、直《じか》に陸奥守さまへと申すか」

風魔一党の寄親《よりおや》である北条彦太郎氏隆の居城は、久野にある。

「久野は頼りにならない。言上すれば、おろおろするか、そんな策はもってのほかときめつけるか、どっちかだ」

「判った。かしらは、そなただ。命じられたとおりにしよう」

だが、峨妙は、氏隆を通さずとも、この挟撃策をもって小田原を説得するのは、至難であると不安をおぼえざるをえなかった。

もともと、安房守氏邦に賛同して、出撃策を提案していた陸奥守氏照はともかく、肝心《かんじん》の当主氏直と後見の截流斎の許可を得ることはできまい。先《せん》だっての大軍議でも、氏直が小田原城から出ることは論外とされたのである。

「上方勢の進軍は速い。陸奥守さまには早々に湯本へ出張ってもらってくれ。おれは、山中城のようすをこの目でたしかめてから、韮山《にらやま》へ往く」

「美濃守さまに会うと申すか」

伊豆韮山城は、北条美濃守氏規の居城である。

「伊豆衆は、北条軍の中でも強者《つわもの》揃いだ。お屋形と陸奥守さまが湯本で戦っているあいだ、美濃守さまには、沼津にいる上方勢の後陣が後詰に向かわぬよう、伊豆衆をもって釘付けにしてもらう」

「美濃守さまこそ、お屋形のご出陣を決してゆるさぬ御方《おかた》だぞ」

「ゆるすさ」

小太郎の異相に自信が漲《みなぎ》る。

「親父どの。お屋形や御隠居がこんども渋るようなら、こう言えばいい。おれも美濃守さまに言う」

「何と申しあげるのだ」

「湯本には早雲寺《そううんじ》がある」

あっ、と峨妙も思い至った。

上方勢が湯本に集結したとき、秀吉の本陣が布かれるのは、どう考えても早雲寺のほかにありえぬ。早雲寺は、北条氏の始祖北条早雲の眠る、いわば北条氏の聖域ではないか。ここを侵されると判っていながら黙過すれば、截流斎・氏直父子は面目《めんぼく》を失う。湯本に先に出陣し、ここで上方勢の進撃をくいとめるという策を、北条父子も氏規も受け入れざるをえまい。

そこまで思いめぐらせていた小太郎を、峨妙は眩しげに見た。

（逞しゅうなったのは、躰ばかりではなかったようじゃ……）

わが子に凌駕《りょうが》されたことを、はっきりと自覚した瞬間といえよう。男として一抹《いちまつ》の寂しさを感じはするものの、それよりも、父としての悦びのほうがはるかに大きい峨妙であった。

「小太郎。韮山城もすでに包囲されていよう。気をつけてまいれ」

「城に入るのは造作もない。美濃守さまに会ったら、おれもすぐに小田原へ往く」

「うむ。されば、わしは、そなたの策が採《と》りあげられ次第、その足で鉢形へ向かい、安房守さまの小田原入りを仰ぐ」

小太郎は、率いてきた配下のうち、五名に峨妙に従うよう命じた。すると、峨妙が、色をなす。

「小太郎。わしが、小田原へ戻る途中で、息切れでもすると思うのか。老《お》い耄《ぼ》れあつかいをいたすな」

「そんなつもりはないよ」

小太郎は、苦笑した。鳶沢甚内も、笑いを怺《こら》える。

「山中城はまだ落ちたと決まったわけではあるまい。これから、いくさ場へ赴《おもむ》くそなたが、皆を連れて往け。芦ノ湖より東は、まだ北条方が守っておるわ」

「判った。けれど、親父どの、あとで戻るおれに追いつかれないようにな」

「こやつ」

峨妙が拳《こぶし》を振りあげ、小太郎は頭を抱えて西へ逃げだす。配下たちも全員、笑いながら、頭領のあとにつづいた。

峨妙は、心地よい充足感をおぼえつつ、ひとり、湖畔の道を東へとる。

にわかに吹きつけてきた風が、紅《べに》色の花弁の群れを舞わせている。山躑躅《やまつつじ》であろう。花弁が幾枚も顔や衣にとまり、峨妙は血まみれに見えた。

四

芦川宿をあとにした峨妙は、芦之湯《あしのゆ》へ出て、そこから鷹巣山《たかのすやま》へ登った。山名の由来どおり、晩春の空を鷹が一羽、悠然と旋回している。

やわらかく瑞々《みずみず》しい若草の野には、蝶《ちょう》が舞い、小鳥たちの囀《さえず》りも聞こえる。この箱根で、秀吉と北条氏の決戦の火蓋《ひぶた》が切って落とされたとは、とうてい信じがたいのどかさであった。

峨妙は、鷹巣山の頂上へ達すると、こんどは急坂を下る。このあたりは、鷹巣山と、前に見える浅間山《せんげんさん》との鞍部《あんぶ》であった。

浅間山は、前《まえ》鷹巣ともよばれ、頂に鷹巣城が築かれていた。この城からは、富士山や相模の海だけでなく、遠く房総《ぼうそう》半島まで見霽《みはるか》すことができる。

山を登りきって、鷹巣城へ入った峨妙は、山中城が陥落間近であることを伝えた。山中城から逃れた者より、まだ急報がもたらされていないかもしれぬと思ったからである。

案《あん》の定《じょう》、鷹巣城にとって、峨妙の知らせが第一報であった。城将はうろたえた。

鷹巣城にも、はじめから、風魔衆の者が連絡役として籠城している。

「この者らが逃げ道を心得ており申す」

と峨妙は言って、城将を安心させた。箱根は風魔衆の庭である。

峨妙は、早々に鷹巣城を辞し、小田原への道を急いだ。

浅間山の山頂から湯本までは、道はほとんど下っている。これを湯坂路《ゆさかじ》といい、鎌倉時代以来の箱根の幹線道であった。のちの江戸期の東海道とは道筋が大きく異なる。

道の左右に赤松の木々が列なっている。四、五寸ばかり伸び出た新芽の群れが、峨妙の目に若々しく映った。頼もしい小太郎の姿が重なり、思わず、微笑をこぼす。

(頭領の座を譲ってよかった……)

このいくさで、北条が敗れれば、風魔一党の行く末も危うい。だが、小太郎ならば、道を誤らぬであろう。

浅間山から湯坂山へとつなぐ尾根伝いに進むと、道は落葉樹林の中へ入り、たちまち湯坂山の頂へ達した。たちまち、というのは、峨妙には馴《な》れた道だからである。

湯坂山にも城はあるが、もっと下方の湯本寄りのところに築かれている。峨妙は、湯坂山城へも寄っていくつもりであった。

頂上付近には、見晴らしのよい崖地があり、遠く小田原城を望むことができる。そこに黒衣に網代笠《あじろがさ》、首から頭陀袋《ずだぶくろ》を下げた雲水《うんすい》が、ひとり立っていた。険しい山路である。ひと息ついているのであろう。

「もし。不躾《ぶしつけ》ながら……」

とその雲水によびとめられた。

「土地《ところ》のお人であろうか」

「いかにも」

「されば、山居山《さんきよさん》はどのあたりにござろうや」

雲水の訊ねる声は、弱々しく掠《かす》れている。

歩き疲れか、腹が減っているか、いずれかであろう。だが、みずから諸国行脚《あんぎや》を望んだ僧侶ならば、堪《た》えねばならぬことである。

「宮《みや》の下《した》というところに」

山居山は、鎌倉・南北朝《なんぼくちよう》期の臨済宗《りんざい》の名僧夢窓疎石《むそうそせき》が結んだ庵《いおり》である。とうに朽《く》ち果て、痕跡《こんせき》をわずかに残すばかりだが、これもまた、修行の身にしてみれば、その地に立つだけでも思うところがあろう。

「この尾根道を登って往きなされ。さすれば、浅間山の頂に出る。そこから北へのびる尾根道を下れば宮の下にござる。浅間山には鷹巣城が築かれてあるゆえ、城の兵にでも、いまいちど訊ねればよい」

「丁重《ていちょう》なご教示。ありがとう存ずる」

峨妙に向かって、両掌《りょうて》を合わせた雲水だが、

「御身《おんみ》に御仏《みほとけ》のご加護があらんことを」

と頭を下げた途端、ふらっとよろめいた。

そこは、地面に細い木の枝が幾筋も這《は》っている。それを踏んで、足を滑らせた雲水は、躰を崖縁《がけふち》のほうへ大きく傾けてしまう。

峨妙が、素早く近寄って、雲水を抱きとめた刹那、足許《あしもと》の木の根が、蛇のように動いた。峨妙の左足首にからみついたそれは、木の根に似せた縄であった。

(不覚)

罠《わな》に嵌《は》められたと気づいたが、おそい。峨妙は、左足を急激に引っ張られ、雲水からは突きのけられた。

縄は、赤松の大木の高き樹上へと伸びている。そこに、ふたりの男がいた。縄の一方の端を腰に縛りつけているひとりに、もうひとりが抱きつき、息を合わせて飛んだ。縄が、幹と太枝《ふとえだ》の股をこすって、微かな白煙をあげた。

男たちの躰の重さと勢いとが、縄の他方の端につながれた峨妙を引っ張りあげる。

峨妙は、五体が逆《さか》さまに宙へ浮いた瞬間、雲水の頭陀袋をつかんだ。頭陀袋の紐《ひも》を喉首《のどくび》にひっかけられた雲水も、首吊りのかっこうで、浮きあがった。

山側の樹林の中で、木の根元や草むらや岩陰から、人が湧き出るのを、峨妙は目の隅に捉えた。五人だ。いずれも、手に短弓《たんきゅう》をたずさえている。逆さまに宙吊りとなった獲物へ、下から一斉に矢を浴びせるつもりであろう。

だが、峨妙は、敵に誤算を生じさせた。宙吊りを二対二にし、釣り合いをとったことである。空中のほぼ同じ位置でとまった四人が、ぶつかり合って、くるっと回転する。

左足をひきちぎられそうな痛さに堪えて、峨妙は右手で差料を抜いた。左手は頭陀袋を離さぬ。

峨妙の一閃《いっせん》が、下降してきたふたりの一方の背を斬り割った。

「ぐあっ……」

縄を腰に結んでいないその者は、墜落した。瞬間、重さで勝った峨妙と雲水が、地上めがけて降りてゆく。

足から着地した雲水を、上から押さえつけるようにして、峨妙も降り立った。すかさず、縄を断《た》ち斬る。

高き樹上まで上昇した敵のひとりは、一転して、落下しそうになったが、辛《かろ》うじて太枝に片手をかけた。

樹林から道へ走り出てきた五人が、扇《おうぎ》状に峨妙を取り囲み、弓の弦《つる》を引き絞る。至近である。とっさに峨妙は、雲水の躰を引き寄せ、これを盾にした。が、それを目に入れながら、かれらは、ためらうことなく次々と弦を鳴らした。

五本の矢が黒衣に突き刺さる。峨妙を討ち取るためなら、どんな犠牲も厭《いと》わぬという強固な意思が伝わってきた。

(逃げることは叶《かな》わぬ)

唯一の目的に向けて心をひとつにした者らに、背を見せれば、必ず討たれる。逃げずに闘うほかない。峨妙は、肉塊となった雲水を、かれらのほうへ蹴倒しざま、ためらわず斬り込んだ。

先にふたりを斬り仆《たお》した峨妙であったが、敵も強い。残る三人の切っ先が、皮膚や肉に届いた。

峨妙は、文字どおり、肉を斬らせて骨を断った。樹間から射し込む春の光の中で、真っ赤な霧が幾度も噴いては消える。

峨妙は、がくりと地に片膝をついた。まわりには、七つの死体が転がっている。そのひとつひとつへ、視線をあてた。息が残っていれば、とどめを刺してやらねばなるまい。

矢を射放ってきた五人、雲水、そして空中で斬り捨てた者……。峨妙は、はっとした。樹上にもうひとり残っている。

振り仰いだ峨妙の目の中で、人影が急速に大きくなった。音を立てずに幹を伝い降りてきた最後のひとりは、刀を逆しまにして飛びかかってきたのである。

峨妙は、後ろへ倒れ込みながら、刀を突きあげた。

「ぎゃあ」

「うっ……」

峨妙の刃《やいば》は、対手《あいて》の心の臓を縫いとって、その背中まで達した。

だが、峨妙も、左の脇腹から背にかけて刺し貫《つらぬ》かれた。対手《あいて》の刃は、地面まで抉《えぐ》っており、峨妙の躰はそこに串刺しにされたかっこうであった。

峨妙は、被《おお》いかぶさっている死体を、両腕で押しのけた。最後の力といってよい。押しのけるや、半眼《はんがん》になって、喘《あえ》いだ。光が眩しい。

左脇腹に激痛が走った。ふいに、刃が食いこんできたのである。

「ようも八人も返り討ちにしたわ」

いつのまにか、渋染《しぶぞめ》の胴衣と裁着《たつつけ》姿の入道が、足許に立っていた。その男が、峨妙を串刺しにした刀の柄を握っている。

「た……湛光風車……」

おのれの不覚を、あらためて詛《のろ》う峨妙であった。配下に追わせているはずの宿敵から、逆襲されたのである。

しかし、返り討ちとは、どういうことであろう。

「峨妙。この者らは、おぬしが討った風魔衆の兄弟や伜たちよ」

湛光風車が嗤った。

それで峨妙にも合点がいった。かつて、風魔一党に属した湛光風車が、一党中に心服者たちをつくって、当時の束ねであった風倉九鬼斎を殺し、新頭領の座を望んだとき、峨妙はこれを急襲して、湛光風車一派を潰した。そのさい、一派の者の多くを、やむをえず斬っている。峨妙は、一派の家族の罪は不問に付したのだが、その大半は風祭を出ていったのである。

「おもしろいことを、もうひとつ教えてやる」

と湛光風車は言った。

「おれに、甲斐で徳川家康を狙わせ、おぬしら風魔衆の仕業にみせかけるよう命じたのは、誰《たれ》か」

「そのことは……いずれ、小太郎が暴《あば》く」

苦しい息の下から、峨妙は意地のことばを吐く。

「あの図体《ずうたい》がでかいだけの化け物に、ものを考えるつむりがあるのか」

「後悔するぞ、湛光風車」

「おぬしこそ、地獄で後悔せい。家康を狙わせたのは、家康自身よ」

「なに……」

「風魔衆が、家康を暗殺しかけたと伝われば、秀吉はむろんのこと、諸大名からも北条氏憎しの声が澎湃《ほうはい》としてあがる。なにせ、家康は、上方と関東の和睦《わぼく》に奔走《ほんそう》する最も清々《すがすが》しき男なのだ。だが、甲斐では、正直の上にばかが付く村越茂助のせいで、おれの苦心も水の泡よ。風魔衆は関わりないと露見してしまったわ」

ここでもまた峨妙は、曾呂利新左衛門の文句を思い起こすことができた。

(家康はんの身の躱《かわ》しかたは、そら、たいしたものやったそうやで)

新左衛門がそれを言ったときには、気にもとめなかった峨妙であった。しかし、家康が、その場に居合わせた誰よりも早く身を伏せて、炎と爆風を避けたのは、杣小屋《そまごや》の爆発を予期していたからだと解釈すれば、甲斐山中の暗殺未遂事件は、まったく違った様相を呈する。

「なにゆえ、家康がそのようなことを……」

「秀吉は、いくさが終われば、家康に関東を与える腹積《はらづ》もりでいる」

と湛光風車は、おどろくべき秘事を明かした。

「東海五ヶ国を、苦労して、みずからの手で斬り取り、領民の慰撫《いぶ》にも尽くしてきた家康には、酷《むご》すぎる仕打ちよな。なにせ関東は、何もかも田舎臭く、いくさのあとは北条の残党が出没することにもなる。つまりは、治《おさ》めがたきところよ。秀吉にすれば、家康にすら平然と国替えを命じるという天下人《てんがびと》の力をみせつけることになる。だが、これは傍目《はため》に、そう映るにすぎぬ。実は家康は、前々から関東をそっくり手に入れたいと思うてきたのだ」

「もったいをつけるな、湛光風車。わしはもう目の前が見えぬ」

「判らぬか、峨妙。家康は小牧・長久手戦のあとも、決して天下をあきらめてはおらぬ。秀吉のあとを期しているのだ。そのためには、京の豊臣政権に対抗できる地の利を、いまからつくっておく必要がある。すなわち、関東よ」

峨妙にも、家康の野心が察せられた。

関東は、源頼朝以来、武家政権発祥の大地として、源氏三代《げんじさんだい》、執権北条氏、関東公方と、常に京都を凌《しの》ぐか、対抗しうる勢力を育《はぐく》んできた。その意味で、関東全土に覇を唱える者は、機会が訪れれば、いつでも政権交代の筆頭たりえる存在に違いなく、少なくとも東国武士にとっては御輿《みこし》となる。

翻《ひるがえ》って言えば、北条氏五代に足りなかったのは、その大いなる野望であったろう。天下ではなく、関東の制圧だけを望んだがゆえに、北関東や房総の諸氏との抗争に終止符を打てぬまま、巨大なる秀吉の圧迫を受けたのだといえた。

「秀吉よりも、家康こそ、早々に北条氏を滅ぼしたいと思うておる。だから、おれは、甲斐のしくじりのあと、こんどは沼田で大さわぎを起こしてやったのだ。猪俣能登守を唆《そそのか》して名胡桃城攻めをさせた中山九郎兵衛は、実はこの湛光風車よ」

峨妙は、薄れゆく意識の中で、徳川家康は怖い、という曾呂利新左衛門のことばを、いまいちど蘇らせた。

家康のやりかたは、狡猾《こうかつ》で周到というべきであろう。これまでの表立った経緯を顧みれば、家康は和平に向けて命懸けで奔走したが、やむをえざる仕儀で、北条征伐に従軍したという印象を世人に与えている。戦後、たとえ家康が関東入りしたとしても、これを悪《あ》しざまに言う者は、ほとんどいまい。それどころか、家康こそ武門の故地の支配者にふさわしいと囃《はや》されるかもしれぬ。

「どうだ、峨妙。おれを風魔一党から除いたがために、おぬしも北条もかような憂《う》き目をみるのだ」

勝ち誇ったように、湛光風車は鼻をうごめかす。

「あわれな男だな」

口許《くちもと》を歪《ゆが》めてみせる峨妙であった。

「なに」

「そのようなひけらかしを、死にゆくわしなんぞにしてどうする。おぬしの手柄話を聞いて、ともに心から悦び、称《たた》えてくれる者がひとりもいないのであろう」

「峨妙。命乞《いのちご》いでもすれば、助けてやらぬでもなかったに……」

怒りに盈《み》ちた声を、湛光風車は吐き出した。

「くだらぬ話はそれで終わりか」

「おれも鬼ではないわ。最後に、悦ばせてやろう」

にたり、と湛光風車は邪悪な笑みを泛《うか》べた。

「風魔一党は、おれが引き受けてやる。一党ごと家康の麾下になるのだ」

「小太郎をみくびるでない」

「がきに何ができる。不憫《ふびん》だが、小太郎は殺す」

　湛光風車は声を立てて嗤う。

「その前に、おぬしこそ、家康に始末されぬよう気をつけることだ。風間峨妙の末期《まつご》の忠言《ちゅうげん》と思え」

　峨妙の口と両頬が、一瞬、膨《ふく》らんだ。と見るまに、唇の端からひと筋、血が流れだし、峨妙のあごは、がくりと沈んだ。

「くそっ、舌を噛《か》んだか」

　じわじわと、とどめを刺す暗い愉悦《ゆえつ》に浸《ひた》っていた湛光風車は、少しうろたえ、前屈《まえかが》みになって、伸ばした右手で、峨妙のあごをつかんだ。

　それを、峨妙は待っていた。すかさず突きあげた右手には、細枝《ほそえだ》が握られている。

「ぐあああっ」

　細枝の尖《とが》った梢《こずえ》が、湛光風車の左の眼《まなこ》を抉った。舌を噛んだとみせたのは、峨妙の忍びの者としての最後の詐術《さじゅつ》であった。

「この死にぞこないめが」

　湛光風車は、峨妙の左脇腹を地面に縫いつけている刀を、力まかせに押し倒した。峨妙の臍《へそ》から右脇腹へと、刃が深々と食いこみ、血飛沫《ちしぶき》が噴きあがった。

湛光風車の顔が、おのれの血と返り血とで真っ赤に染まる。

峨妙は、しかし、ひと声も悲鳴を発しなかった。

「おのれ、おのれ、おのれ」

狂乱の勝者は、静かなる死を遂げた敗者の躰へ、幾度も幾度も斬りつけた。

五

上方勢は、秀吉の命令どおり、その日の正午には山中城を落とし、城主松田康長以下、二千人を討ち取った。北条氏勝には包囲網を突破して逃げられたが、大勝利である。

それでも秀吉は、暗い顔をしていたという。一柳直末の死が、よほどこたえたのである。

山中城陥落を見届けた小太郎は、風祭から率いてきた配下のうち十二名を、他の箱根山中の各城、足柄《あしがら》方面の各城、そして小田原城へ走らせた。山中城攻防のようすを報せる第二報である。

小太郎自身は、鳶沢甚内ら残りの八名を引き連れ、韮山城へ向かう。上方勢が充満する箱根の本道を避け、他の尾根筋や谷筋、けものみちなどを、音をたてずに、しかし足早に進んだ。

木々の梢と梢の重なり合う鬱蒼《うっそう》たる原始の森がつづく。箱根とその周辺の山々を知り尽くす風魔衆でなければ、方向も判らず迷ってしまうであろう。ここを抜ければ、韮山の東へ出られるのである。

先頭を往く小太郎が、足をとめた。

「いかがなされた」

鳶沢甚内が訝る。

「尾《つ》けられている」

誰もまさかとは思わない。野生の獣とかわらぬ五官をもつ小太郎が間違うはずはないのである。

配下は一様に、張りつめた面持ちで、あたりに目を走らせた。が、人影は見あたらぬ。

「むこうも忍びのようだな。おれたちより多勢だ」

気配のみで、小太郎はそれと看破している。

「黒文字谷《くろもじだに》に誘いこむ。鉤《かぎ》を鉤縄からはずして、手に持て」

命じられた配下たちは、腰の忍び袋から、鉤縄を取り出す。手早く縄を解き、これをふたたび忍び袋に収める。手には鉤だけを残した。

「やりかたは判るな」

皆、うなずき返す。

「走るぞ」

小太郎は、大音《だいおん》を発した。敵の耳にも届いたはずである。

道なき道を、風魔衆は走った。躰に触れた馬酔木《あしび》の白い小花が、ばらばらと落ちる。

後方でも、草木の枝葉の揺れる音がして、ざわつきはじめた。風魔衆が尾行に気づいて逃げだしたことを、敵も察知したのである。

稍《やや》あって、風魔衆は、わずかに拓《ひら》けたところへ出た。頭上に、名残《なごり》の花がちらほらと見える。

そこで、風魔衆は、立ちどまり、後ろを振り返った。敵の姿が現れた。

敵も、風魔衆と同じく、忍び装束《しようぞく》姿である。だが、その軽快な動きからは、胴衣の下に腹巻《はらまき》や鎖帷子《くさりかたびら》を着込んでいるとは見えぬ。おそらく、箱根山中では自在に移動できる風魔衆の迅《はや》さに、後れをとらぬよう、着籠《きごみ》を避けたのであろう、と小太郎は思った。それで無防備になったぶんは、人数で補っている。敵は三十人と数えられた。

「敵は多勢だ。皆、開いて、逃げろ」

これも敵に聞こえるよう、小太郎は叫んだ。

この瞬間、敵は優位に立ったと感じるはずであった。その気持ちの勢いに乗って、一挙に寄せてくるであろう。

小太郎以下九人の風魔衆は、一斉に横に散開して、雑木林の斜面を駈け下った。案の定、敵も集団を解いて、九人それぞれを追ってくる。

風魔衆は、鎖帷子を着込んでいる。みるみる敵に差を縮められた。

前方に、灌木《かんぼく》が群生している。黒文字の木が多い。

風魔衆は、それぞれ、左右へ視線を走らせた。仲間が横一線に走っているかどうか、たしかめたのである。乱れはない。

急速に差を縮めた敵は、抜刀し、風魔衆の背後へ迫った。あと数歩で刃の圏内に捉えられよう。

風魔衆が、一斉に地を蹴って、頭から灌木群へ飛び込んだ。小太郎だけは、急に立ちどまって、敵へ向き直る。

風魔衆の背へ斬りつけようとしていた者らも、灌木群の中へ、躍り込む。斜面を駈け下ってきた勢いのままである。

あちこちで悲鳴があがった。灌木群の中へ躍り込んだ者たちは、そのまま十丈《じょう》の深さの谷へ転落したのである。

幅十尺足らずのこの谷は、地割れと表現したほうがふさわしい。太古《たいこ》の地殻の変動によって生まれたものであろう。薄暗い樹林の中で、灌木群に隠されているため、風魔衆か、土地の猟師や樵夫《きこり》、あるいは獣たちでなければ、存在を知らぬ谷であった。

転落した者らは、谷底に剝き出しの岩に叩きつけられ、立ちあがることもできぬ。

敵は半数を失った。そのうちの三人は、みずから谷へ落ちたのではなく、小太郎に投げ落とされている。

灌木の幹に鉤をひっかけ、転落を防いだ風魔衆は、素早く起き直ると、反撃に出た。敵に数的優位をほとんど失わしめ、猛然と斬り込んだのである。鎖帷子を着けた身が、俄然《がぜん》、有利となった。

敵の動揺に乗じて、風魔衆の剣が、瞬《また》く間に六人を斬り伏せた。それでも、敵は逃げださず、闘いつづける。双方、同数となったところで、かえって肚《はら》が据わり、風魔衆の罠にまんまと嵌められた動揺から、立ち直ったとみえた。並々でない者たちといえよう。

敵の中で、誰よりも小柄な者が、別して強い。こんどは、風魔衆がふたり、その者に斬り仆《たお》された。

（宰領だな）

それとみた小太郎は、その短軀《たんく》の前へ、対照的なおのれの巨軀を移した。

図《はか》らずも、それが合図となったごとく、風魔衆は小太郎の左右に、敵の者らは宰領の左右に、それぞれついて、切っ先だけを対手《あいて》に向ける。

「風魔一党の束ね、風間小太郎だ」

小太郎が名乗ると、敵の宰領は感嘆の声を洩らす。

「噂は、まことであったわ。七尺をこえるとはな……」

「そっちも名乗れ」

「甲賀《こうか》の多羅尾四郎兵衛《たらおしろべえ》よ」

小柄な男は、頭巾《ずきん》を取り去った。小太郎のほうは、はじめから頭巾を着けていない。

「おかしら。徳川の忍びにござる」

と小太郎の配下が言った。

「服部半蔵の手下か」

徳川忍びの首領が伊賀者の服部半蔵であることぐらい、小太郎も知っている。

「手下なんぞではない」

語気を強める四郎兵衛であった。

「ふうん……」

小太郎は、自分勝手に得心したように、うなずく。

「気に入らぬ。この多羅尾四郎兵衛を侮《あなど》ったな」

「そうじゃない。わけは知らないけれど、あんた、服部半蔵がきらいなんだろう」

「問答は終わりだ。きさまを、関白の御前《ごぜん》へ引っ立てる」

「おれを捕らえれば、秀吉が悦ぶのか」

「関白は昨日、きさまの生け捕りに天正大判《おおばん》十枚を褒賞金としたのだ」

「なんと、豪儀《ごうぎ》な……」

思わず声を裏返してしまったのは、鳶沢甚内である。天正大判といえば、一枚で京《きょう》目《め》十両に相当する。目も眩《くら》むような大金であった。

「秀吉はなぜそんなことをする」

また小太郎は、四郎兵衛に訊いた。

「きさま、阿呆《あほう》か。一柳直末を鉄炮で殺したのを忘れたか」

「おれじゃないよ。神崎甚内というやつが殺《や》ったんだ」

「ほんとうに鉄炮を射放ったやつなど、誰でもかまわぬ。関白はきさまの首を刎《は》ねたいのだ」

　語尾を叫ぶように発して、四郎兵衛は踏み込んだ。切っ先が、小太郎の腹めがけて、のばされる。生け捕りといっても、四郎兵衛は、無傷とまでは考えていないらしい。

　小太郎は、跳びあがって、両膝を抱え込んだ。その下を、短軀が駈け抜ける。

　風魔衆と甲賀衆も、ふたたび斬り結びはじめた。

　鐔《つば》競り合いをする蔦沢甚内が、下生《したばえ》の草に足をとられて倒れ、刀を取り落とした。すかさず、対手が上から刃を突き下ろしてきたが、甚内は辛うじて、これを躱し、下から組みついた。そのまま、両人はもつれ合って、斜面を転がり、黒文字の木々の中へ突っ込んだ。

　谷間の響きを伴う悲鳴に、小太郎は総毛立《そうけだ》った。

「甚内」

　呼んでも、返辞がない。谷へ落ちたのか。

助けにゆこうとしても、できぬ。四郎兵衛の常に低い位置から繰り出される刃に、小太郎は思いのほか手こずっていた。

鉄炮の斉射音が耳朶《じだ》をふるわせたのは、このときである。たくさんの鉄炮玉が、近くの木々や地面に着弾した。

「動くな、風魔の小太郎。おぬしが動けば、配下も皆殺しにいたす」

いましがた小太郎たちが駈けてきたけものみちに、多勢の軍兵が押し寄せ、次々と斜面を下りてくる。まだ発炮していない鉄炮の筒口《つつぐち》は、すべて小太郎たちに向けられたままであった。

四郎兵衛は、その軍勢を、振り仰いで、舌打ちをした。味方ではあるらしい。それでも、かまわず、小太郎に向かって斬りかかる。

だが、四郎兵衛は、足許に銃弾を浴びて、身を竦《すく》ませた。

「やめい、四郎兵衛。抜け駈けは、そこまでじゃ」

軍勢の大将が、みずから鉄炮を射放ったのである。

大将は、足軽に鉄炮を投げ返すと、ゆっくり争闘の場まで下りてきた。黒い甲冑《かっちゅう》姿に一分の隙《すき》もなく、眼に冷徹な光を宿した男である。褐色の皮膚に被われた顔からは、年齢を見定めがたい。

「四郎兵衛。あとで話がある」

大将は言った。視線は、しかし、小太郎にあてている。

「手討ちにでもすると言うか」

四郎兵衛も、ふてぶてしい返辞をする。

「話があると申したのだ。なれど、そのほうがこの服部半蔵を見限り、このままどこぞへ逐電《ちくでん》いたしたとて、一向にかまわぬ」

大将は、ようやく、じろりと四郎兵衛を睨んだ。

（こいつが服部半蔵か……）

鬼半蔵の異名をもつ徳川忍びの首領に、小太郎は初めて会った。半蔵は槍《やり》をとらせても無双、と聞こえている。

四郎兵衛が、半蔵を睨み返したのは一瞬のことにすぎず、すぐに、ふんと鼻で嗤った。

「往くぞ」

配下に命じて、四郎兵衛は去った。

小太郎の眼前に立つ服部半蔵正成は、父保長《やすなが》の代から、徳川家に仕えている。戦功は数知れぬ。別して、本能寺の変に際し、泉州《せんしゅう》堺に遊覧中であった家康を、伊賀越えによって、無事に三河岡崎《おかざき》まで生還させた大手柄で、家康から全幅の信頼を得るに至り、遠江国に八千石を賜った。

伊賀越えの成功は、服部家がもともと北伊賀出身で、随一の勢力を誇っていたので、伊賀衆と甲賀衆の全面協力を得られたことによる。このとき、甲賀衆の中で、最大の助力をしたのが、多羅尾四郎兵衛であった。

四郎兵衛は、その功により、家康から士分に取り立てられ、知行も得たものの、半蔵の出世に比べれば、天地ほどの開きがある。そのうえ、家康からの正式な達しがないにもかかわらず、伊賀衆ばかりか甲賀衆まで、何事も半蔵の下知を仰がねばならなくなり、四郎兵衛としては大いに不満であった。公家の名門近衛《このえ》氏の庶流《しょりゅう》を称する多羅尾一族の惣領としても、半蔵の下風に立つことは我慢がならぬ。

四郎兵衛は、この北条征伐に期するところがあった。誰もが褒めそやす目立った戦功を挙げ、それをもって、みずからを他家に売り込むのである。

秀吉が風間小太郎の首に褒賞金をかけたことは、四郎兵衛にとって千載一遇《せんざいいちぐう》の好機といえた。褒賞金の多寡《たか》は問題ではない。秀吉がそこまでして小太郎の首を望んだということは、これをしてのけた者への感謝のほどは測り知れぬ。四郎兵衛は、天正大判十枚を固辞して、仕官《しかん》を願うつもりであった。関白の家来となって、さらに出世すれば、半蔵など易々《やすやす》と凌ぐことができよう。

それゆえ、四郎兵衛は、上方勢の山中城攻めのあいだ、いくさなどそっちのけで、城とその周辺に小太郎の姿だけを追い求めた。だから、落城直後、山中城を望見する小太郎ら風魔衆の姿を、配下が発見したとき、運が向いてきたと小躍りしたものである。

だが、半蔵は一枚上手《うわて》であった。朝からようすのおかしい四郎兵衛より目を離さなかったのである。

右のことは、むろん小太郎の知るところではない。

半蔵が、兵たちに合図すると、二十人ばかり進み出て、小太郎を取り囲み、縄で縛りはじめた。

小太郎がおとなしく地にうつ伏せにされ、縛《ばく》につくのを眺めながら、半蔵は無表情に言う。

「抗《あらが》うつもりはないようだな」

「抗えば、あんたひとりをひねり殺すくらいはできる」

「であろう」

半蔵に、小太郎をばかにしたようすはない。小太郎の力を認めているようである。

「この半蔵を殺すぐらいではつまらぬか」

いかに小太郎でも、半蔵を殺したあと、ゆうに百人を超える多勢を対手に、生き残ることは叶わぬ。湯本の挟撃戦で上方勢にひと泡吹かせようというのに、いまここで死ぬのは犬死というものだ。

「男は、死に時、死に場所をみずから選ぶ」

幼いころより、峨妙に言われつづけてきたことばを、小太郎は口にした。

「思い違いをした」

半蔵の口調に、なぜか謝罪じみた響きがある。

（なんのことだ……）

小太郎が訝ったのと、半蔵が鉄炮隊に向かって右腕を振り下ろしてみせたのとが、同時のことであった。

原始の森の中で、銃声はくぐもった。風魔衆五人は、ことごとく、仰のけざまに吹っ飛んだ。皆殺しである。

小太郎は、半蔵に飛びかかろうとしたが、わずかに地を這うことができたにすぎぬ。頸《くび》と両腕と両足をつないだ縄に、五体をきつく締《し》めつけられ、動けなかった。

「何を怒る、風魔の頭領。おぬしが抗わなかったのは、みずからの死に時、死に場所を選びたいからで、配下の命を守りたいがためではなかったのであろう」

依然として、半蔵に表情はない。

明らかに、半蔵は、はじめから小太郎の配下を殺すつもりだったのである。いま、それと気づいて、小太郎は唇を噛んだ。

「服部半蔵。あんたは、武士じゃない。その前に、人ですらない」

すると、半蔵が、ほんのわずかながら、唇許《くちもと》を歪めた。

「織田信長は、われら伊賀者を、妖狂《まがもの》と罵《のの》り、人外《じんがい》の化生《けしょう》と恐れた。人ではないのだ」

みずから認めた半蔵に、小太郎は息を呑む。この世にかくも非情な男が存在するのであろうか。おそらく半蔵は、主君家康になり代わり、どんな薄汚いことでも平然とやってのけるに違いない。

「人外の化生なら、おれも、あんたを殺すのをためらわない」

「機会を逸《いっ》したな」

捕縛の前に、小太郎が半蔵に飛びかかっていれば、あるいは可能であったやもしれぬ。

それでも、小太郎は心のうちで誓った。

（必ず殺す）

六

山中城落城の翌日の四月一日、箱根峠を突破した上方勢の先鋒徳川軍は、家康本隊が早くも鷹巣城を攻め落とし、別動隊も宮城野《みやぎの》城、根府川《ねぶかわ》城などを次々に攻略して、箱根路を進撃している。

家康は、三日には湯本まで下り、四日に小田原城の近くに陣を布いて、秀吉の来駕を待った。同じ日、羽柴秀次・宇喜多秀家《うきたひでいえ》・池田輝政《いけだてるまさ》・堀秀政《ほりひでまさ》ら後続が次々と到着し、堀を掘り、逆茂木《さかもぎ》を巡《めぐ》らせるなどしはじめた。

上方勢が湯本で北条方の挟撃に遭うなどという意外の展開は、気配すらなかった。

挟撃策を考えついた小太郎は捕らえられ、これを小田原へ進言するはずであった峨妙も、その途次《とじ》で討たれてしまったのだから、当然ではあった。

家康らの露払《つゆはら》いにより、悠然と箱根路を進んできた秀吉が、湯本に到着したのは、六日のことである。本陣は、小太郎の予想どおり、早雲寺に布かれた。

このころには、加藤嘉明・九鬼嘉隆・長宗我部元親ら、上方勢の水軍も相模湾の封鎖を了《お》えた。そして、八日には、それまで伊豆韮山城攻撃に参加していた織田信雄・蒲生氏郷・細川忠興《ほそかわただおき》らが小田原城に着陣した。

この時点で、上方勢は、ゆうに十五万を超える空前の大軍によって、蟻《あり》の這い出る隙間《すきま》もないくらい、小田原城を完全包囲したのである。すると、籠城軍はうろたえ、早くも皆川広照《みながわひろてる》のように、手勢を率いて城を脱し、徳川の陣所《じんしょ》へ投降する者が出た。

小田原城包囲網を完成するや、秀吉はただちに、諸隊を相模・武蔵の北条方支城の各個撃破に向かわせた。合わせて、上州松井田に布陣中の前田利家・上杉景勝・真田昌幸・依田康国ら北国勢に、急使を遣わし、北条方の城を落としながら南下するよう命じた。

そのころ、小太郎は、沼津の三枚橋城で、土蔵《どぞう》に囚《とら》われの身であった。うつ伏せのかっこうで、首、両手首、腰、両足首の六ヶ所に鉄環《てつわ》を塡《は》められ、それら鉄環にはすべて鎖縄《くさりなわ》がついていて、伸びきった状態で、周囲の壁や天井につながれている。五体が地上からわずかに浮いているため、苦痛は言語に絶した。

服部半蔵は、小太郎を捕らえたその日、これを家康に報せて、秀吉に言上してもらったが、秀吉からは、しばらくどこぞの牢《ろう》にでも放り込んでおけという命令が下された。いずれ小太郎を殺すに際し、北条方へのみせしめにするやりかたを、秀吉は考えついたらしかった。

ただ、小太郎自身は、みせしめの処刑のこと以外、何も聞かされていない。湯本で挟撃戦が行われたかどうか、一切の戦況も知らぬ。ここに押し込められてから、小太郎が顔を合わせる対手《あいて》は、日に一度の食べ物を運ぶのと、下《しも》の世話とをしにくる伊賀者の女だけであり、この女は一言も口を利かなかった。

土蔵の重い戸が開かれ、光が入ってくる。女がきょうの飯《めし》を運んできたのであろう。

ところが、小太郎の前に立ったのは、好々爺然《こうこうや》とした剃髪《ていはつ》の男であった。上目遣《うわめづか》いに見上げる小太郎は、男に会ったことがあるような気がした。

「会うのは初めてやが、わいのことは、峨妙はんから幾度も聞いたことがあるやろ」

男は、にっこりする。

「曾呂利新左衛門……」

「そうや」

それから、新左衛門は、ひとつ溜め息をつくと、笑顔を消して、小太郎を憐《あわ》れむような目で見る。

「峨妙はんな……死んでもうた」

しかし、小太郎の表情に変化はない。

「親父どのは、いつ、どこで、何者に討たれた」

と小太郎から、乱れのない声で訊かれて、新左衛門は感心した。

（さすが峨妙はんの跡継《あとつ》ぎや……）

死と隣り合わせの世界の住人とはいえ、父親の突然の訃報《ふほう》に接しても狼狽《ろうばい》せぬとは、日常の覚悟のほどが察せられる。

「山中城落城の日、湯坂路において。対手は、誰の手の者とも知れん忍び衆らしいわ」

「…………」

小太郎は、微かに唇を嚙んだ。

芦川宿で別れた日ではないか。供など不要と言った峨妙に、無理にでも幾人かを従わせるべきであった。

「身動きでけへんあんさんには、峨妙はんの死はまだ知らせんほうがええん違《ちゃ》うかと、迷うてな。それで、こうして日が経ってしもうた。堪忍《かんにん》やで」

一言あやまってから、新左衛門が仔細を語りだす。

新左衛門は、徳川軍が湯本へ達した日、それに先立ち、曾呂利衆を率いて風祭を訪れた。小太郎が服部半蔵の手に落ち、沼津三枚橋城へ引っ立てられた事実を、峨妙に告げようとしたのである。風魔一党の出方によっては、小太郎の命を助けられぬこともないと取引をもちかけるつもりであった。

新左衛門が風祭に着いたときには、一帯の家々はすべて火の手をあげていた。徳川軍が湯本へ下りてくれば、そこから小田原までの進撃路に住する人々はひとたまりもなく蹂躙《じゅうりん》されるに違いなく、そのため、風魔一党も本拠の風祭を捨てて小田原へ退《しりぞ》くところだったのである。

曾呂利衆と風魔一党は、敵同士であっても、新左衛門と峨妙に浅からぬ誼《よしみ》があるので、いきなり殺し合うような仕儀には至らぬのが、これまでであった。ところが、風魔一党が憎悪を剝き出しに斬りかかってきたので、おどろいた新左衛門は、理由を糾《ただ》してみると、

「峨妙さまの敵《かたき》」

という怒声を叩きつけられたのである。あとは問答無用の斬り合いとなってしまい、やむなく新左衛門は、ひとまず引き上げた。

「ところが、すぐに、ある者が追いかけてきてな。小太郎はんの従者や言うて、鳶沢甚内と名乗りよった」

「生きていてくれた……」

こんどは小太郎の表情が動いた。うれしそうである。

鳶沢甚内は、甲賀衆との争闘のさなか、黒文字谷へ転落したのだが、もつれ合って落ちた者と、先に谷底に横たわっていた者とを、幸運にも下敷きにすることができ、気を失ったものの、奇跡的にかすり疵《きず》で済んだ。日暮れ近くに意識を取り戻すと、谷からあがって、小太郎の姿を探した。いくつもの死体の中に、その巨軀は見つからなかったので、当初の目的地の韮山城をめざし、上方勢の包囲の中、夜陰に紛れて入城することに成功する。しかし、小太郎が韮山城に来ていないと判り、鳶沢甚内は翌朝、峨妙の指示を仰ぐべく、小田原へ走った。峨妙は小田原城にいるか、鉢形城に向かったか、いずれかであるはずであった。それが、風祭まで戻ったところで、峨妙の死を知ることになる。前日に峨妙は湯坂路で殺されており、その死体を発見した湯坂山城の兵から、風魔一党へ急報されたのだという。遺骸《いがい》もすでに風祭の風間屋敷へ運ばれてあった。

右のことを、鳶沢甚内は新左衛門に語ったのである。

「峨妙はんは、さすがにたいしたもので、まわりには敵の死体が八つも転がっていたそうやで。湯坂山城の兵が、そやつらは皆、忍びの者とみえたと言うので、風魔の衆も、峨妙はんを殺《や》ったのは、わいら曾呂利衆と思い込んだのや」

新左衛門も鳶沢甚内に、小太郎は一柳直末殺しの犯人として三枚橋城に虜囚《りよしゆう》の身であることを明かした。すると鳶沢甚内は、あれは神崎甚内という者の仕業で、実は銃弾は家康を狙ったものであったと言うではないか。

もしそのことが立証できるのなら、関白さんもお慈悲をお示しにならはるやろ、と新左衛門が言うと、鳶沢甚内は早々に神崎甚内を捕らえてくることを誓った。

「親父どの死を知らせてくれて、礼を言う」

小太郎は、素直に新左衛門に感謝した。

「小太郎はん。前に峨妙はんにも言うたのやが、このいくさ、北条に勝ち目はない。風魔も先行きのことを案じたほうがええ」

「寝返れと言うのか」

「それが賢明や。天下に忍びの者はあまたおれど、中でも風魔衆の力は随一と、わいは思うとる。早雲、氏綱、氏康のためならば死に甲斐もあったろうが、凡愚《ぼんぐ》の截流斎と氏直と道連れでは、あまりに惜しい」

「御隠居もお屋形も凡愚ではない」

「家康と比べて、どないや」

器量において、家康が北条父子を凌駕《りょうが》することは、小太郎も認めざるをえない。その家康ですら畏怖《いふ》するのが豊臣秀吉である、と新左衛門は言いたいのであろう。

「関白さんも家康も、まずは富士川がいくさ場になると思うてはったに、北条が出てきいへんから、拍子抜けや。富士川でなければ、黄瀬川やろと思うたら、これもまた肩すかし。わざわざ韮山城を孤立させるとは、北条方の戦法はよう判らん。山中城かて、後詰の備えもしておらへんのやから、半日で落とされてもしゃあないわな。まあ、それら何もかもが、関白さんにあっさり箱根越えをさせて油断を誘うためで、実は湯本あたりで挟撃する策やったゆうなら、なかなかのものやが、それもせえへん。北条は無策やがな。あとはもう、小田原城をどうやって落とそうかゆう、関白さんのご遊興みたいなものや。小太郎はんだけでなく、北条方の誰が気張ったところで、どうにもならへん。気張れば、北条方の死人が増えるだけのことやで」

新左衛門が、世間話でもするようにして語った内容に、小太郎は正直、驚愕《きょうがく》の思いをもった。

（秀吉も家康も……）

富士川や黄瀬川まで北条勢が出撃してくることもあろう、と難なく予想を立てていたのである。そればかりか、湯本での挟撃戦すら警戒していた。それが、何事も起こらなかったので拍子抜けしたということは、そうした北条方の積極策に対しても、上方勢は万全の備えができていたからにほかなるまい。峨妙の横死《おうし》によって、湯本での挟撃策は北条父子へ進言されることはなかったが、もし北条父子がこれを容《い》れて出陣していれば、箱根山中でかえって殲滅《せんめつ》されてしまったやもしれぬ。

北条氏の秀吉への挑戦は、しょせん蟷螂《とうろう》の斧《おの》でしかないのであろうか。しかし、秀吉の忍びの新左衛門に対して、それを認めることは、若い小太郎にはいかにも口惜しい。

「風魔は北条の忍びだ」

小太郎はきっぱりと宣したが、しかし、

「そないなこと、わいかて知っとるがな」

と新左衛門に笑われてしまう。

「そやけど、風間小太郎は、陰《いん》の人やない。陽《よう》の人や」

「なんだ、それは」

「あんさん、いま、父御《ててご》の死の悲しみより、従者が生きていたことの悦びを、まこと、素直にみせはった。風魔一党二百人を、はなから負けると知れたいくさで死なせたりせえへん。皆を生かす道を選ぶのが、小太郎はんゆうお人やと、わいは観《み》た」

新左衛門は、低くしゃがみこんで、鼻がくっつきそうな近さから、小太郎の顔をのぞきこんだ。

「違うか」

その声には、温《あたた》かみがあった。

「…………」

小太郎が返辞をせぬので、新左衛門は言い募《つの》る。

「小太郎はんが風魔一党を率いて、曾呂利衆に加わる言うてくれはったら、わいがこの命を懸けて、あんさんの助命を関白さんに願《ねご》うたる」

「おれは命乞いはしない」

「判ってる。けど、小太郎はん、いま死んで、後悔せえへんか。成し遂げずにはいられへんことが、ひとつできたはずやで」

痛いところを、小太郎はつかれた。峨妙の敵を討たずして、死ぬつもりはない。

また小太郎は黙る。

「ま、よろしい」

新左衛門は立ち上がった。

「これから、たぶん二ヶ月《ふたつき》か三ヶ月《みつき》あるよって、じっくり考えなはれ」

二、三ヶ月という、何やら現実的であるらしく聞こえた日数を、小太郎は訝った。秀吉は、北条方へのみせしめとなるようなやりかたで小太郎を処刑すると言ったそうだが、それが二、三ヶ月後ということなのか。

だとすれば、秀吉は、少なくともこれから、それだけの期間は北条氏と戦いつづける腹積もりでいることになる。箱根随一の堅城の山中城をたった半日で落としながら、一転して長期戦に入ろうというのは、やはり天下一の要塞、小田原城を恐れるからに違いない。

「さすがの秀吉も、小田原城ばかりはたやすく落とせないと思っているんだな」

そういうことなら、北条勢にも反撃の余地は残されていよう。

「そらそうや。たいした城やものなあ……。けど、小太郎はん。二ヶ月か三ヶ月言うたんは、そないな意味やあらへんで」

にいっ、と新左衛門は笑った。いたずら小僧のようではないか。

「ほな、さいなら」

七

当時の小田原城は、惣構の内に城下町をすっぽり包んで、周囲五里に及ぶ天下一の巨城であった。

その大要塞を、蟻の這い出る隙間もないまでに完全包囲したのだから、秀吉がいかに空前の大軍勢を催したか、この一事をもってしても想像がつこう。

秀吉はまた、早雲寺に本陣を布くやいなや、近くの笠懸山《かさかけやま》に陣城《じんじろ》を築きはじめている。笠懸山は、小田原と湯本の間にあって、山上から眼下に小田原城を望むことができた。増田長盛《ましたながもり》・長束正家《なつかまさいえ》が普請奉行に任じられ、はじめから普請衆として従軍した五万六千の兵が、昼夜兼行の突貫工事を敢行したのである。

小田原の北条父子以下の籠城軍は、上方勢が山中城をわずか半日で落として、箱根山を突破してきたことに衝撃を受け、ひどくあわてた。対抗策を協議する暇《いとま》もなく、小田原城もそれこそ瞬く間に囲まれてしまい、なす術《すべ》はなかった。

だが、小田原城は、一年や二年は持ち堪《こた》えられる堅固な造りで、その間、十万人が飢えぬだけの糧食も確保できる。開戦にあたって各地から搬入された兵糧《ひょうろう》に加え、城内に広い田畑をもつからであった。

「秀吉のほうが先に音《ね》をあげようぞ」

北条截流斎は楽観的であった。

上方勢は、長途遠征軍のうえ、軍兵は三十万人にも及ぶ。これを、何ヶ月にもわたって支えられる兵站などありえまい。実際、落城直前の山中城からの書状でも、上方勢は早くも糧食不足で、山芋《やまいも》を掘って食っていると知らせている。

「上方勢に元気があるのは、いまのうちだけよ。一ヶ月《ひとつき》か二ヶ月《ふたつき》も経てば、兵どもは痩《や》せ細り、槍を持ちあげることもできまい。そうなったとき、われらは討って出ればよい」

この截流斎に代表されるように、北条方の秀吉に対する認識の甘さは、度《ど》し難いものであったというほかない。

山芋を掘って食っていたのは事実だが、これは上方勢が集結早々であったからにすぎぬ。そのあと、後方より二十万石の兵糧米が届いている。むろん、それだけでなく、秀吉は引き続き米を買い集めていた。秀吉の財力は、関東の田舎武士には想像もつかぬほど巨大なものなのである。

小田原の籠城軍が、今後の展開をまだ楽観視していたその四月のうちに、事実上、結着はついたのだといっても過言ではあるまい。

上方勢の別働隊である北国勢は、信濃と上野の国境の碓氷峠を越えて、上州入りすると、十九日に厩橋城を落とし、二十二日には松井田城を陥落せしめた。

松井田城主の大道寺政繁は、早雲の甥の血筋で、北条氏の宿老であるにもかかわらず、降伏するやいなや、北国勢のために、みずからすすんで道案内と先鋒をつとめることを申し出た。そのため、これを機に、上州の北条方の諸城の多くは、一戦も交えず北国勢の軍門に降《くだ》ってしまう。

秀吉は、上州制圧の朗報を受けると、ただちに家康に武州への進撃を命じた。

二十六日に鎌倉入りして、北条氏勝に玉縄城を無血開城させた家康は、その氏勝の案内で多摩川《たまがわ》を越え、翌二十七日には、江戸城と葛西《かさい》城の遠山《とおやま》氏を降伏せしめる。猛将北条綱成の孫で剛毅をうたわれる氏勝ですら、このありさまでは、北条氏の逆転劇など生まれようはずもない。

同じく四月中に、伊豆国では、豊臣水軍・徳川水軍・毛利《もうり》水軍など一万四千が、北条方の海賊衆の城砦をことごとく落としている。さらには、反北条の北関東大名衆も、上方勢の動きに呼応し、佐竹氏・宇都宮氏らが下野国の諸城を奪取した。

五月に入っても、上方勢の勢いはとまらず、徳川軍と浅野《あさの》軍が、房総の北条方の拠点を瞬く間に潰してゆく。

北条方の諸城の多くが、あっさり落とされたり、戦わずしてみずから城門を開いたりした大きな原因はふたつある。

ひとつは、各地の支城は、それぞれの籠城戦が始まれば、本城である小田原城からの後詰があるものと期していたのに、上方勢の小田原城完全包囲により、それが不可能となったこと。

いまひとつは、城主不在の城がほとんどだったことであろう。各地の城主の大半は、小田原城に籠もっている。本来の統率者の下でなく、その代理者の指示で戦うことは、それだけで兵を不安にさせるものなのである。截流斎たちは、そのことに思い至らなかったのではなく、上方勢を甘くみていたというしかない。

武州入りした北国勢も、河越城、松山《まつやま》城を相次いで奪った。だが、北武蔵の要《かなめ》である鉢形城だけは、名将北条氏邦の陣頭指揮により、烈《はげ》しい抵抗をみせたので、容易に落とすことは叶わず、長期戦を覚悟せねばならなかった。北国勢の進軍は、ようやく頓挫《とんざ》した。

そのころ、小田原では、上方勢の包囲開始以来、小競《こぜ》り合いこそ起こるものの、大きな合戦はまだ一度もなかった。秀吉が仕掛けぬからである。

秀吉は、本陣の早雲寺に小田原城包囲軍の諸大名を招き、津田宗及《つだそうぎゅう》を茶頭《さどう》として茶会を催すなど、悠然たるものであった。

茶会だけではない。諸大名に国許《くにもと》の女房衆を招《よ》ぶことを許し、秀吉みずからも側室淀殿《よどどの》を出立《しゅったつ》させるよう、正室禰々《ねね》に書状を出している。また、兵たちのためには、陣城を構築中の笠懸山の麓に大きな町場《まちば》を急造し、諸国の商人を集めて市《いち》を立て、遊女屋まで設けて営《いとな》ませた。各陣所でも、大名は庭付きの立派な屋敷を造って、周辺を町場や耕作地にするなど、秀吉に倣《なら》った。味方が厭戦《えんせん》気分を起こさぬよう、様々に工夫することは、秀吉が最も得意とするところなのである。

そのせいで、小田原城の周辺は連日連夜、祭りのような賑々《にぎにぎ》しさとなった。この光景が、小田原城から一歩も出られぬ人々の士気を萎《な》えさせたのは、言うまでもあるまい。現実に、城を脱して、攻城軍に投降する者が増えはじめた。

これこそが、秀吉の城攻めなのである。いまや、小田原城攻めも、曾呂利新左衛門が小太郎に投げた言辞を藉《か》りれば、関白さんのご遊興みたいなもの、という段階に入ったのだといえよう。

これに対して、截流斎だけは動揺をみせることがなかった。切り札を秘していたからである。

「秀吉め、いまにみておれ」

切り札とは、伊達政宗であった。

伊達氏の中には親《しん》北条の部将は少なくなく、截流斎は、それらの者と幾度も書簡を交わし合って、小田原城の後詰を要請しつづけてきた。むろん、政宗本人へも、書状《ふみ》を出している。その過程で、山中城の落城直後から、政宗の心が揺れはじめたことを、截流斎とて知っていた。

政宗は、ついに秀吉に臣従する覚悟で、四月六日に会津黒川《あいづくろかわ》城を出立すると決めたのだが、前日に母親に毒を盛られて、床《とこ》に就いてしまう。これは、截流斎にも、予想外のことであった。しかし、政宗が一命をとりとめて、四月十五日にあらためて出立したときには、截流斎は、小田原合戦後の褒賞を餌《えさ》に、親北条の部将らを動かし、政宗を途中から引き返させることに成功している。

その後、五月に入ってすぐ、政宗直属の黒脛巾組《くろはばきぐみ》の太宰金助《だざいきんすけ》が、密命を帯びて、小田原城を訪れた。金助は、以前にも二度ばかり、截流斎の前に現れており、政宗に最も多用される忍びである。

「わがお屋形は、六月には、上方勢に参陣するとみせて、小田原城へお入りあそばす。されば、北条御父子には、ご案じなきよう。さよう申し伝えよとのご命令にござる」

親北条の者らが政宗の説得に成功したのだ、と截流斎は信じた。

関白秀吉の再三にわたる礼を尽くした誘降《ゆうこう》にもかかわらず、結果的にこれをのらりくらりと躱《かわ》していた印象の強い政宗である。いまさら上方勢に参陣したとて、秀吉から赦免《しやめん》を得られるはずはない。打ち首、あるいは領地没収を覚悟せねばならぬ。とすれば、政宗も、もはや北条と命運を共にするしか、進むべき道はないのである。

「ご入城を心待ちにいたしており申す、と伊達どのに伝えてくれ」

截流斎は、金助にそう返辞をした。悦びを満面に表して。

その切り札が幻であったことを、截流斎に思い知らせる事件が起こったのは、六月五日のことである。

「伊達政宗、上方勢に参陣」

の報が小田原城へ届いたのである。

はじめは聞き間違いであろうと思い、截流斎は、報告をもたらした者に訊き返した。

「わが城へ入られるのであろう」

否《いな》、とその者はかぶりを振る。

「伊達どのは、ただちに囚われの身となり、底倉《そこくら》へ護送されたそうにござりまする。秀吉の勘気《かんき》に触れるのを覚悟のうえの、神妙《しんみょう》の態《てい》であったと」

底倉は、箱根山の中腹に湧く温泉地である。

「たばかられた……」

截流斎は、その場に頽《くずお》れた。

政宗は、いったん引き返したあとも、北条氏に味方するつもりはまったくなく、一挙に親北条派を黙らせる何らかの策を断行したに違いない。だが、それと截流斎に悟《さと》られてしまえば、こんどは一転して、小田原への道を北条方に阻まれることになり、下手《へた》をすれば秀吉への拝謁《はいえつ》すら叶わぬ。そこで政宗は、わざわざ直属の忍びを放って、截流斎を欺《あざむ》いたのだ。

五十三歳の截流斎が、二十四歳の政宗に手玉にとられたかっこうといえよう。伊達政宗は権謀術数《けんぼうじゅつすう》に天賦《てんぷ》の才ありという風聞《ふうぶん》を、截流斎はいまさらながら思い出さずにはいられなかった。

（ふん、愚かな若造じゃ。秀吉が赦《ゆる》してくれるはずもあるまいに……）

そう思うことで、截流斎は自身のしくじりへの言い訳にした。

しかし、政宗は、せめてあと十年早く生まれていれば天下を望めた男、と後世に評価されるとおり、頭もきれるが、肚も据わった男であった。底倉に幽閉されるや、髷《まげ》を切り、白の陣羽織《じんばおり》に着替えて、これを死装束《しにしょうぞく》としながら、千利休どのに茶の湯のご教授を賜りたいと申し出たのである。

政宗のその従容《しょうよう》たる態度を、諸大名も千利休も、まことに潔《いさぎよ》く風雅《ふうが》であると称賛した。ひとり秀吉の感想は違う。

「たいした居直り者よ」

九日に本陣で政宗に拝謁を許した秀吉は、腹を抱えて笑い、死一等を減じた。そればかりか、領地没収も、遅参《ちさん》の償《つぐな》いとして、政宗が蘆名《あしな》氏から斬り取った会津・岩《いわ》瀬《せ》・安積《あさか》三郡にとどめ、あとはすべて安堵を約した。

おのれの器量を、天下の諸侯の前で見せつけようとして、かえって秀吉に圧倒された政宗は、素直に臣従を誓い、次の奥州征伐の先鋒を拝命したのである。

小田原城では、家康の寝返りはもはや期待できぬという空気が漂《ただよ》っていた。そのうえ、最後の光というべき政宗まで、秀吉の軍門に降ってしまったのだから、籠城軍将兵の落胆は目を被うばかりであった。政宗の後詰もなしに、三十万の上方勢と戦うなど、自殺行為に等しい。

その落胆は、一ヶ月《ひとつき》近くも北国勢と激戦を繰り広げる鉢形城へも伝染した。にわかに士気を鈍らせた鉢形城は、徳川・浅野の支援をうけた攻城軍の前に、ついに膝を屈したのである。六月十四日のことであった。

城主北条氏邦は、北国勢の総大将前田利家に城兵の助命を願い、みずからは剃髪して、近在の寺へ入り、秀吉の沙汰《さた》を待った。のちに氏邦は、利家に預けられ、加賀国《かがのくに》金沢《かなざわ》へ随行することになる。

鉢形城を落とした北国勢は、次に南武蔵の要衝八王子城の攻撃に向かった。

八王子城は、北条氏照がありとあらゆる山岳籠城戦を想定し、心血《しんけつ》を注いで築いた日本でも最大級の山城《やまじろ》である。本来ならば、容易に落とされる城ではない。ところが、この城もまた城主不在であった。ただ、北条氏随一の猛将氏照に従い、あまたのいくさを経験してきた四千の将兵は、あるじのいないことで、かえって団結し、降伏勧告の使者を斬り捨てて、決戦の覚悟を示したのである。

六月二十三日、利家は、すでに投降した武州勢と上州勢に先駆けを命じ、北国勢と合して五万の大軍で総攻撃を開始した。激烈な抵抗をみせた籠城勢であったが、ついに衆寡敵《しゅうかてき》せず、八王子城はその日のうちに玉砕《ぎょくさい》する。婦女子まで、近くの滝壺《たきつぼ》に次々と身を投げて自殺するという、酸鼻《さんび》をきわめた戦いであった。

長く抗戦をつづけていた伊豆韮山城の北条氏規も、八王子城陥落から一夜明けると、家康の降伏勧告を受諾し、開城に到る。鉢形城と八王子城の相次ぐ落城は、早雲以来の強さを誇る伊豆衆の戦意をも失わせたのである。

　この時点で、小田原城のほかに籠城をつづける北条方の城は、相模国津久井《つくい》城と、武蔵国忍《おし》城のみとなった。そして、津久井城も、この翌日に徳川勢に落とされてしまう。北条氏の敗戦は決定的であった。

「城を枕に討死いたすが、われら北条氏百年の誇りぞ」

　小田原城で息巻いたのは、氏照である。籠城軍の指揮を任されながら、いちどもまともな合戦をしないまま降伏するなど、北条氏きってのいくさ人《びと》には堪《た》えられぬことであった。あまつさえ、自分が不在だった八王子城は全滅させられている。秀吉に一矢《いっし》報《むく》いなければ、あの世へ行っても、戦死した者たちに顔向けができぬ。

「小田原城は落ちぬ」

　天下一の巨城の力をなおも信じる截流斎も、徹底抗戦を口にした。

　だが、小田原城に籠城する各地の城主とその従軍兵は、すでに自分たちの城は落とされ、土地も物も奪われたことを知っている。かれらの間には厭戦気分が盈《み》ちていた。

　北条氏の当主氏直の心も、降伏開城へと傾きつつあったが、截流斎と氏照を前にしては、なかなか言いだせなかった。

この土壇場《どたんば》で、敗戦後のわが身大事とばかりに、内応することを秀吉に打診する者もいた。松田憲秀である。

秀吉は、しかし、その申し出に不快感を露わにし、

「無用」

とはねつけた。もはや内応者などいなくても、小田原城を落とすのにさして日数を必要としなくなったこともあるが、それより秀吉は、憲秀の卑怯未練《ひきようみれん》を悪《にく》んだのである。北条氏の宿老筆頭として、家臣の中では最高の貫高《かんだか》を与えられた松田尾張守憲秀ではないか。いかなる結末を迎えるにせよ、北条父子と最後まで行を共にする以外の道を、断じて選んではならぬ立場であろう。

憲秀の内応の動きは、一説には、それで秀吉を油断させて、刺し違える覚悟であったとも、のちに言われたが、真相は判らぬ。

いずれにせよ、北条方は万策《ばんさく》尽きたのであった。

八

沼津三枚橋城の土蔵に囚われの小太郎は、北条氏滅亡のときが迫る中、依然として、ひとり蚊帳《かや》の外であった。

首と腰と四肢に塡めた鉄環に、それぞれつないだ鎖縄を壁と天井まで伸ばし、うつ伏せの五体を、地上よりわずかに浮かせるという拷問《ごうもん》からは、いまでは解放されている。鉄環と鎖縄はそのままだが、仰向けにされ、背中を地につけたかっこうであった。これなら、随分と楽である。曾呂利新左衛門が訪れたその日のうちに、拷問が解かれた事実を思えば、新左衛門の指示であったことは疑いない。

（あの日は四月十日だった。もう二ヶ月半も前だ……）

毎日食事と下の世話をしにくる伊賀者の女が、一言も口を利いてくれなくても、小太郎は、昼夜の入れ代わりをたしかに記憶にとどめていた。きょうが六月二十四日であることは間違いない。

風魔には、一党中から忍びとして一人前と認められるための、最後の試練がある。

それは、睡《ねむ》り薬で眠らされ、他国のどことも知れぬ山中に置き去りにされたあと、一定の日数のうちに、自力で風祭に生還するというものである。食糧も武器も銭も一切与えられぬ。途中で余人《よじん》に姿を見られてもいけない。小太郎もその試練を課されて、見事にやり遂げている。この土蔵から、なお半年、一年ぐらい出られないとしても、心の挫《くじ》けるような小太郎ではなかった。

（新左衛門がまた現れてもいいころだ……）

小太郎が風魔一党を率いて秀吉の軍門に降《くだ》るのかどうか、考える時は二ヶ月か三ヶ月ある、と新左衛門は言った。いまや、その期限がきたと考えてよかろう。

小太郎の肚は決まった。

風魔衆のひとりひとりに、みずから道を選ばせるというのが、結論である。あくまで北条氏の忍びとして、最後まで上方勢と戦うのもよい。新左衛門の配下となって、次は関白の忍びとして働くのもよい。あるいは、いずれにもつかず、まったく別の生きかたを探してもかまわぬ。

この提案は呑めぬ、と新左衛門に拒否されたら、そのときは致し方あるまい。処刑される直前まで、機を窺《うかが》いつづけ、必ず逃げる覚悟の小太郎であった。

土蔵の戸が開かれ、仄《ほの》かな明かりが射し込んでくる。晩夏の暮光《ぼこう》であった。

新左衛門かと思い、首をわずかに動かして、戸口を見やったが、見馴れた忍び装束ではないか。小太郎は、視線を天井へ戻した。

例によって、伊賀者の女が、一日の最後の下の世話のためにやってきたのである。小太郎の躰にその欲求があろうとあるまいと、女は必ず暮方《くれがた》に訪れる。その後は、翌朝に食事を運んでくるまで、まったく姿を見せぬ。こういう単調で、不快に違いない役目を、長い間、なんの感情も表さずにしてのけるなど、尋常ではない。そこまで鍛えあげた女忍びを抱える服部半蔵こそ、おそろしい男というべきであった。

また、この伊賀者の女は、昼でも頭巾をとらぬ。女忍びは、素生《すじょう》を偽って敵方に奉公《ほうこう》するという任務が少なくないので、ふだんから素顔を隠しているのであろう。ある意味で、あっぱれといえた。

この女忍びのせいで、小太郎は時折、梓衆の笹箒のことを思い出す。両者があまりに対照的ゆえであろう。笹箒は、情《じょう》に衝《つ》き動かされるところが多分にあるとみえた。忍びの者としては、感情の揺れの大きいことは命取りになりかねない弱みだが、小太郎にはそういう笹箒が好もしい。

昨年十月の猪俣能登守による名胡桃城攻めの混乱の中、小太郎は病気の笹箒を沼田城に預け放しにして、自身はそのまま対秀吉戦に向けて、奔走を始めた。あのときやはり沼田城に預けた鳶沢甚内から、のちに聞いた話では、笹箒は早くも二日後には回復して、沼田城を出ていったという。以後、小太郎は笹箒に会っていない。

伊賀者の女の足音が近づいてくる。小太郎は訝った。

（違う……）

いつもの足音ではない。あるいは、べつの女に交代したのか。

女は、小太郎の頭のそばに折り敷くと、頭巾の鼻口を被っている布を、指で引き下げた。

「あっ……」

小太郎は、眼を剝いた。無理もない。いまのいままで心に思い描いていた人が、とつぜん現れたのだから。

「ひどいお姿にございますな」

小声で、笹箒は言った。小太郎の全身を眺めやるその目は、痛ましげであった。

小太郎の顔は伸び放題のひげに被われており、日頃から総髪の頭も、まるで千日《せんにち》鬘《かづら》をつけたようである。風呂に入れてもらえぬから、躰じゅうから異様な臭いを放ってもいた。

「あんたが、おれの世話をすることになったんだな」

小太郎も、笹箒に倣って声を落とした。土蔵の外には、見張り兵が幾人もいる。虜囚と見知り合いであることを、笹箒は余人に気取られたくないに違いない、と小太郎は気遣ったのであった。

ところが、笹箒は、かぶりを振って、小太郎の鉄環を外しはじめたではないか。

「助けにまいりました」

小太郎には思いもよらぬことである。

「どういうことだ。まさか主計頭《かずえのかみ》が命じるはずはないだろう」

梓衆のあるじ平岩主計頭親吉は、家康の有力部将である。

「沼田で、わたくしも小太郎どのに命を助けていただきました」

「だからといって、ここからおれを逃がせば、あんたは、主計頭も家康も裏切ることになる。殺されるぞ」

笹箒の身を案じる小太郎であった。笹箒の始末には、仲間の梓衆か、さもなければ、伊賀者が差し向けられるであろう。

「わたくしはすでに、徳川方でもなければ、主計頭さまの配下でもございませぬ」

「見限ったというのか」

この乱世では、あるじを見限って出奔《しゅっぽん》するのは、めずらしいことではない。

「そのように思うていただいてよろしゅうございます」

「見限ったわけは」

「湛光風車にかかわること」

「またか」

よからぬことに必ず絡んでくるのが、湛光風車であった。

「時がありませぬ。そのことは、あとでお話し申しあげます」

鉄環をすべて外し終えた笹箒は、小太郎を立たせようと、手を差し伸べる。三ヶ月近くも、寝かされたままだった小太郎である。すぐには、躰がいうことをきくはずはない。

ところが、小太郎が、ひとつ深呼吸をしたかとみるや、手をかりずに自力で軽やかに立ち上がったので、笹箒はおどろきのあまり、声をあげそうになった。

その表情がおかしかったのか、小太郎は口許を綻《ほころ》ばせる。

「一寸たりとも身動きできなかったわけじゃない。寝たままでも、筋の動かしかたひとつで、衰えはふせげる。風魔の体術だ」

さすがに北条氏百年を陰で支えつづけてきた忍び衆というべきであった。しかし、風魔衆の誰もがこうはいくまい。やはり、生まれついて強壮な肉体をもつ小太郎なればこその不死身さであろう、と笹箒は思った。

「どうやって逃げる」

当面の難題のこたえを、小太郎は笹箒にもとめた。

「すぐにひと騒ぎ持ちあがります」

笹箒が言い終わらぬうち、東西三町半、南北五町という三枚橋城の城域を揺さぶるような大爆発音とともに、その騒ぎは始まった。

笹箒は、鼻口を頭巾の布で被いながら、土蔵の外へ走り出た。

小太郎も、戸口まで素早くすすみ、土戸の陰に身を寄せる。

「何が起こったのか」

笹箒が兵たちに訊ねた。

横柄な口調であるのは、あの伊賀者の女がいつもそうしていることを、笹箒が事前に探っておいたからに違いない。

「あれを見よ。煙硝庫《えんしようぐら》が吹っ飛んだのだ」

前方に見える別の曲輪《くるわ》で、黒煙が濛々《もうもう》と、夕暮れの空へ立ち昇っている。

「敵襲じゃぞ」

「韮山の兵か」

「韮山は、きょう落ちたと聞いたが、逃げた残党どもかの」

兵たちは声をふるわせた。

（韮山城が落ちたのか……）

そのことのほうが、小太郎にはおどろきであった。

「ここはよい。早《はや》、煙硝庫のほうへ馳せつけられい」

笹箒は、ほとんど命じた。

誰もがうろたえ、どうしてよいか判らぬ危急のときは、指示があれば、鵜呑《うの》みに従ってしまうものである。兵たちは、駈け去っていった。

それとみて、小太郎は土蔵から出る。およそ三ヶ月ぶりのことであった。暗がりに馴れきった目には、久々の戸外が光の眩しい日中でなかったことは、ありがたい。

「韮山城が落ちたというのはほんとうか」

小太郎は、真っ先に、そのことを笹箒にたしかめた。

「鉢形城も八王子城も関白さまの軍門に降りましてございます」

自分が囚われの身でいた間に、上方勢が北条方を圧倒してしまったらしい。

「北条安房守さまは」

鉢形城主北条安房守氏邦の安否が、小太郎には気になった。

「前田利家さまに預けられ、関白さまの御沙汰待ちとのこと」

「そうか……」

生きているのなら、それでよい。

「走ることがおできになられますか」

笹箒は、なおも小太郎の躰を気遣う。

「できる」

自信をもって、小太郎はこたえた。

夏空には長くとどまる暮方の残光も、ようやく失《う》せ、あたりに薄闇が訪れつつある。小太郎の巨体を溶け込ませるのに、よい頃合いとなってきた。

「わたくしに従《つ》いてきてくださいませ」

「判った」

笹箒が先に立って駈けだし、小太郎はぴたりと追走した。

煙硝庫の爆発により、城兵たちも、敵襲に備えて走り回っている。ふたりだけが呼びとめられることなどなかった。

やがて、追手門《おうてもん》の近くまで達すると、笹箒は、小太郎に何やら素早く言い含め、その巨軀を土塁際《どるいぎわ》に踞《うずくま》らせておいて、みずからは門を守る一隊の物頭《ものがしら》の前に立ち、堂々と服部石見守《いわみのかみ》配下の伊賀衆であると名乗った。服部半蔵は石見守を称する。

「風間小太郎が土蔵で舌を嚙んで自害いたした。よって、この儀を、火急にわが殿へ報せねばならぬ。ご開門を」

半蔵はいま、本多忠勝・平岩親吉・鳥居元忠らとともに、相模津久井城攻めに赴いている。

煙硝庫が吹っ飛び、すわ敵襲かという混乱の中では、何が起こっても不思議ではない。物頭は、何ひとつ問い返しもせず、それどころか、一大事とばかりに、あわてて兵たちに門を開くよう命じた。

門扉《もんぴ》が開かれはじめたとき、怒声があがった。

「開くな。小太郎が逃げる」

城内の鉤の手曲がりの道に、追手門へ向かって脛《すね》をとばしてくる一隊が見えた。本物の伊賀者たちである。かれらは、爆発が起こるや、何者かが小太郎を救出にきたのやもしれぬと疑い、ただちに土蔵へ走って、もぬけの殻《から》であることを確認すると、数隊に分かれて城中を探しはじめたのであった。

物頭が、にわかに、笹箒へ疑惑の視線を振る。笹箒は、陣刀を鞘走らせ、眼前の物頭を斬り仆《たお》した。独特の武器の独鈷《とっこ》は、城中潜入のさいに見つかってはならぬので、いまは持っていない。

「小太郎どの」

笹箒が叫んだのと、門の内側で、小さな爆発が連続したのとが、同時のことである。

息をとめた小太郎は、門扉の開きつつある追手門めがけて走った。

あたりに、吐き気を催しそうな悪臭がひろがった。門兵たちと、殺到してきた伊賀衆は、烈しく咳き込んだ。

爆発したのは、臭瓶《しゅうびん》というもので、毒の気体を噴霧する。室内で用いてこそ、その効果は大きい。だが、戸外であっても、一瞬でもまともにその気体を吸い込めば、しばらく呼吸困難に陥り、躰は動かぬ。

笹箒が門外へ跳びだした。小太郎もつづく。

そして、さらにもうひとり、巨軀の腰にしがみつくようにして逃れ出た。

小太郎のおどろくまいことか。

「ようご無事であられた」

と涙声を洩らしたのは、鳶沢甚内であった。煙硝庫爆破も、臭瓶投げも、この男がしてのけたことだったのである。

甚内と笹箒は、徳川軍から食糧を徴発された百姓衆の中に、うまく紛れ込んで、野菜などを持って城内へ入り込み、そのまま潜んで、日が暮れるのを待ったのであった。

「甚内」

小太郎の声も湿っぽい。

「これからは鳶甚《とびじん》とおよびくだされ」

「なぜだ」

「小太郎さまがかような酷い目にあわれたのも、もとはといえば、神崎甚内めに一柳直末殺害《せつがい》の罪をなすりつけられたからにござる。その外道《げどう》と同じ名では、気が滅入《めい》ってなり申さぬ」

曾呂利新左衛門の話では、鳶沢甚内は神崎甚内を捕らえると誓ったそうだが、どうやらそれはまだ果たせずにいるらしい。

「判った。逃げるぞ、鳶甚」

「畏《かしこ》まってござる」

小太郎、鳶甚主従は、一散に駈けた。

背後で、鉄炮の音が響いた。つづけざまである。城兵たちが、薄闇めがけて、あてずっぽうに射《う》ち始めたらしい。

笹箒に追いついた小太郎は、その女忍びの躰を、右腕一本で、ひょいとすくいあげるや、広く分厚い胸に抱え込んだ。

「何をなされます」

抗おうとした笹箒であったが、すぐに小太郎の意を察して、力を抜いた。小太郎は、おのれの身を盾として、笹箒を鉄炮玉から守ってくれたのである。

「笹箒。ひとつ訊きたい」

「何でございましょう」

われ知らず、笹箒の声は甘えを帯びていた。

「あの伊賀者の女をどうした」

「お気にかかるのでございますか」

笹箒の声に、こんどは険が含まれる。

「長い間、食い物と下の世話をしてくれた。けれど、おれは礼も言わなかった」

「では、女の菩提《ぼだい》の弔《とむら》いでもなされませ」

笹箒は、邪険に小太郎の腕を払いほどいて、地へ降り立つと、ふたたび、ひとりで走りだした。

「笹箒はあの女を殺したのか」

と小太郎は、おどろいて、鳶甚に糾《ただ》した。

「そのようにござるな」

「笹箒ほどの武芸の持ち主なら、気死させるだけで済んだろう」

「小太郎さまの下の世話をした女を生かしておくものではござらぬ」

「なぜだ」

「さあて……」

鳶甚は、意味ありげに笑ったが、それだけである。小太郎には、察しがつかぬ。

耳もとで、鋭く風を切る音がした。ふたりの間を、鉄炮玉が抜けたのである。

そこまでが射程距離であった。

「小太郎さま。お耳に入れなくてはならぬことがござる」

逃げきったところで、鳶甚が暗い顔をして言った。

「親父どののことなら、曾呂利新左衛門から聞いた」

「それは、身共も承知しており申す。まことに、峨妙さまのことは……」

鳶甚は唇を嚙んだ。

「親父どのもおれも、人を殺すからには、殺されるのも覚悟のうえだ。けれど、そのことでなければ、おれの耳に入れたいこととは何だ」

「それは……」

束の間ためらいをみせた鳶甚が、次に口にした事実は、小太郎には信じがたいものであった。

九

炎天下。

春の終わりに捕らえられ、土蔵に繋《つな》がれていた身にとって、久々の明るい陽光は、すでに晩夏のそれであった。

小太郎の顔から、伸び放題であった無精ひげは失せている。夜のうちに、箱根山中の隠し湯に浸《つ》かって、ひげを剃《そ》り、垢《あか》を落とし、総髪も鳶甚の手で元通りのそれに整えてもらった。

小太郎の右腰には、例の大きな革袋。これも、鳶甚が風祭から持ってきた。

「桁外《けたはず》れだ……」

笠懸山に築かれた秀吉の陣城を、真っ白な入道雲を背負う塔《とう》ノ峰《みね》より眺め下ろして、小太郎は、それなり声を失った。万緑《ばんりょく》の箱根には、蟬時雨《せみしぐれ》が降っている。

「上様《うえさま》の御陣城は、高山の頂上に十丈餘《あまり》に磊《いしがき》を築き、上は雲を穿《うが》ち、箱根連山は放城《はなちじろ》を直下に御覧《ごらんじ》られ候《そうろう》、御屋形《おんやかた》の造《つくり》の様子は広大で野を分けて成《な》る。凡《およ》そ聚楽《じゆらく》、大坂にも劣らず」

これは、徳川家康の重臣榊原康政《さかきばらやすまさ》が、大坂城留守居《るすい》の加藤清正《かとうきよまさ》へ宛てた書状《ふみ》の一文である。

上様が秀吉への尊称であることは言うまでもない。また、放城とは、敵の城、この場合は小田原城をさす。

陣城というのは、城攻めに際して、臨時に築く城である。周囲に空堀《からぼり》を掘り、土塁を築いて掻盾《かいだて》を並べるなり、陣幕《じんまく》を張りめぐらせるなり、簡易な作りのものが、まずは常識であった。それが、笠懸山城は、聚楽第や大坂城にも劣らぬ豪壮華麗さという。堂々たる五層の天守まで持つのである。しかも、麓には大きな城下町が造られ、切り拓かれた道は広々としているばかりか、整備も行き届いていた。

(秀吉は、でかい……)

北条に勝ち目はない。曾呂利新左衛門が、峨妙にも、小太郎にも確信をもって告げたその一言が、掛け値なしであったことを、ようやく小太郎は実感した。

かくも壮麗な城を築いて、小田原城を見下ろし、むしろ長期戦を愉しむかのような秀吉のこのいくさぶりには、籠城勢も小太郎と同じ思いをもったに違いない。上杉謙信と武田信玄を追い返した自信など、粉微塵《こなみじん》に打ち砕かれたといえよう。

風魔衆の行く末について、小太郎に考える時は二、三ヶ月ある、と新左衛門が言ったのも、笠懸山城の完成まで、それくらいの日数を要するとみたからであったろう。それを小太郎は、思い違いをした。さすがの秀吉も、天下一の要塞小田原城を恐れて、長陣はやむなしと覚悟したという意味で、とりあえずの二、三ヶ月である、と。

秀吉の気宇《きう》と頭脳は、北条氏や小太郎の及ぶところではなかった。その城攻めの戦法は破格である。秀吉の中では、小田原城など、三月一日に京都を進発するときから、すでに落ちていたに違いない。となれば、新しく相模国の中心となる城が、急ぎ必要とされる。笠懸山城が、突貫工事でありながら、ただの陣城どころか、本格の城郭普請によって築かれた理由は、そこにあると考えられよう。勝利を既定事実とみたうえでの築城だったのである。

「おれは、あの天守の屋根に立たされるはずだったのか」

「さようにございます」

と笹箒がうなずく。

笠懸山城は本日中に完成するので、秀吉は明日、本陣を早雲寺からこの城へ移す。

そのさい、小太郎を血祭《ちまつり》にあげることになっていた。天守の屋根に、磔柱《はりつけばしら》を立てて小太郎の巨体を縛りつけ、鉄炮の上手《じょうず》をもって一日に一発ずつ、地上から狙い撃たせるというのが、その処刑法である。これは、狙撃で殺された一柳直末の敵討ちというより、北条氏に向けての秀吉の最後通告であった。

実際、小太郎処刑の儀は、事前に小田原城へ通告されるはずだったので、刑が執《と》り行われていれば、籠城勢は挙《こぞ》って笠懸山城を見上げたに違いない。早雲以来の北条氏を陰で支えてきた風魔衆、その頭領の処刑を目《ま》のあたりにして、なお戦意をもちつづけることは至難である。別して、異相の巨人で、不死身のようにみえた小太郎が死ねば、衝撃も強い。

「それでもなお北条父子が降伏開城いたさなかったときは、関白さまは、総掛かりをお命じになり、小田原城を破壊し尽くすご存念であられたようにございます」

と笹箒が言ったが、もはや小太郎はおどろかぬ。小田原城が消え失せても、その代わりとして、笠懸山城はいささかの遜色《そんしょく》もあるまい。

実は、笹箒と鳶甚が、小太郎の身柄を取り返せる機会は、昨夕が最後のそれであった。というのも、韮山城を開かせた軍勢は、昨日から本日にかけて小田原へ移陣中なのだが、その一部が昨夜、いったん沼津三枚橋城へ帰っている。その帰城部隊により、小太郎も本日、笠懸山城へと護送されるはずだったのである。まさに間一髪《かんいっぱつ》の脱出劇であったといえよう。

「土壇場で秀吉の鼻をあかしてやり、まこと痛快にござった」

　愉快そうな鳶甚であったが、

「けれど、小太郎どのが逃げたからというて、いくさの帰趨《きすう》に変わりはございますまい」

　という笹箒の冷静な一言に、すぐに表情を曇らせる。笠懸山城の完成により、秀吉の勝利は一層揺るぎないものになったというべきで、最後通告など、どんな形でも秀吉の思うがままであろう。

「秀吉が死ねば、上方勢はあわてるか」

　小太郎は笹箒に訊いた。だが、笹箒の口が開かれる前に、鳶甚がぱたぱた手を振る。

「おやめくだされ。秀吉を討つなど、いかに小太郎さまでも叶わぬことにござる」

「関白さまがご急逝《きゅうせい》あそばして、上方勢の諸将があわてぬということはございますまい。なれど……」

　ゆっくりかぶりを振る笹箒であった。

「徳川家康どのが鎮《しず》めることでございましょう」

家康はそれだけの器量と実力を兼ね備える男だ、と小太郎も思う。あえて対抗馬を挙げるとすれば、前田利家であろうが、利家には家康ほどの果断さはあるまい。それに利家は、一昨日、秀吉から謹慎《きんしん》を命ぜられ、箱根山中に籠もっている。城攻めのやり方が手ぬるいというのが、その処分理由であった。

「家康なら、北条をどうする」

「判りませぬ。ただ、関白さまのご遺命《いめい》と称すれば、いかようにもできましょう」

「笹箒はほんとうに家康をきらいになったらしいな」

「もともと、わたくしは、家康どのも徳川の衆も好きではございませぬ」

笹箒は、死忍《しにん》となったがゆえに、ここにいる。

許しもなく衆中から抜けた者を、梓衆では死忍とよぶ。罰として死を与えるからである。つまり、いまや笹箒は、梓衆から追われる身であった。

梓衆というのは、武田信玄が甥の望月盛時《もちづきもりとき》の未亡人千代女《ちよじょ》に命じてつくらせたくノ一衆であり、信玄・勝頼二代にわたって、武田氏のみのために働いた。が、武田氏が織田信長に滅ぼされ、次いで、甲斐国が徳川家康の領国となると、梓衆も生きていくために、やむをえず徳川氏に仕え、甲斐郡代の平岩親吉の配下となった。仕えてまだ八年の短さでは、梓衆の者すべてが徳川氏に忠節を尽くす覚悟というわけにはいかぬ。

実は笹箒は、悔恨と悲痛の思いを消すことができずにいる。武田勝頼が家臣の裏切りにあって天目山《てんもくざん》の山麓で自刃するさい、梓衆のひと組は、勝頼の子の信勝《のぶかつ》を警固して落ちのびるよう命ぜられたのだが、その組中に笹箒はいたのである。当時、十六歳の笹箒は、同じ年齢の信勝をひそかに慕いつづけていた。むろん、あまりの身分違いゆえ、かつて近くに寄る機会はなかった。こちらの名も、信勝は知るまい。それだけに、笹箒は勇躍した。

（わたくしが信勝さまを守り奉《たてまつ》る）

ところが、若い信勝は、ひとり生き長らえることを潔しとしなかった。父の無念の思いを酌《く》んで、武田氏再興に向け、いったんは落ちるふりをみせたものの、ただちに取って返すや、十文字の槍をりゅうりゅうとうちふるい、群がる敵中へ駈け入って、見事な討死を遂げたのである。

このとき笹箒は、取って返そうとする信勝をとめようとして、無礼を承知でしがみついたのだが、

「とめるな、笹箒」

その一言に、総身を熱くさせてしまった。

（信勝さまが、わたくしの名を……）

至福の一瞬であったというべきであろう。そして、次の一瞬には、鳩尾《みぞおち》に当て身を食らって、笹箒は気を失ったのである。

だから笹箒は、武田氏滅亡の直後、その悲しくも美しい思い出を抱いたまま、梓衆を抜けようとした。だが、首領の望月千代女から、忍びとしての才を惜しまれ、諭されて残ったという経緯がある。笹箒は、千代女には恩をうけていた。

その笹箒が、いまになって死忍の道を選んだのは、家康のために働くことに嫌気がさしたからである。あろうことか、家康は湛光風車を召し抱えた。

秀吉と北条氏の手切れを決定的にするため、家康を爆殺しようとした悪漢など、捕らえて処刑するのが当然ではないか。にもかかわらず、これを家康が、殺すどころか召し抱えたのは、何か裏があるような気もしたが、結局は利用価値を優先したからだ、と笹箒は思った。湛光風車は百八十名の忍び衆を率いて投降してきたのである。

豊臣秀吉の最大の弱点は、五十四歳にして、いまだ誰もが認めるよき後継者に恵まれていないことであろう。ただひとりの実子鶴松《つるまつ》は昨年誕生したばかりの乳呑《ちの》み児《ご》にすぎず、ほかに血族中の器量ある者といえば、大納言《だいなごん》羽柴秀長《はしばひでなが》ぐらいだが、この秀吉の異父弟はいま重病で、命が来年までもつかどうか危ぶまれている。となれば、北条氏征伐、奥州征伐によって、ひとまず秀吉の天下一統《いっとう》が成功をみたとしても、その先は誰にも予測がつかぬ。唯一、衆目《しゅうもく》の一致する予想は、次は徳川家康の出番であるということであろう。そのときに備えて、より多くの忍び衆を抱えておきたいと家康が考えたとしても、なんの不思議もあるまい。信は置けずとも、使い方さえ誤らなければ役に立つに違いない湛光風車のような男を飼っておくのは、戦国武将としてはむしろ器《うつわ》が大きいといえるやもしれぬ。だが、そういう家康に、笹箒は嫌悪をおぼえた。また、湛光風車に梓衆の仲間四人を殺された身としては、この男とこれから同じ側に立つのも、納得のゆくことではない。死んだ四人は、梓衆の中で、笹箒が心をゆるし合うことのできた数少ない女たちであった。

家康のために働くことを拒絶するからには、梓衆を抜けるのは当然である。首領千代女も、笹箒が恩をうけた初代はすでに亡く、いまは二代目となっているので、後ろめたさをおぼえることもなかった。むろん、死忍となった以上、梓衆の刺客の襲撃を覚悟しなければならぬが、それは受けて立つ覚悟の笹箒である。

「秀吉と家康を同時に討てば、おもしろいだろうな」

ほんとうにおもしろそうに、小太郎は言った。が、またしても、鳶甚にたしなめられる。

「おろかなことを言わっしゃるな。秀吉ひとりでも無理にきまっておるに、家康まで討とうなどと、命知らずにもほどがござる。小太郎さまが、いま討たねばならぬ対手《あいて》は、湛光風車ただひとり」

「判っている……」

小太郎の黒耀石を想わせる双眸に、強い光が宿った。

湛光風車が家康に投降したさい、引き連れていた百八十名の配下の大半は、実は風魔衆なのである。昨夕、沼津三枚橋城を脱した直後、鳶甚が暗い顔つきで小太郎の耳に入れたのは、そのことであった。

風祭から退去して、小田原城に籠もった風魔一党は、おのれたちの行く末に不安をおぼえていた。なぜなら、北条方の城と城の連絡役をつとめていた者らが、続々と立ち戻ってきては、目のあたりにした上方勢の強さを、報告したからである。小田原城包囲の空前の大軍にも圧倒されていた一党は、北条氏の敗北は定まったとみるほかなかった。皆で、どうすべきかを論じてみても、肝心の頭領小太郎が敵に囚われの身ではどうしようもなく、不安は弥増《いやま》すばかりであった。前《さき》の頭領の峨妙が惨死を遂げたことも、一党の動揺をさらに大きなものにしていた。そこにつけこんだのが、湛光風車である。大胆にも夜陰、たったひとりで小田原城へ忍び入った湛光風車は、風魔一党の主立つ者らとひそかに会見をもった。

「おれを風魔一党の頭領にせよ。さすれば、一党挙げて家康に召し抱えられるよう、話をつけてやる」

湛光風車が死地を覚悟で乗り込んできた理由はそれであった。

一党の心は動いた。かつて一党の乗っ取りを企み、三増峠の戦いでは北条方を危地に陥《おとしい》れたという、一党にとっては憎き男が、この湛光風車ではある。だが、いまこで、殺して恨みを晴らし、また北条氏から褒美《ほうび》を賜ったところで、何だというのか。皆が北条氏と倶《とも》に滅びる覚悟ならば、それでもよいが、一党の多くの者は、頼りがいのある武将の下で、忍びとして働きつづけることを望んでいる。幸い、家康だけは、この大戦の直前まで、北条氏と友好関係にあったので、一党も少なくとも悪感情を抱いてはいなかった。

「北条氏との戦いに参じるのは、御免被《こうむ》る」

これが、一党が湛光風車の誘いに応じる唯一の条件であった。家康のために働くのは、秀吉の対北条戦に結着がついたあとにさせてほしい、という意味だ。およそ百年の永きにわたって仕えてきた旧主《きゅうしゅ》に、刃を向けるのは、さすがにためらわれたのである。

湛光風車がこの条件を呑むと、風魔一党二百名のうち、百三十名が北条氏を見限ることに同意した。かれらが小田原城を脱け出し、家康に投降したさいには、百八十名に増えていたが、これは、湛光風車のもともとの配下五十名も加わった数である。

家康に寝返ることを拒んだ七十名の風魔衆は、いちどは、小太郎を救出すべく、沼津へ向かおうとして、北条氏隆の勘気にふれ、小田原城を出ることができなかった。氏隆は、残った七十名もまた、上方勢の大名に寝返るつもりではないかと疑ったらしい。

小太郎が虜囚の身であったおよそ三ヶ月《みつき》の間に、かくも様々な出来事が起こっていたのである。

しかしながら、鳶甚が、いま討たねばならぬ対手は湛光風車と言ったのは、風魔一党を乗っ取られたことだけが理由ではない。この一件によって、あることが確信をもって推理されたからであった。すなわち、峨妙を殺害したのは湛光風車である、という。

湛光風車が風魔一党を乗っ取るうえで、最も邪魔な人間は、峨妙と小太郎である。おそらく、峨妙のあとは、小太郎も殺すつもりであったろう。だが、湛光風車にとって幸か不幸か、峨妙を殺したのと同じ日に、小太郎は服部半蔵に捕らえられてしまった。

小田原城で風魔一党と会見をもった湛光風車が、左の眼《まなこ》を失っており、その傷はまだ生々《なまなま》しかったという事実も、峨妙殺しの証拠と思われた。あれほどの手錬者《てだれ》が、つい先頃、そこまでの傷を負ったとすれば、峨妙と闘ったとき以外に考えられまい。

「親父どのの敵は必ず討つ」

鳶甚にではなく、おのれに言い聞かせるような、小太郎の強い語調であった。

「けれど、おれは、敵討ちの前に、小田原を救う。それは、風魔が北条氏の忍びであることを誇りに思いつづけてきた親父どのへの、せめてもの供養《くよう》だ」

「救うと仰せられても、もはやどうにもなりませぬぞ」

「負けるのは仕方ない。けれど、秀吉に小田原城を滅ぼさせはしない。北条一門の命も奪わせない」

「御隠居と陸奥守さまが早々に降伏開城をご決断なされば、それもできぬことではござりますまい。なれど、あのご両所は、この期《ご》に及んでもなお、小田原城は落とされぬとお信じになっておられる。それでなくても、最後の最後まで戦いつづけるお覚悟にござりましょう」

「笹箒。秀吉はすぐに総掛かりを命じるか」

「その前に、おそらく北条美濃守どのを、降伏勧告の使者としてお遣わしになられるのでは……」

昨日降伏し、韮山城を明け渡した美濃守氏規は、北条氏当主の氏直に最も信頼されている。その氏規を使者に立てるという策は、充分にありえる。それでも北条方が降伏を拒めば、そのときこそ秀吉は、躊躇なく、包囲軍全軍に小田原城殲滅を命じるであろう。

「幾日かは時があるな」

何か思うところありげに、小太郎は言った。

「いかがなさるおつもりで」

と鳶甚が不安のまなざしを向ける。

小太郎はこたえぬ。ただ、その視線を、笠懸山城から小田原城へ移し、さらに、その遥《はる》か彼方《かなた》の山野へと注いだのであった。

第四章　悍《かん》馬《ば》の風《かぜ》

一

渡良瀬川の水中に突き出た半島状の台地の上に築かれたこの城は、水城《みずじろ》と称しても差し支えない。

城のまわりの湿地で、蓮《はす》の白い花が風に微《かす》かに揺れて、芳香を放っている。城内の庭の鬼燈《ほおずき》の葉陰に、青い果実が幾つか垂れた姿も、可憐《かれん》である。

関東戦乱のさなかに、この下総古河城だけは、ひとり穏やかな佇《たたず》まいをみせていた。

鶏《とり》が鳴く　吾妻《あづま》の国に

古《いにしへ》にありける事と　今までに
絶えず言ひ来る……

鈴の音のようなとは、まさにこれを言うのであろう。庭に咲く花々さえ、耳を傾けているようにみえるではないか。
置き畳に端座《たんざ》し、目を閉じて、万葉《まんよう》の古歌を詠《えい》じる若き女人《にょにん》は、その姿形も、声と変わらぬ美しさであった。

遠き代《よ》に　ありける事を
昨日《きのふ》しも　見けむが如《ごと》も
思ほゆるかも

真間手児奈《ままのてこな》の長歌を諳《そらん》じ終えると、女人は、ゆっくり両の瞼《まぶた》を押し上げた。そこに現れた栗鼠《りす》のようにまるい大きな瞳は、見る者に息を呑ませるほどに、澄みきっている。天与の聡明さを瞭《あきら》かにする瞳といえよう。
古河公方氏姫《うじひめ》であった。

「見事なご朗詠《ろうえい》。手児奈の美しさばかりか、真間川《ままがわ》の入江の景色まで、わが目の前にひろがってござる」

氏姫の前の板敷に座す、眉に白いものの混じる剃髪《ていはつ》の男が微笑《ほほえ》んだ。面差しに、持って生まれた品格と、学識の豊かさを隠しきれないこの人物は二位法印《にいのほういん》、細川幽斎《ほそかわゆうさい》である。

「妾《わらわ》は、手児奈が水を汲《く》んだ真間の井《い》を見たことがござりまする」

氏姫もにっこりした。

貧家に生まれながら、絶世の美女であったばかりに、あまたの男に言い寄られて板《いた》挟《ばさ》みとなり、ついに真間川の入江に身を投げて死んだ伝説の乙女が、真間手児奈。氏姫の誦じた長歌は、奈良《なら》期の歌人高橋虫麻呂《たかはしのむしまろ》の作である。

「それはまた遠路の旅を」

幽斎は、ちょっとおどろいた。

葛飾郡《かつしかごおり》真間は、古河と同じ下総国だが、太日川《ふといがわ》を舟で下《くだ》ったとしても、十五里をこえる道のりであろう。動乱の世に、尊貴の姫君の物見遊山《ゆさん》としては、危険すぎる。それに幽斎は、古河公方家の奉公衆から、氏姫は躰《からだ》が弱く、この城内の御殿よりほとんど出ないと聞いていた。

「夢の中にて」
と氏姫がつけ加えたので、幽斎は、さようにござったか、とうなずき返す。
氏姫のそのどこか寂しげな風情《ふぜい》から、深窓《しんそう》の手弱女《たおやめ》が、古河公方家というただなら
ぬ家の当主をつとめる心労を、思いやらずにはいられぬ幽斎であった。
「夢の中とは、ひとしおのおどろき。公方さまは、かの紫式部《むらさきしきぶ》のような、華《はな》やかな
才をお持ち合わせであられる」
「うれしや。『源氏物語』に達した二位法印どのから、かくも過分のおことばを頂戴《ちょうだい》
できましたとは」
古河公方家は、疾《と》うにその権威を失っていても、関東の武家の中で最も身分高き血
筋である事実は、誰もが認めるところであった。秀吉に与《くみ》した北関東の大名衆も、か
つては古河公方家を擁して北条氏と戦っただけに、この名家に対しては、いまだ敬意
をもつ。それだけに秀吉も、小田原城を完全包囲したのち、古河公方家にだけは礼を
尽くしての降伏を勧めたのである。
その降伏勧告の使者として、細川幽斎ほどの適任者はいまい。幽斎は、三条西実《さんじょうにしさね》
枝《えだ》より『古今和歌集』の正統を継承し、九条稙通《くじょうたねみち》からは『源氏物語』の奥義を授け
られるなど、あらゆる学術芸能を極《きわ》めて、当世屈指の文化人というだけでなく、足利

十二代将軍義晴《よしはる》の落胤《らくいん》であることも、世に知られていた。つまり、もとをただせば、氏姫と同じ血が流れている。

さらに幽斎は、並々でない軍事的才幹をもち、自身も兵法に抜きんでており、万一にも古河公方家の抵抗にあったところで、これを鎮《しず》めることに何の不安もない武将であった。現実には、古河公方家では、幽斎を第一等の人物とみて、その軍勢を、丁重に古河城へ迎え入れた。秀吉の思惑どおりになったのである。

幽斎は、氏姫を、古河公方家の前身、東国の武門の棟梁鎌倉公方家の当主として遇《ぐう》した。二位という高き身分でありながら、いまも、無位の氏姫を上座の置き畳に奉じ、自身は板敷に座をとっているのも、それゆえのことである。

そうしたことを、厭味《いやみ》なく、自然の振る舞いのうちにできる幽斎に、古河公方家の奉公衆は感服した。

また幽斎は、無血開城ののち、軍勢の過半を小田原城包囲陣へ帰陣させ、自身は古河城と湯本早雲寺の秀吉の本陣とを、幾度も往復しているのだが、古河城へ戻るさいには、必ず氏姫と奉公衆にたくさんの土産《みやげ》を持参する。これは秀吉の計《はか》らいであった。だから、いまでは女房どもなどは、まだ見ぬ関白秀吉まですっかり気に入ってしまっている。

「今年のうちに、関白殿下《でんか》の天下平定は成りましょうぞ。公方さまには、来年の春、どこか近きところに遊山をなされてはいかが。それがしがお供仕《つかまつ》る」

「ありがたきお申し出。二位法印どのがご同道くださるのなら、さだめしたのしき遊山と相《あい》なりましょう」

大きな瞳を輝かせる氏姫であった。

それから幽斎が、『万葉集』に話を戻し、山部赤人《やまべのあかひと》の真間手児奈の歌を詠じ、その解釈と、虫麻呂の歌との違いを論じてから、氏姫の御殿を辞した。

「汗を」

氏姫は、庭に躍る夏の光を眺めやりながら、ゆったりと言った。

すると、乳母《うば》の簗水局《やなみのつぼね》に命じられた侍女《じじょ》たちが、氏姫のひたいや首筋にわずかに滲《にじ》んだ汗を拭う。貴人の肌に触れるので、拭うというより、布をおそるおそる押しあてて、汗を吸わせるのである。

「何もかも随分とお慣れあそばしましたな」

簗水局が、微笑んだ。その笑みは、勝ち誇ったような印象がある。

「ただ、真間の井を見たことがあると仰せられたときは、以前の姫君のお顔が……」

たしなめるように、簗水局は言う。

「ゆるしてたもれ。妾がまたあのようなことを申したら、そうして叱っておくれ」

「姫君は、なんと素直におなりあそばしたことか。乳母として、これにすぐる悦びはございませぬ」

こんどは、感極まって声をふるわせる簗水局であった。

氏姫に実際に自分の乳を呑ませた文字通りの乳母は、内侍典《ないしのすけ》を称した人で、氏姫が龍姫とよばれて箱根水ノ尾城で暮らした時代に、亡くなっている。簗水局は、内侍典の妹であり、氏姫が古河入りしてから近侍するようになった。

北条幻庵の庇護《ひご》下で、風魔衆の頭領峨妙の子小太郎を友として、箱根の山野を駈けまわって育った氏姫は、古河でもじゃじゃ馬であった。日がな一日、御殿の中で凝《じ》っとしているなど、とても堪《た》えられぬ。弓馬《きゆうば》の師を招いて、これを学んだ。別して、小太刀《こだち》に熱心であった。遊びも川泳ぎ、木登り、竹馬など、男の子のそればかりを好んだ。真間の井を見たというのも、夢の中ではなく、現実のことで、従者らの目を盗んで商人の荷舟に乗り込み、太日川を下ったのである。

だが、古河公方家は、北条氏に養われているからには、いずれはその命令に従って、氏姫も政略的婚姻をしなければならぬ。そのときに至っても、男勝《まさ》りで、何をしでかすか判らぬというのでは、古河公方家の奉公衆はいつ何時《なんどき》、氏姫のために責めを負うことになるか知れたものではない。氏姫には、足利という武家貴族最高の血筋らしく、京の公卿《くぎょう》の姫君にも劣らぬ典雅《てんが》な振る舞いを、日常としてもらわねばならなかった。

名胡桃城の一件で、秀吉と北条氏とが完全に決裂したときから、奉公衆は、簗水局を中心として、氏姫の矯正《きょうせい》を始めた。いずれが勝利を収めるにしろ、戦後処理の一事項として、古河公方家にも何らかの沙汰《さた》があると考えたからである。それは、氏姫の婚姻のこと以外にない。当初は抵抗した氏姫も、一丸《いちがん》となった奉公衆の監視下による姫様教育に、次第にあきらめの色を濃くし始めた。

やがて、開戦となるや、山中城落城と小田原城包囲の報が、相次いで伝わり、それから日ならずして届いた秀吉からの書状に、降伏勧告の使者として細川幽斎を差し向ける旨《むね》が書かれていたのである。秀吉が、足利将軍家の血をひく当代きっての文化人武将を使者に立てるということは、古河公方家を決して疎略《そりゃく》に扱わぬという意思表示にほかなるまい。あるいは、氏姫の嫁ぎ先として、よほどの名家か大大名を考えてくれるやもしれぬ。簗水局は、幽斎を前にしたとき、深窓の手弱女としていかに対するか、氏姫に懸命に教え込んだ。

古河城における氏姫と幽斎の初対面のとき、奉公衆は、氏姫がいまにも奇矯《ききょう》の振る舞いをせぬかと気が気でなかった。ところが、氏姫は、かれらも見とれるほどの優雅さで、その対面を、品位ある和《なご》やかさのうちに終わらせた。それは、教えられたからできたのではなく、生まれ持ったものによって、自然に成されたことと言うべきであったろう。そのうえ、和歌や有職故実《ゆうそくこじつ》など、その師たちが授けたおぼえのないことまで、氏姫はわがものとして披露《ひろう》してみせ、

「かくも美しきひとは、京でも見ることは叶《かな》わじ」

と幽斎をして、心より感じ入らせたのである。美しきひとという一言は、女としての姿形の美しさだけでなく、その挙措《きょそ》の雅《みや》び、学識の才、そして心の純粋さまで含めて評したものであることは、明らかといえた。

これをきっかけに、氏姫は、貴人らしい静かな暮らしを、すすんで受け入れるようになる。簗水局や奉公衆のみたところ、氏姫自身が、おのれの本来の姿を思い出したに違いなかった。

「簗水。きょうは少し疲れたようじゃ」

侍女たちに汗を拭い去らせると、氏姫は溜め息まじりに洩《も》らした。

「されば、早めに床《とこ》にお就《つ》きあそばしませ」

「さようにいたそう」

庭木にとまって鳴いていた蟬《せみ》が一匹、飛び立ち、御殿の塀《へい》の外へ消えた。

二

ほう、ほう……。

鳴いているのは、青葉木菟《あおばずく》であろう。

山なりに刷《は》いた細い眉のような月が、夜空にかかっている。

細川軍の夜番と、古河公方家の宿直《とのい》の士卒《しそつ》のほかは皆、床に就き、古河城は静寂《しじま》の中にあった。

だが、ただひとり、いま眠りから覚めた者がいる。暮方《くれがた》から寝所へ入った氏姫である。

目を開けた氏姫は、寝床に横たわったまま、あたりの気配を窺《うかが》う。仕切り戸のむこう、控えの間に宿直の侍女がいる。廊下には、警固の武士も控えているはずである。

氏姫は、ゆっくり半身を起こすと、長い垂髪を、両手で後頭に束ね、それを用意の水引《みずひき》で根結《ねゆい》に結びとめた。馬の尾のようになった髪の先は、それでも腰のあたりまで届く。いつ隠し置いてあったものか、掛具《かけぐ》の下から懐剣《かいけん》を取り出し、鞘《さや》を払った。髪を左手で高々とあげ、根結から十寸ぐらい先のところに刃をあてて、ためらうことなく切った。

掛具をのけて、立ち上がった氏姫は、切り離した髪を枕の上にそっと置く。次いで、帯を解き、衣擦《きぬず》れの音を立てぬよう、寝衣を脱いだ。一糸まとわぬ裸形《らぎょう》となったのである。

そのあられもない姿のまま、脱いだ寝衣をまるめて、枕の上の髪を押さえた。さらに、その上に掛具を深く被《かぶ》せる。掛具自体も、敷具の真ん中あたりに懐剣を突き立て、そこにふわりと被せることで、膨らみをもたせた。これで、暗いうちは、人が寝ているように見えるであろう。

氏姫は、蚊帳《かや》の裾《すそ》をあげて這《は》い出ると、床柱《とこばしら》をするすると登った。手がかり足がかりとなるよう、床柱には前々から少しずつ疵《きず》をつけておいた。天井板も容易に外せるようにしてある。

氏姫の裸身が、天井裏へあがった。

宿直の侍女も武士も、まったく気づいたようすはない。かれらの油断というべきではある。しかし、いままではすっかり深窓の姫君らしくなった氏姫が、夜中に裸のまま寝所から脱け出すなどと、誰が考えるであろうか。

天井裏の氏姫は、これも細工をほどこしておいた屋根板の一部を外した。古河公方の御殿といっても、屋根は板葺《いたぶき》である。このころの関東は、西国《さいごく》に比べれば貧しかったので、柿葺《こけらぶき》ですらめずらしく、瓦葺《かわらぶき》などついぞ目にすることはなかった。

屋根上に出た裸身を、仄《ほの》かな月明かりがぼんやりと浮き立たせる。

あらかじめ待機していた者であろう、小柄な影が音も立てずに寄ってきた。子どもかと見れば、そうではない。猿ではないか。

「ふうじん」

氏姫は、うれしそうに、両腕をひろげる。

七年前の春、氏姫は、箱根水ノ尾城をあとにするとき、風間《かざま》小太郎が餞別《せんべつ》として遣《つか》わしてくれた幼い猿に、その場でふうじんと名付けた。いまでは成猿のふうじんは、自分を抱いてくれようとするあるじが、何も身に着けていないと判ったのか、一瞬目を剝《む》いたあと、手で顔を被《おお》う。

「甚内のもとへ案内《あない》いたせ」

命じられると、ふうじんは、数度うなずき返した。氏姫に仕込まれ、まことに賢く育ったのである。

氏姫とふうじんは、屋根から地へ降りた。

やがて、氏姫が現れたのは、持仏堂《じぶつどう》の裏手である。あたりに人けはない。

「甚内。妾じゃ」

小声で呼びかけてみると、

「これにおりまする」

持仏堂の床下から、もぞもぞと這い出てきたのは、平包《ひらづつみ》を抱えて、足拵《あしごしら》えも充分の旅装の武士である。小肥《こぶと》りで手足の短いその姿は、古河公方家の家来の中で、氏姫が幼少時より、ただひとり信用してきた庄司甚内のものであった。

「あっ……」

甚内は、人間である。貴《とうと》き処女《おとめ》の肌を前にして、ふうじんより、もっとひどくうろたえ、後ろを向いてしまう。その背に、腰の大小とは別に、小太刀を負っていた。

「ひ……姫、なんという、なんというお姿にあられる」

「獣も人も裸がいちばん動きやすいのじゃ」

「お天道《てんとう》さまの下でないのが、せめてもの救い。ああ、おゆるしくだされ、おゆるしくだされ」

持仏堂に向かって両手を合わせる甚内であった。

「誰にゆるしを乞《こ》うている」

「姫のご先祖さまたちに決まっておりまする。かようなことになるのなら、姫のご命令をきくのではなかった」

「まいるぞ」

「姫。お召し物を」

甚内は、氏姫に背中を向けたまま、平包を差し出した。

「あとじゃ。何のための油紙か」

「なりませぬ。御濠端《おほりばた》まで歩く……」

甚内が皆まで言い終わらぬうちに、早くも氏姫は、ふうじんの手を引いて、歩きだしていた。あわてて、甚内も付き従う。

古河城に駐留する細川軍の将兵は、あるじの人物というものがそうさせるのか、決して乱妨狼藉《らんぼうろうぜき》を働かず、古河公方家に対して敬意をもって接している。だから、古河城の人々も、恐怖を抱くこともなければ、反撃に転じようという思いを湧かせることもない。すでに両者は、敵《とが》ではなく、ほとんど味方同士といえた。それゆえ細川軍は、城内の動きに神経を尖らせる必要はまったくなく、城外から攻めてくるか侵入してくる者だけを警戒していればよかった。

それを承知の氏姫は、御殿の塀をこえて、城内を裸のまま悠然と移動した。放胆というほかない。

誰にも見咎《みとが》められることなく、内濠《うちぼり》の端《はた》まで達すると、氏姫は甚内に命じた。

「そちも脱ぐのじゃ」

「げっ……」

「げっ、ではない。早《はよ》ういたせ」

「それがしは、このままで」

「ばかじゃな、甚内は。衣を着けたまま泳いでは、溺《おぼ》れるやもしれぬことを知らぬのか」

「姫に肌を見せるなど、恥ずかしゅうござる」

どちらが女か判らぬ。

「ふうじん」

命じられたふうじんが、甚内の肩まで駈けあがって、衿《えり》に手をかけ、諸肌《もろはだ》脱ぎにさせようとする。

「ご勘弁」

観念した甚内は、みずから脱いだ。まるく腹の出た生白《なまじろ》い躰が曝《さら》される。

甚内の持参した平包の中身は、幾重《いくえ》にも油紙でくるんだ氏姫の召し物である。油紙は防水の役目を果たす。氏姫は、甚内の脱いだものも、その中へ収めさせた。

「小太刀を、妾に」

氏姫は、鞘の下緒《さげお》をたすき掛けにして、小太刀を背負った。平包と大小の刀は、甚内が受け持つ。

一組の男女と一匹の猿が、内濠の石垣を伝い降りて、足先から静かに水中へと入った。ふうじんも泳ぎができる。

夏とはいえ、夜の水は冷たい。甚内は、思わずあげそうになった悲鳴を、辛《かろ》うじて呑み込んだ。

古河城の各曲輪《くるわ》は、すべて内濠によって区切られている。内濠から内濠へと、鉤《かぎ》の手《て》曲がりに進み、曲輪同士をつなぐ橋の下を抜け、見廻り兵の姿を発見したときは潜水する。それを幾度か繰り返して、氏姫たちは水門へ達した。川音が聞こえる。

仰ぎ見ると、水門を守る矢倉《やぐら》に、篝火《かがりび》が焚《た》かれており、番兵たちの後ろ姿を目にすることができた。

氏姫が、ふうじんのほうへ、両腕を差し出してみせる。察したふうじんは、あるじの胸へ抱きついた。

「甚内。息を存分に溜めて、妾のあとにつづくのじゃ。門外へ出ても、番兵に見つかってはならぬゆえ、すぐに浮かび出てはなるまいぞ。葦原《あしはら》まで、怺《こら》えて潜《もぐ》りつづけよ」

「は……はい」

早くも息絶《た》え絶《だ》えの甚内であった。

氏姫が大きく息を吸い込む。ふうじんも真似《まね》をする。

氏姫は、頭から潜った。

門扉の裾が接する水底の一部が抉《えぐ》れていることを、この冒険好きの姫君は知っていた。その穴を、氏姫はすり抜けた。

数度、水を掻《か》くと、右側から流れに押された。渡良瀬川へ出たのである。氏姫は、流れに躰をあずけた。

少し息が苦しい。が、自分以上に、ふうじんがもがき始めたことに気づいた。氏姫は、水中で、その花唇《かしん》を獣の唇へあて、残り少ない息を送り込んだ。

怺えに怺えたあげく、氏姫は水面へ顔を出した。ちょうどそのあたりから、両岸一帯に葦原が広がっている。葦の陰に入った氏姫の姿は、城から見えぬはずであった。

甚内がまだやってこない。

（水門の下を抜けられなんだのやも……）

小肥りの甚内には、あの穴は狭かったかもしれぬ。平包や刀の柄《つか》をひっかけるということもあろう。

氏姫が胸に不安をひろげたとき、間近の葦が、がさごそ揺れて、次の瞬間には、

「ぷはあっ」

大口あけた甚内が、水中から飛びあがるようにして出てきた。

「し……死ぬ。死んでしまう」

ひどく肩を喘《あえ》がせながら、甚内は情けない声をあげた。

「静かにいたせ。そちは昔から不平が多すぎる」

主従は、陸《おか》にあがって、平包の結びを解き、油紙を披《ひら》いた。直垂《ひたたれ》と袴《はかま》を着けるのも、足拵えを整えるのも、氏姫は手慣れたものだ。じゃじゃ馬をやめて、おとなしくなったふりをする前までは、ほとんど普段着としていたのである。

氏姫は、小太刀を左腰に差した。脇差を用意しなかったのは、二刀ではさすがに、女人の腰には重すぎるからである。

「甚内。舟はどこじゃ」

「地蔵松《じぞうまつ》の近くに」

古河城から三丁ばかり下流の岸辺に、そのあたりだけ葦原の途切れたところがあ

り、そこにひときわ枝振りのよい松が生えていて、根元には小さな地蔵が一体、鎮座《ちんざ》する。
「水夫《かこ》はどのような者か」
「名を捨《すて》と申す近在の川漁師にござるが、夜でも巧みに艪櫂《ろかい》をあやつる者にて、いさ
さかのご懸念も無用と存ずる」
やんごとなき姫君が、男に身をやつしたあげく、剣の腕を期待できそうにない武士
ひとりと、猿一匹を供として、これからめざすところは、小田原である。
氏姫は、北条一門の中で、水ノ尾城時代に後見をつとめてくれた幻庵だけは大好き
であったが、余の者には思い入れがない。だから、幻庵亡きいま、敗北の定まった北
条氏の悲運に、むろん心は痛むものの、いたたまれぬほどではなかった。
だが、風魔衆の風間小太郎だけは別である。その存在は、氏姫にとって、北条氏も
関白秀吉も古河公方家も関係ない。自分が自由に生きていた日々を共有した唯一の
人。遠く離れていても、その鼓動がいつも風にのって伝わってくるような気のする風
神の子。
小太郎の死は、誰にも咎められることなく奔放《ほんぽう》、無垢《むく》でいられた龍姫の死をも意味
する。絶対に死なせてはならない。甚内の探索によって、小太郎が囚《とら》われの身とな

り、秀吉の笠懸山城の落成後に処刑されると知ったときから、その救出を決意した氏姫であった。

まずは、舟で渡良瀬川から太日川へとつないで南下し、江戸湾へ出たい。そこから先は、伊勢商人か熊野《くまの》商人の問丸《といまる》の船に乗せてもらい、小田原に近いところで下船するつもりでいる。

路用の銭《ぜに》の心配はない。甚内が、腰に巻いて、上衣で隠した数珠《じゅず》打飼《うちがい》袋《ぶくろ》には、干《ほし》飯《いい》や餅《もち》などのほかに、銭をたくさん詰めてある。東国ではまだ永楽銭《えいらくせん》が重んじられており、別して北条氏は、永楽銭に限って、米穀《べいこく》に代えて銭納を許していた。

地蔵松の近くまで往《ゆ》くと、火が見えた。岸辺で焚き火をしているのか。

「これ、捨。火を消せ」

甚内が、ひとり先に、岸辺まで走って、焚き火のそばに寝そべっている者を、叱りつけた。古河城の番兵がこの火を発見すれば、城から物見が放たれないとも限らぬ。

だが、うつ伏せの捨は返辞をしない。

「こやつ、すっかり寝入っておるではないか」

捨を起こそうと、肩に手をかけ、ごろりと仰向かせた甚内は、無残にひたいを割られた血まみれの顔と対面した。捨は事切れている。

「甚内。賊《ぞく》じゃ」

氏姫の差し迫った声が、夜気を裂いた。

甚内が振り返ると、氏姫を十人ばかりの男が囲むところであった。いずれも素膚《すはだ》に直《じか》に胴丸を着けていて、薄汚く、悪相《あくそう》ばかりである。ふだんは追剝《おいはぎ》、夜盗《やとう》などに精を出し、いくさがあると傭兵《ようへい》になって、敵国の村の食い物や女を奪うのを専《もっぱ》らとする。こういう手合《てあ》いは、どこにでもいた。

「こやつ、衆道《しゅどう》の稚児《ちご》か」

「まっこと、見目《みめ》のよいことだ」

「さぞかし尻もかわゆかろう。たんといたぶってやろうじゃねえか」

賊どもは、対手《あいて》が女とも知らず、異様な昂奮《こうふん》をおぼえて、舌なめずりをしている。

「下郎《げろう》ども、その御方《おかた》にふれるな」

叫んで、すぐに斬り込もうとした甚内であったが、背中に礫《つぶて》をあびて、呻《うめ》き、その場に膝をついてしまう。

杭《くい》につながれた舟が、大きな軋《きし》み音を立てた。舟から岸辺へ下り立ち、甚内の前へまわり込んだのは、左腕のない男である。

「汝《うぬ》は、甚内というのか」

隻腕の男は嗤《わら》った。

「奇遇よな。おれも甚内だ」

神崎《こうざき》甚内であった。家康を撃とうとして、狙いを外し、秀吉の寵臣一柳直末を殺したあげく、その罪を小太郎になすりつけた非道の男である。が、もとより、もうひとりの甚内の知るところではない。

神崎甚内は、家康狙撃にしくじったあと、自分を追う者の気配を察し、ただちに相模国を脱した。だが、こうして、このあたりに賊として出没するのは、いまに始まったことではない。常陸川の湊《みなと》の神崎より生まれ出た神崎甚内は、武田氏に海賊衆として仕える前にも、常陸や房総の川筋を荒していたのである。また、どこの土地であっても、あぶれ者を集めて束ねることにかけては、独特の才をもつ男でもあった。

実は、川漁師の捨も、昔は神崎甚内の手下として働いた時期がある。偶々《たまたま》、きょう、ふらりと訪れた神崎甚内から、また誘われたのだが、これを拒んで、庄司甚内に申しつけられた地蔵松にやってきたのであった。まさか尾《つ》けられたとは思いもよらなかった捨は、神崎甚内の拷問《ごうもん》に負けて、今夜の儲《もう》け仕事を白状に及んだ。武士をふたり、江戸の海まで乗せていけば、報酬として永楽銭を過分にもらえる、と。

「銭をたんまりもってるそうだな」

残忍な笑みを浮かべて、神崎甚内が陣刀《じんとう》を抜いた。

庄司甚内は、尻であとずさりながら、それでも大刀を抜いて、右に左に振り回す。

「熱《あつ》っ……」

尻が焚き火にふれてしまい、びっくりした庄司甚内は、自分でも思いもよらぬほど素早く腰をあげ、その勢いのまま、切っ先を対手へ見舞うことになった。背後で燃え木が爆《は》ぜ、火の粉が舞いあがる。

甚内と甚内は、鍔《つば》競《ぜ》り合いを始めた。

その間、氏姫は、小太刀をもって、奮戦している。剣の技は未熟でも、凛然《りんぜん》たる風《ふう》姿《し》と凄《すさ》まじい気迫とで、束の間、賊どもを怯《ひる》ませた。

ふうじんは、氏姫に追いやられて、地蔵松の樹上に身を避けたが、そこから、歯を剝いて、賊どもに威嚇の猿叫《えんきよう》を放ちつづけている。

しかし、多勢に無勢である。氏姫を包囲する輪は、少しずつ縮められた。

「刀を捨てねえか、おい。悪いようにはしねえからよ」

「そうだ。尻を出せば、極楽《ごくらく》へ往かせてやるぞ」

眉目《びもく》の美しい男子と見ただけで、この野卑《やひ》さである。氏姫の直垂と袴を剝ぎとって、女体を目《ま》のあたりにしたら、賊どもは肉欲の獣《けだもの》と化すに違いない。

(妾は、自害すべきなのか……)

汚《けが》される前に、みずから命を絶つのが、身分ある女子《おなご》の選ぶべき道ではあろう。しかし、もういちど小太郎に会うまで、死にたくない。といって、刀を捨てれば、賊どもに凌辱《りようじよく》されたあげく、殺されるのやもしれぬ。

(斬り抜ける)

覚悟をきめた氏姫は、やにわに、下着の小袖《こそで》ごと諸肌脱ぎとなり、双の乳房を曝した。

賊どもは、声を失い、立ち竦《すく》んだ。

「お、女……」

誰かが、ようやく、掠《かす》れ声でそう言うのが、やっとのことであった。暗がりの中で、みずから白い光を放っているようなその神々《こうごう》しき女体は、かれらにはこの世のものとは思われぬものである。

賊どもの目が、一層ぎらつき、まさしく獣のそれと化した。

氏姫は、小太刀の刃《やいば》を、おのれの首筋にあてた。

「退《さ》がりゃ」

あっ、と獣たちはうろたえる。

「死骸を抱いたとて、おもしろうあるまい」

退がらなければ自害するという、氏姫の威《おど》しであった。

賊どもは、互いに顔を見合せ、一様《いちよう》にうなずき合ってから、ゆっくり後退し始める。皆が、生きた氏姫を抱くことを欲した。

「刀も収めたほうがよいぞ。抜き身を手にしておれば、あやまって妾の肌を傷つけるやもしれまい。傷ひとつない美しいままの妾の唇を吸いたかろう、乳を嚙んでみたかろう」

これにも、賊どもは言いなりになった。ただ、かれらは、素手《すで》で取り押さえられると思っている。対手は女ひとりなのだ。

氏姫の真後ろに立つ者が、真っ先に飛びかかった。しかし、無謀にすぎた。振り向きざまの小太刀の一閃《いっせん》に、喉首《のどくび》を斬り裂かれたのである。

残りの者らは、いったん収めた刀の柄に手をかけた。

「抜くか、男衆」

氏姫は、左手で左の乳房を下から持ちあげてみせ、そこに血濡《ぬ》れた刃をあてる。

「やめろ」

図らずも、賊どもの声を揃えた制止の一言であった。そこには必死さがある。

欲望ではち切れそうな躰を、氏姫にぶつけようとした愚か者が、さらに、つづけざまに、ふたり出た。技の未熟な氏姫でも、対手が武芸の達人でもない限り、猪突《ちょとつ》してくる無手《むて》の者を斬るのは難しくない。

氏姫の類《たぐい》まれなる女の武器の前に、男たちがひれ伏したも同然であった。滑稽《こっけい》というほかあるまい。

しかし、四人目の男を、氏姫は斬ることができなかった。庄司甚内だったのである。鐔競り合いに負けて、強く突き飛ばされてきた庄司甚内の躰を、氏姫はとっさに抱きとめてしまった。

この一瞬を、男たちが見逃すものではない。一斉に氏姫へ躍りかかり、小太刀を取りあげた。

「姫。お逃げくだされい」

庄司甚内が、渾身《こんしん》の力で暴れる。

ふうじんも、地蔵松の樹上から飛び下りて、賊どもの顔を引っかいた。

氏姫は、白磁《はくじ》のごとき乳房を揺らして、葦原の中へ駈け込んだ。

「おれが一番槍じゃい」

「おれが先だぞ」

「はじめに捕まえた者に決まっておろう」

葦を掻き分けて走る氏姫の耳に、男たちの忌《い》まわしい声が届く。

斬り合っているときは、なぜか感じなかった恐怖に、氏姫はいま初めて襲われた。

泣きたくなった。だが、泣かぬ。幼いころから、泣くのは大きらいであった。

突然、風が吹いた。葦原を大きな波にする強い風である。

懐かしい風。予感……。

氏姫は、足をとめた。蒼白《そうはく》となっていたおもてに、生気が蘇《よみがえ》る。

目の前に、風神の子が立っていた。七年前より、さらに巨《おお》きくなった。笑顔は同じだ。冬枯れの木を一瞬にして新緑に変えてしまうような、潤いの溢れる咲《わら》い。

「にぎりめし、所望《しょもう》」

と氏姫は高らかに言った。七年前、小太郎が、ふうじんの手首に結びつけた文《ふみ》に記したことばである。

「氏姫、所望」

そう言うと、小太郎は、氏姫をひょいと抱きあげ、腰の革袋の中へ、その躰を収めた。そのまま、革袋を背負う。紐《ひも》は、両肩にひっかけられるよう、二本ついている。

走り来た賊どもが、途方もない巨軀《きょく》に立ちはだかられて、愕《ぎょ》っとする。

かれらに問いかける暇《いとま》も与えず、小太郎は、歩きながら腕を幾度か振った。

小太郎の腕のひと振りごとに、賊たちは、その躰を、葦の丈の倍ほどの高さまで吹っ飛ばされ、地へ落ちたとき、いずれも事切れている。葦原に七つの死体が転がったのは、あっという間のことであった。

「小太郎。甚内が危うい」

革袋の中から、氏姫に急《せ》かされた小太郎であったが、大事ないと言い、悠然と葦原に歩《ほ》を進めて、地蔵松の岸辺へ出た。

あるじの無事な姿に悦んだふうじんが、革袋に飛びつき、氏姫に抱きとられる。

岸辺では、地蔵松の幹を背負う恰好《かっこう》で、隻腕の男が追い詰められていた。その喉もとへ、独鈷《とっこ》の剣身《けんしん》を突きつけているのは、笹箒である。

「笹箒、殺すな」

隻腕の男を神崎甚内と見定めて、小太郎は制止した。

「あ……小太郎」

笹箒に助けられた庄司甚内が、懐かしい巨人に再会して、満面に一層の喜色を表し、

「よかった、よかった。これで小田原まで往かずに済んだ」

へなへな、とその場に腰砕けに座り込んだ。手には、主君氏姫の小太刀を大事そうに抱えていた。これは、足利成氏以来、古河公方家重代《じゆうだい》の備前友成《びぜんともなり》なのである。

神崎甚内のほうは、ふてぶてしく、ふん、と鼻を鳴らす。

「風魔によほど縁《えん》があるらしいわ」

その両甚内を、交互に眺めやって、小太郎は、奇態《きたい》なことだと思った。

（ここに鳶甚《とびじん》がいれば、三人甚内だ……）

鳶甚を、この古河行きに随行させず、自分の生存と命令を風魔衆に伝えさせるため、小田原城へ送り込んだ小太郎なのである。

「おれを秀吉に引き渡すつもりだろうが、いまさら信じてはもらえまいぞ」

秀吉の寵臣一柳直末を狙撃し、その罪を小太郎になすりつけた神崎甚内は、嘲《あざけ》った。

「あんた、思い違いをしている」

小太郎が、ゆっくりかぶりを振る。

「何だ、思い違いとは」、

「殺すなと言ったのは、あんたを生け捕りたいからじゃない。おれの手で殺したいだけだ」

たちまち蒼白となった神崎甚内の喉首へ、小太郎の巨大な右手が食い込んだ。

「小太郎どの」

笹箒が、切迫したようすで言った。忙《せわ》しげに、周囲へ視線を振っている。

「囲まれたな」

やはり敵の気配を察した小太郎は、右手の力を少し緩《ゆる》めた。神崎甚内が咳《せ》き込む。

「まだ手下がいたのか」

「そ……そうだ。おれを放せば、汝らの命も助けてやる」

苦しげな声で、交換条件を出した神崎甚内であったが、

「そやつ、いつわりを申しておりますぞ。この尋常ならざる気配は、そやつが使うようなあぶれ者のものではございませぬ」

という笹箒の指摘に、眼《まなこ》を泳がせた。

小太郎の耳許《みみもと》で、ふうじんが甲高《かんだか》く鳴いた。風を切る音がする。

振り仰いだ小太郎は、上空に炎を見つけて、飛び退《の》いた。地蔵松の幹に火矢《ひや》が突き刺さった。神崎甚内の顔にすれすれのところである。

「熱っ……」

神崎甚内も、横っ飛びに身を投げた。

火矢は、ひと筋ではない。雨のように降ってくる。

小太郎は、氏姫とふうじんを背負っているにもかかわらず、庄司甚内の躰までひっ抱えると、右に左に、前に後ろに動いては、火矢を躱《かわ》す。信じがたいほどの軽《かろ》やかさであった。

笹箒も、素早い身ごなしで、火矢を、あるいは避け、あるいは独鈷で払い落としてゆく。

地蔵松の岸辺は、あちこちに突き立った火矢で、煌々《こうこう》たる明かりに包まれた。

火矢の雨が熄《や》むと、一帯の葦原がざわめいた。ざわめきは、いくつもの波となってこちらへ迫ってくる。よほどの人数であろう。

「笹箒。川へ飛び込め」

さしもの小太郎も、逃げをうつことにした。自分と笹箒だけなら、ほかに対抗の手も考えつかぬではないが、強敵と思われる多勢を対手に、氏姫と庄司甚内を守りながら闘っては、おそらく不覚をとる。このあたりの川幅は広いが、なんとか対岸へ泳ぎ渡るか、あるいは流れに身をまかせて下流へ運ばれるか、逃れる術《すべ》はそのいずれかだ。

「泳ぐのは懲《こ》り懲《ご》り……」

と庄司甚内が泣き言を言い終わらぬうち、氏姫は叫んだ。

「小太郎。あやつの舟を乗っ取るのじゃ」

見れば、いましも、杭に結んだ舫《もや》い綱を解いて、岸辺から離れようとする舟が一艘《そう》。

艪を操るのは、神崎甚内である。隻腕とは思えぬ巧みさとみえた。

（そうだ。神崎《かこ》甚内は……）

もともと水夫であり、武田水軍に属して活躍した、と小太郎は峨妙から聞いている。

小太郎は、庄司甚内を宙高く放り投げた。

「わあっ……」

情けない悲鳴をあげた小肥りの躰は、舟中の真ん中へ落ちた。舟は大きく傾《かし》ぎ、舟縁《ふなべり》を叩いた川水が飛び込んで、庄司甚内に降り注がれる。

この不測の瞬間にも、神崎甚内はうろたえず、艪を素早く捌《さば》いて、転覆をふせいだ。腰は落ち着き、両足も舟床に吸いついたような按配《あんばい》ではないか。

峨妙の話では、神崎甚内は武田水軍時代、船上での斬り合いに異能を発揮したそうだが、なるほど、と小太郎も思った。

「笹箒」

小太郎の声に応じて、笹箒が岸辺から舟へ身を躍らせるや、神崎甚内の前に片膝をついて、その腹へ独鈷の剣身を突きつけた。

次いで、氏姫とふうじんを背負った小太郎も乗り込む。

葦原から地蔵松の岸辺に、忍び装束姿の者らが、わらわらと出現したのは、このときである。

「漕《こ》げ、神崎甚内」

と小太郎が命じた。

「汝らを助ける義理はないわ」

憎体《にくてい》な面《つら》つきで言い放った神崎甚内を、しかし、小太郎は嗤《わら》った。

「あんたも殺されるぞ」

「なんだと」

「あいつら、服部半蔵配下の伊賀者だ」

神崎甚内は、岸辺の者らへいちど視線を振って、それと判ったのか、あわてて漕ぎはじめた。徳川家康に恨みを抱くこの男も、服部半蔵に発見されれば命はないのである。

伊賀者が数名、川へ飛び込み、舟に手をかけようとしたが、届かぬ。神崎甚内は早くも舟を流れに乗せた。

「弓矢。前へ」

宰領の下知に、弓をもった十名余りが岸辺にずらりと並んで、一斉に矢をつがえる。

笹箒が、何かを高く放り投げた。それは、伊賀者たちの頭上を越えてゆく。

次の瞬間には、かれらの背後で、ぱん、ぱん、という爆裂音が、恐ろしい迅《はや》さで連続した。鉄炮《てつぽう》の斉射音と思い込んだ伊賀者たちは、いずれもその場に伏せた。

むろん、鉄炮ではない。後世で言うところの爆竹《ばくちく》を、笹箒が焚き火の中へ投げ込んだのであった。

「火遁《かとん》だ」

宰領は舌打ちを洩らす。火薬を用い、敵が爆発音や煙におどろく隙に逃げをうつ火遁は、すべての忍びの者の初歩的な術だが、それでもひっかかるものであった。

射手《いて》たちが、立ち上がって、ふたたび弓矢をかまえようとしたときには、舟は下流の暗がりの中へ没し去っている。

伊賀者たちは、息をとめ、耳を澄ませて、川音の中に、艪や舟の軋む音を聞き分けようとしたが、叶わなかった。こうした修羅場《しゅらば》に慣れた水夫が舟を操っているとしか思われぬ。

葦原越しに、物の具を鳴らす音と人声とが聞こえてきた。

「火はあそこだ」

「地蔵松のあたりか」

古河城から火を望見し、何事かと調べにきた者らに違いなく、おそらく細川の兵であろう。徳川麾下《きか》の伊賀者がこれと刃を交えては、家康に後難《こうなん》が降りかかる。

「逃げるのだ」

宰領は、皆に命じた。

三

夏も終わりだが、空の蒼《あお》さにも雲の白さにも混じりけはなく、陽射しもきつい。これから、残る暑さのつづく時季であった。

「神甚《こうじん》」

太日川を下る舟の中、小太郎が、艪を操る神崎甚内によびかけた。

ふたりの甚内が同舟しているので、名をよぶのに紛《まぎ》らわしいからと、庄司甚内を庄《しょう》甚《じん》、神崎甚内を神甚と縮めてしまった小太郎なのである。

はじめ、庄司甚内はむっとしたが、氏姫から、

「そちが何事にもすぐに音《ね》をあげるのは、精進が足らぬからじゃ。しょうじんとよばれるたびに、おのれを省《かえり》みよ」

と叱られたので、渋々《しぶしぶ》、庄甚の略名を呑んだ。

神甚のほうは、どのみち小太郎に殺されるのだからと思ったのか、なんとでもよべと不貞腐《ふてくさ》れた。

「神甚」

もういちど、小太郎はよんだ。

「なんだ」

怒鳴り返す神甚であった。

「岸につけろ」

「ふん。いよいよ、おれを殺すか」

「よく思い違いをする男だな」

「なんだと」

「この先は、おれが漕ぐ。あんたは去《い》ね」

束の間、神甚は、小太郎のことばの意味を解《げ》しかね、なかば茫然と瞶《みつ》め返した。

「どういうことだ……」

「伊賀者の手から逃れられたのは、あんたの水夫《かこ》としての腕のおかげだ」

「だから、返礼としておれを殺さん。そう言うのか」

「いまは殺さないだけだ。次に会ったときは、殺す」

世間話でもするような小太郎の口調に、神甚はかえって、総身の膚に粟粒《あわつぶ》が生じるのをおぼえた。

「小太郎どの」

眉をひそめたのは、笹箒である。

「さようなことを申されると、こやつ、逃げ隠れするよりも、逆に小太郎どののお命を狙うようになりますぞ」

笹箒は、いまここで神甚を殺すのが当然だと思っている。どのみち、生きていても、世の中に悪をふりまくだけの男なのだ。小太郎が殺《や》らぬのなら、自分の手で殺ることに、ためらいはない。

「おれの命を狙うか、神甚」

「嘘は見抜かれるだろうから、正直に言ってやる。風魔の小太郎に追われていては、夜もおちおち寝られんからな。こっちから殺しにゆくわ」

するると、小太郎は笑った。

「何がおかしい」

「ばかだな、あんた。おれは、わざわざあんたを追ったりしない」

「なに」

「お互い、修羅の道に生きてるんだ。追ったり追われたりしなくても、いずれ、しぜんと出会う。なのに、自分からおれに近づいてきたら、あんたはそれだけ早死にすることになる」

小太郎の表情からは、慢心や過信は微塵《みじん》も窺えぬ。起こるべき事実を、何の誇張もなく、ただ陳《の》べているにすぎないように見えるではないか。神甚の脳裡に、小太郎に頸《くび》をへし折られるおのれの無残な姿が過《よぎ》った。

（こいつは化け物だ……）

こっちから殺しにいくなどという考えは、一瞬で吹き飛ばされたといってよい。怖《おそ》気《け》をふるった神甚は、急いで艪を漕ぎ、舟を岸へつけた。

「達者《たっしゃ》でな」

陸《おか》へあがった神甚に、小太郎が別辞《べつじ》を投げる。

捨てぜりふの一言も叩きつけたい神甚であったが、口にするのを怺えた。負け犬の遠吠《とおぼ》えにしかならぬと判っているからである。

神甚が背を向けて去ると、小太郎は舟をふたたび川面《かわも》へ滑り出させようとする。それを庄甚が、立ちあがって、押しとどめた。

「待て、小太郎。姫とそれがしは、やはり古河城へ戻る」

「庄甚。幾度もしつこい」

と氏姫が叱りとばす。

「姫。小太郎にお会いあそばし、もはやお気も晴れたはず。いまごろ古河城は大騒ぎにござりまするぞ」

「関白に攻められておる小田原城はもっと大騒ぎじゃ」

「だからと仰せられて、何も姫がお出向きあそばされずとも……」

「妾にも北条の血が流れておる」

小太郎が氏姫を迎えにきたのは、小田原城へ連れてゆくためであった。

「ええい、小太郎。かような厄介事《やっかいごと》を持ち込みおって」

舟中であることを忘れて、地団駄を踏んだ庄甚は、

「あっ……」

大きく揺れた舟から、川へ転落した。

ふうじんが、真っ白い歯を剝きだし、声を立てて笑った。

四

「早雲公以来、北条百年の 政《まつりごと》のしめくくりが、一族郎党の全滅では、あまりに情けのうござる」

北条美濃守氏規は、上段之間《じょうだんのま》の北条氏当主、氏直へ迫っている。

「北条の家名《かめい》をつなぎ、また北条恩顧《おんこ》の者らの孫子《まご》が生きつづければこそ、いつかまた、大いなる旗を揚《あ》げることもできると申すもの。北条の新たなる百年の大計のため、堪《た》えがたきを堪えてみせることこそ、あっぱれ北条一門の総帥にあらせられる。降伏開城の儀、ご受諾されんこと、伏して願いあげ奉《たてまつ》る」

ことばどおり、ひたいを床へすりつける氏規であった。

その声涙倶《せいるいとも》に下《くだ》る説得に、小田原城の大広間に居並ぶ諸将は、粛然《しゅくぜん》として、しわぶきひとつ洩らさぬ。立て並べられた短檠《たんけい》の明かりだけが、微かにふるえている。

実は、籠城中の大半の者は、氏直が疾うに降伏開城を望んでいたことに勘づいており、かれらもまた、いまとなっては、それが選ぶべき道だと肚《はら》を括《くく》っていた。だが、氏直の後見として北条氏の実権を掌握《しょうあく》する截流斎と、籠城軍の指揮を執る北条陸奥守氏照とが、頑《がん》として敗北を認めないために、それは決して口にしてはならぬことでもあった。

そういう閉塞《へいそく》状況の中、秀吉からの降伏勧告の使者が氏規であったのは、渡りに舟といえた。截流斎・氏照の弟というだけでなく、北条一門中で氏直に最も信頼されており、この戦いでは韮山城に籠もって、開戦当初から長く上方勢を悩ませつづけ、存分に武門の意地を示した人物である。その氏規の涙ながらの懇願に応《こた》えてという形であれば、氏直は面目を保つことができようし、截流斎・氏照も観念するであろう。

「叔父上《おじうえ》」

と氏直が、氏規によびかけた。

それだけで、氏直は降伏勧告の受諾を口にしようとしていると察した者がいた。上段之間に氏直と同座する截流斎である。たとえ対手《あいて》が伯叔《はくしゅく》であっても、ここでの氏直は、氏規を美濃、あるいは美濃守とよび捨てにしなければならぬはず。

「美濃よ。その猿芝居……」

先んじて、截流斎は声を張りあげ、氏直の口を封じた。

「笠懸山の猿にでも教わったか」

秀吉が、その容貌から猿と陰口されることは、誰でも知っている。

氏規は、顔をあげた。気色ばんでいる。

「秀吉からもらう褒美は何じゃ。それとも、家康にでも仕えることになったか」

「御隠居。何という情けなきことを仰せか」

「韮山は、われらが始祖早雲公が長く居城となされしところではないか。それを、おのれから開いたばかりか、かように猿面冠者《さるめんかじゃ》の手先となって、お主《しゅう》に降伏を迫るとは、それでも名将北条氏康が子か。恥を知れ、美濃守」

「恥を知らねばならぬは、御隠居、いや、兄上ではないか」

「なに」

「北条の当主は、十年前より、新九郎氏直である。それを、今日《こんにち》もなお、当主づらをいたし、新九郎の政にことごとに口を出しておるのは、いったい誰か。そのように当主を蔑《ないがし》ろにしてきたことが、北条の力を弱めたと、兄上はなにゆえ思い至らぬ」

「おのれは……」

截流斎の膝におかれた両拳《りょうこぶし》が、ふるえる。

「おのれは、こたびの苦境は、この截流斎のせいじゃと申すか」

「苦境とは悠長な。敗北にござる」

「まだ敗《ま》けてなどおらぬわ」

「ならば、お訊ねいたす。このうえ上方勢と戦《たたこ》うて、御隠居に勝算がおありか」

「小田原城は天下一の堅城じゃ。どうでも落ちぬ」

「空威張《からいば》りもたいがいにいたされよ。三ヶ月《みつき》前ならば知らず、いま上方勢の総掛かりをうけて、それでも小田原城は落ちぬと本気で信じる者が、この場に幾人いるとお思いか」

　そう言い放ってから、氏規は、截流斎とともに徹底抗戦を口にしつづけている北条氏最大の軍事的実力者へ、視線をあてた。

「いかに、陸奥どの」

　列座の注目が、陸奥守氏照へ集まる。

「助五郎」

　氏照は、弟氏規を通称でよんだ。

「おぬし、秀吉が本気で、総掛かりを望んでいると思うのか。わしは、違うと睨んでおる。総掛かりをいたして、ついには小田原城を落とせたとしても、上方勢とて多くの兵を失う。さすれば、次なる奥州攻めも頓挫しかねまい。秀吉は、城など築いて、悠然と構えているようにみせ、その実、焦っているのだ。本気でわれら北条を全滅させたいのなら、わざわざおぬしなど寄越さず、疾うに城攻めを敢行しておるはずではないか」

「陸奥どの。それから、列座の衆も、大きな思い違いをしている」

氏規は、一同を眺め渡し、ひとつ息を吐いてから、語を継いだ。

「前田利家どのご謹慎のことは、小田原城へも聞こえており申そう」

これには、皆がうなずき返す。

「織田信長公に仕えておられたころの関白は、敵を殺さぬことで知られたお人であったが、いまは違う。天下一統《いっとう》の障りとなる者は皆殺しにするお覚悟にあられる。なればこそ、前田どのは、上野・武蔵での城攻めに際し、できうる限り城兵を殺さず、また城下の民人《たみびと》も手厚く遇したことで、関白のご不興《ふきょう》をかった。とは申せ、前田どのは織田家以来の関白の竹馬《ちくば》の友にして、最も信頼厚き大名。それだけで謹慎を命ぜられたりせぬ。もしそれが理由で前田どのが遠ざけられたとすれば、徳川家康どのも同罪であるはず。徳川どのもまた、上総《かずさ》・下総の城攻めの手ぬるさにより、かねて関白のご叱責《しっせき》をうけておられたのだ」

「それは当然であろう」

宿老筆頭の松田尾張守憲秀が、口許《くちもと》を歪める。秀吉が家康に罰を与えぬ理由など、子どもでも判ると言いたげな表情であった。

「上方勢のいちばんの実力者である徳川どのにまで謹慎を命じては、士気が鈍る。あまつさえ、離反者も出るに相違ない」

「関白がさように弱きお心の持ち主と思うか、尾張守」

「何を申されたい」

「総掛かりの先陣を承《うけたまわ》るのは、徳川どのと決まっておる。言うまでもなく、城攻めの先陣ほど、兵を損じる戦いはない」

列座のほとんどの者は、秀吉の意図に気づいて、はっとする。憲秀も同じ反応をみせた。

小田原城という天下一の堅城へ真っ先に攻めかかれば、どれほど多数の戦死者を出すか、予測もつかぬ。それは、徳川の軍事力を大きく削《そ》ぐことになる。無二《むに》の忠節を尽くす前田を温存し、いまだ野心を秘める徳川を激戦地へ飛び込ませるという秀吉の心事《しんじ》は、明らかというべきであった。

秀吉は、はじめから、小田原城もろとも北条氏を滅ぼし、合わせて、徳川をも疲弊させることをもくろんでいたのである。そして、家康のほうでも、それと見抜いていた。

「籠城方では知る由もあるまいが、関白はすでに一度、総掛かりのご命令を下《くだ》された。それを、徳川どのが、お手討ちを覚悟で、関白をお諫《いさ》めになったがゆえに、ご命令は撤回となったのだ。徳川どのには、上杉・伊達に、結城・佐竹らの北関東衆が同調いたした。このあたりは、関白と徳川どのとの鬩《せめ》ぎ合いにござった」

「されば、美濃どの。降伏勧告は秀吉の本意ではないと言わるるか」

「いかにも」

氏規は、首を大きく縦《たて》に動かした。

「関白は徳川どのに、一度だけ策を用いることをお許しあそばした。そこで徳川どのは、それがしを降伏勧告の使者に立てるよう進言なされたのだ。もはやお判りと存ずるが、この勧告が不調に終わることを、むしろ関白はお望みにあられる。不調に終われば、あらためて、総掛かりをお下知あそばす。二度目のお下知に撤回はない」

「であるならば……」

憲秀が膝を叩いた。

「徳川どのの寝返りを期待できるということではないか。徳川どのに同調いたして、総掛かりを諫めた上杉・伊達も……」

そこまで憲秀が言い募ったとき、

「誰も寝返らぬ」

めずらしく氏規は声を荒らげた。

「上方勢の大名衆は皆々、大坂に人質を差し出しておる。また、上杉や北関東衆ができれば小田原城を攻めたくないのは、籠城方に同族や知り人が少なくないゆえにすぎぬ。伊達に至っては、徳川どのに恩を売っておきたかっただけのこと。万一、徳川どのに寝返りを誘われたとて、ひとりとして応ぜぬ。いまや、時の勢いが関白のものであることは、誰もがよくよく弁《わきま》えておるのだ。申すまでもなく、徳川どのも」

ほとんどひと息に、力をこめて語ったせいか、氏規の肩がわずかに上下する。

憲秀は、軽々しいことを口にした恥ずかしさに、ひとり俯《うつむ》いてしまう。

「秀吉を見誤った。さまで恐ろしい男であったか……」

氏照はそう呟いたが、自嘲《じちょう》のようすとは見えぬ。

「助五郎。総掛かりとなれば、家康は覚悟をきめて、猛然と攻めてまいろうな」

「さように相なり申そう」

「城は幾日ももつまい」

と氏照が洩らしたので、列座はざわついた。

「陸奥。何を申す」

截流斎が、あわてる。

「御隠居。いや、兄者《あにじゃ》。ここまでくれば、本音で話そうではないか。いまの秀吉を前にしては、われらが父氏康公でも、あるいは武田信玄でも、上杉謙信でも皆、ひれ伏すしかあるまい」

「北条氏照ほどの男が命惜《いのちお》しみをいたすか」

「兄者。わしは降伏すると申したおぼえはない」

氏照は、弟へ視線を戻す。

「助五郎。秀吉には、われらは開城すると伝えよ」

明らかに含みのある言いかたに、氏規は、すぐには返辞をせず、兄の源三氏照の次のことばを待つ。

「しかるのち、全軍挙げて討って出て、遮二無二《しゃにむに》、秀吉の首をめざす」

一同、息を呑んだ。

降伏勧告を受諾したとみせて、上方勢を油断させ、その隙を衝《つ》いて、乾坤一擲《けんこんいってき》の逆襲に出るという策である。

「源三兄上。狂われたか」

「狂うてこそ、いくさよ」

「万にひとつも成り難し」

「笠懸山城を攻めるならば、そのとおりであろう。なれど、秀吉を城から誘いだすことができれば、必ず討てる。殿と秀吉との会見場所を、板橋《いたばし》といたすのだ。かの地には、寺社が多い。敵対する者同士が寺社を会見に用いるは、武門のならい」

板橋は、小田原城の西の外張口《とばりぐち》を出たところで、いわば目と鼻の先である。一帯に散在する寺社は、いま細川忠興軍の陣所にされている。

「たしかに、板橋ならば、一斉に襲いかかれば制圧できる」

目を輝かせたのは、憲秀であった。

「そうよ、尾張」

賛同者を得て、氏照は勢いづく。

「助五郎。おぬしが、秀吉を誘いだすのじゃ」

「兄上は、籠城が長すぎて、お考えが狭くなっておられる。これは、対等の会見にあらず。殿は関白の軍門に降《くだ》り、敗者として拝謁なさるのでござる。拝謁する側が、その地を指《さ》し定めるなど、不遜《ふそん》のきわみ。だいいち、豊臣秀吉ほどの御方が、このような見え透いた詐略《さりやく》にかかるはずはござるまい」

「なればこそ、おぬしが誘いだせと申した。おぬしは、秀吉の心証がよい。できぬはずはない」

「それがしは、関白秀吉公の使者にござる」

「その前に、北条一門の柱石《ちゅうせき》ではないのか。殿の日頃の御恩を、よもや忘れたとは言わさぬ」

氏規が、氏直から最も恃《たの》みとされてきた人間であることを、列座中、知らぬ者はいない。

「御恩を受けたればこそ、殿のお命を助けたいのではござらぬか」

ふたたび、氏規は声をふるわせた。

「ただ生き長らえるは、死んだも同じじゃ。武門の命とは、すなわち名誉である」

「降伏を不名誉と言うは、猪《いのしし》武者《むしゃ》の申し条《じょう》」

「なに」

「幾十万の家来、民人を統《す》べる御大将《おんたいしょう》は、武運拙《つたな》きとき、降伏こそ潔《いさぎよ》しとする勇気をお持ちにならねばならぬ」

兄弟喧嘩の様相を呈してきた氏照と氏規の論争を、突然、断ち切ったのは、闖入《ちんにゅう》者《しゃ》の大音であった。

「お静かに」

五

長押《なげし》に頭をぶつけぬよう、腰を折り曲げながら、廊下から大広間へと敷居《しきい》を跨《また》いで入ってきたのは、風魔衆の頭領、風間小太郎である。

「小太郎、無礼であるぞ」

列座中から立ち上がって、北条氏隆が怒鳴りつけた。

「控えよ」

風魔衆の寄親《よりおや》である氏隆に向かって、小太郎は命じた。

「な……」

あまりのことに、われを失いそうになった氏隆であったが、黒耀石に似た巨《おお》きな双眸《そうぼう》に睨みつけられると、怒りはたちまち恐怖に駆逐されてしまう。

「公方さまの御成《おな》りにござる」

小太郎は宣した。

何のことやら訳《わけ》の判らぬ列座一同であったが、小太郎の存在感に気押《けお》されて、誰も声をあげえぬ。

次いで現れたのは、紅《くれない》の小袖《こそで》に金地の打掛《うちかけ》という艶《あで》やかな装束に身を包んだ女人であった。その美しさは、おのずからきらめきを放ち、点々と灯《とも》る短檠の心もとない薄明かりの中に、にわかに百目蠟燭《ひゃくめろうそく》が灯されたかのようではないか。

北条氏の息女たちの中にも、これほどの美貌の持ち主はいない。いったい、いずれの姫君か。その女人が静々《しずしず》と奥へ歩をすすめるのを、列座の男たちは、陶然《とうぜん》として見《み》戍《まも》った。

姫君が、上段之間の前で足をとめた。そのまま、座ろうとせず、無言で氏直と截流斎を見下ろしはじめた。関東の太守たる父子の御前《ごぜん》で、非礼きわまる態度といわねばなるまい。

「慮外者《りょがいもの》」

小姓衆《こしょうしゅう》が、進み出て、姫君に手をかけようとしたが、

「無用」

と制せられる。

制したのは、誰あろう、氏直であった。

「龍姫か……」

　氏姫がまだ龍姫とよばれて、箱根山麓の水ノ尾城に暮らしていたころ、小田原城で引見したことがある。目の前の姫君の佇まいには、たしかにその俤《おもかげ》が認められた。

「氏姫さまである」

　氏姫の横に折り敷いた小太郎が、告げた。膝をついても、小太郎の背丈は、氏姫のそれを遥《はる》かに抜く。

「そうか。いまは、氏姫であったな。美しゅうなったものだ」

　仰ぎ見ながら、おもてに笑みをひろげる氏直であった。

（ここが切所《せっしょ》……）

　小太郎は、その氏直をひたと見据えて、

「鎌倉公方さまにあらせられる」

と言った。

　氏直が、怪訝そうな顔で、小太郎を見た。古河公方家は、もとを正せば鎌倉公方家であることに違いないが、いまでは公方の称ですら虚飾にすぎぬものを、なにゆえ小太郎は、鎌倉公方などと、ことさら大仰《おおぎょう》に言うのか。

「鎌倉公方さまにあらせられる」

小太郎は繰り返した。その光沢に富む双眸が、何事かを強く訴えようとしていると察した氏直は、氏姫へ視線を戻す。

氏姫はいまだに立ったままではないか。こちらを見下ろしたまま、なぜ座らぬのか。

ふいに、氏直の口が、小さく開かれた。喉奥で、あっと言ったのである。

その微かな声を聞いたのは、小太郎だけであった。ふたたび目を合わせてきた氏直に、小太郎はうなずいてみせた。

氏直は、にわかに立ちあがると、上段之間から降りて、氏姫の後ろへ回り、そこにおのれの座を移した。列座の誰もが、あっけにとられる。

「父上、何をしておられる。公方さまの御前にござりまするぞ。座をお譲りなされよ」

截流斎に向けて発せられた氏直のそのことばに、皆はさらに唖然《あぜん》とした。誰よりもおどろいたのは、新九郎。截流斎である。

「狂うたか、新九郎。いまさら、誰が古河公方なんぞを敬《うやま》う。まして、女子《おなご》ではないか」

「父上、不敬《ふけい》にござろう」

「なに」

「古河公方さまは、関東八ヶ国はもとより、甲斐・伊豆、奥羽・出羽まで、東国すべての仕置をなさる御方にてあらせられる。われら北条など、そのいち代官にすぎ申さず」

「遠き鎌倉公方のころの話をもちだして、どうしようというのじゃ」

「はて、面妖《めんよう》な。公方さまは公方さまにあらせられましょう」

「何を言いたい」

「われら北条は、関東に覇を唱えるにあたり、鎌倉公方家の血筋の古河公方家を戴《いただ》き、これを大義名分として、戦《たたこ》うてきたはず。公方家と血縁となったのも、それがためだったのではござらぬのか」

「国を斬り取るには、御輿《みこし》が必要であることぐらい、そなたも判っておろう。御輿は、用済みとなれば捨てる」

「北条は、御輿を捨ててはおりませぬぞ。五代古河公方義氏さまご逝去《せいきょ》のみぎり、龍姫さまには御名《おんな》を氏姫さまと改めさせ、家督を嗣《つ》がしめたは、誰であったか。ほかならぬ父上と、この北条氏直にござる。北条は、氏姫さまを六代古河公方と認めており申す」

「それは……」

截流斎は返答に窮《きゅう》した。龍姫を六代古河公方とすることを、提案したのは北条幻庵であったが、これを最終的に、北条氏の総意として認めたのは、当主の氏直と後見の截流斎だったのである。飾り物にすぎずとも、また女であろうと、現実に公方と認めているからには、両人が氏姫を上座に戴くのは、当然のことといわねばならぬ。

「父上」

氏直が再度、上段之間を氏姫に譲るよう、截流斎を促す。

なかば憤然と立ちあがった截流斎は、上段之間から降りて、氏姫の背後へ回り、氏直の横に座した。

（やはり、暗愚ではなかった）

小太郎は、こちらの意を推し量って、沈黙のうちにみずから決断し、期待以上の見事な振る舞いをみせてくれた氏直を、見直さずにはいられなかった。降伏か全滅かという土壇場に至って、氏直ははじめて父親の顔色を窺うのをやめたのである。截流斎という目の上の瘤《こぶ》さえなかったら、あるいは氏直は、いまとは違う方向へ北条氏を導いていたやもしれぬ。

氏姫が、上段之間に着座した。

これから何事が始まるのかと固唾《かたず》を呑む北条氏の諸将を、氏姫は、ゆったりと眺め渡してから、その視線を、最後に当主の顔でとめた。

「左京大夫《さきょうのたいふ》」

氏直を官名でよびすてる。

応じて、氏直も頭を下げた。

「公方の名をもって命ずる。小田原城を開き、降伏いたせ」

「北条左京大夫氏直、公方さまのご下命、恐懼《きょうく》して、しかと承ってござる」

列座一同、おどろきのあまり、腰を浮かせた。ついに氏直が降伏の意を明らかにしてしまったのである。

「新九郎」

ふたりの怒声が、同時に発せられた。截流斎と氏照である。

「ご両所。公方さまの御前で、なんたる無礼か」

これは氏規であった。

氏規もまた、小太郎が氏直に向かって、氏姫を鎌倉公方と二度まで称したとき、その意図を察したのである。

味方の中で、自分より上の存在から、降伏を言いだしてほしい。きっとそれが氏直の望みであったのだ。そのことを、小太郎は看破していたのであろう。北条氏当主の氏直にとって、上の存在といえば、頑《かたくな》に徹底抗戦を口にしつづける截流斎しかいない。そこで小太郎は、古河公方を引っ張りだしてきた。古河公方は忘れ去られた存在でも、決して消滅したわけではない。氏直が語ったように、北条氏自身の認めた六代古河公方氏姫が、現実にこうして生きている。認めた以上は、東国仕置の決定権もまた古河公方に帰すという論法は、正当といわねばなるまい。

（新太郎兄上はまことご慧眼《けいがん》であった……）

この場にいない安房守氏邦のことを、氏規は思った。

風魔の小太郎は、見かけと違《ちご》うて、思慮深く、つむりもまことによい。小太郎を気に入っている氏邦が、そう言ったことがあったのである。

「茶番《ちゃばん》じゃ。降伏などするものか」

「女子は双六《すごろく》遊びでもやっておれ」

截流斎も氏照も、具足を鳴らして立ちあがり、恫喝《どうかつ》するように氏姫を睨みつけた。

列座の諸将のうち、截流斎と氏照に賛意を示して、同じように声を荒らげたのは、四、五名にすぎぬ。余《よ》の多くは、ざわつきはしているものの、われから意見を口にしようという者はいなかった。もはや、降伏開城に大勢は決している。

「截流斎。陸奥守」

氏姫の発した、高く、よく透《とお》るその声が、皆を黙らせた。

「両人とも不服か」

と氏姫は訊いた。

「不服に決まっておろう」

「申すまでもないわ」

氏照などは、左手に引っ提《さ》げた太刀を、いまにも抜きそうな勢いであった。

「謀叛《むほん》である」

氏姫がきめつけた。

「な、何を……」

あいた口の塞《ふさ》がらぬ截流斎であった。

「小太郎。両人を捕らえよ」

打てば響くように、小太郎が大音を発する。

「出合《であ》え」

すると、どこに待機していたのか、大広間周辺の廊下に、忍び装束の者らが続々と現れ、そこに整然と折り敷いた。風魔衆である。

「おのれ、助五郎。おぬしの策であるな」

この場合、氏照が氏規を疑うのも当然ではあったろう。だが、氏姫の毅然《きぜん》とした声が、それをきっぱりと否定する。

「古河公方たる妾の意志じゃ」

女に虚仮《こけ》にされたという思いを湧かせた氏照は、太刀をすっぱ抜き、鞘を投げ捨てた。

太刀は上段に振りあげられる。すかさず小太郎が、氏姫と氏照の間へ、巨軀を割って入らせた。氏照の両腕は、太刀を振りあげたままで、ぶるぶるとわななく。

「退《の》くのじゃ、小太郎」

と命じたのは、氏姫である。

小太郎は、背中に、氏姫の強烈な意志を感じ、ここはまかせるほかないと覚悟し、退《しりぞ》いた。

「陸奥守どの」

氏姫の口調が穏やかなものになる。

「妾は北条の女」

「なに……」

「妾が、氏綱公ご息女の血を享《う》けし義氏を父に、氏康公ご息女を母にもつ者であることを、お忘れか」

両親とも北条の血であればこそ、女ながらも氏姫を六代公方としたことが、氏照にも思い起こされた。

「関白が、徳川どのの進言を容《い》れて、美濃守どのを使者に立てたは、決して降伏開城を望むからではござりますまい。美濃守どのとの骨肉《こつにく》の口論から、截流斎・陸奥守ご両所が一層依怙《いこ》地《じ》になられることを、看破していたに相違ござりませぬ。ご両所から、最後の合戦を挑めば、それこそ関白の思うつぼ。そこまで至れば、徳川どのも余の誰も、籠城勢の助命嘆願など、したくとも叶わぬこと。関白に命ぜられるまま、籠城勢を皆殺しにし、小田原城を跡形もなく取り壊すことにござりましょう。さすれば、安房守どのをはじめ、これまで軍門に降《くだ》った人々にも、関白からどのような沙汰が下されるか、おのずから察せられましょう。北条氏がすべて滅んでしまうなど、妾はいやでござりまする。降伏することで、多くの命が助かるのなら、どうして恥じることがありましょう。降伏はむしろ、関白の望みを絶つことにもなりまする。それを敗北とは申しますまい。いかに、陸奥守どの」

次いで、氏姫は、截流斎を見た。

「おこたえくださりませ、截流斎どの」

いつしか、氏姫の両目は涙でいっぱいである。

若き女人の身が、阿修羅《あしゅら》のような形相《ぎょうそう》の猛将氏照と白刃《はくじん》を前に、いささかも怯《ひる》むことなく、北条氏を思う心を烈々《れつれつ》と、そして切々《せつせつ》と訴えかけるその姿は、列座の男たちの感情を強く揺さぶらずにはいられなかった。中には、もらい泣きする者もいた。

「父上。叔父上」

両人を仰ぎ見る氏直の双眸も濡れていた。

截流斎は、列座を見渡した。すると、一同揃って、深々と頭を下げる。氏直の決断を受け入れるという意思表示であることは、明白であった。

氏照も、それを感じ取り、振りあげていた太刀を、静かに下ろした。

「源三。北条百年の幕切れにふさわしいではないか」

截流斎が、ふっと笑った。

「兄者。それは、いかなる意味か」

「われらが祖早雲公は、堀越公方足利茶々丸さまを討ち奉って、関東へ雄飛《ゆうひ》なされた。そしていま、われらは、茶々丸さまと同族の古河公方氏姫さまのご説諭《せつゆ》を奉じて、終焉《しゅうえん》を迎えるのじゃ。因果《いんが》はめぐると申すが、まことよの」

「兄者。氏姫さまを、茶々丸ごときと比べるでない」

氏照は、その場に、あぐらを組んで、床へ両拳を置き、さらにひたいをすりつけた。截流斎も、これに倣《なら》う。

「公方さま。われらが無礼の段、何卒《なにとぞ》ご容赦願わしゅう」

すると、氏姫は、上段之間から降りて、ふたりの手をとり、微笑んだ。

おもてをあげた截流斎と氏照も、笑みを返す。兄弟揃って、どこか安堵《あんど》したようすである。重すぎた荷をようやく下ろすことができたかのようであった。

「小太郎」

截流斎は、この舞台を策したであろう張本人に、声をかけた。

「亡き幻庵どのが風魔衆を恃みとされていたことが、いまにしてよう判った」

「恐れながら、安房守さまのお智慧《ちえ》にてござる」

間髪《かんはつ》を入れず、小太郎はそうこたえた。

「なるほど、そうであったか」

「新太郎め……」

兄弟は、さもありなんとうなずいた。

氏規も、すすみ出て、兄たちのそばへ座った。

「ようご決心くだされた」

うむ、と小さく截流斎は唸《うな》ってから、居住まいを正した。

「使者どのに申し上げる」

氏規も、威儀《いぎ》を正す。

「承る」

「降伏開城は承諾いたすが、条件が三つござる。ひとつめは、殿のお命を救うていただきたい」

「父上」

すぐに氏直が、かぶりをふるが、氏照から目で制せられる。

「二つめは、籠城軍全員と、すでに軍門に降りし者らの助命。もとより、この截流斎と、北条陸奥守、松田尾張守はその限りではござらぬ」

氏照は当然のようにうなずいたが、憲秀のほうは蒼ざめた。

「三つめは、小田原城を毀《こぼ》つことをご容赦願いたい」

「畏《かしこ》まった。いずれも必ず叶うよう、身命《しんめい》を賭《と》して、関白に言上仕る」

「使者どの。関白には、それがしの申したことのみを、お伝えくだされよ。決して、余計なことは口にいたされるな」

氏規は、截流斎と氏照の助命も願い、おのれが身代わりとして処刑される覚悟であった。そういう弟の心を、兄截流斎は瞬時に見破ったのである。

「よくよく思慮なされば、判ることでござろう」

どうあっても、截流斎と氏照の助命を秀吉が許すはずはないのである。氏規が身代わりになるなどと言えば、秀吉は機嫌を損ね、新たに北条氏への怒りを湧かせ、戦後処理を厳しいものにするであろう。また、今後は秀吉政権下で生きねばならぬ氏規自身、それを口にしたが最後、後々まで祟《たた》られ、辛《つら》い晩年を強いられることは明白である。

截流斎の思慮の一言が、氏規をして、たちまちのうちに、そこまで思い至らしめた。

「ご忠言、肝に銘じましてござる」

必死になって、声のふるえを抑《おさ》えながら、氏規はこうべを垂れる。

その肩へ、氏照が手をおいて、一度、強く揺すった。弟への万感《ばんかん》の思いをこめた手であったろう。

（おれは……）

小太郎は、ちょっと後悔した。北条兄弟の中で、氏邦以外はあまり好《この》もしく思っていなかったのだが、截流斎も氏照も氏規も、花も実もある清々《すがすが》しき男たちであった。

それと同時に、羨《うらや》ましくもある。両親を失い、兄弟もひとりもいない小太郎には、こんな肉親の情愛に包まれた光景は、眩しいばかりであった。

「使者どのを城外まで送ってしんぜよ」

と氏姫に命じられ、小太郎は氏規に寄り添った。

籠城軍の中には、秀吉からの降伏勧告の使者として入城した氏規を、裏切り者と憎んでいる者がわずかながらいる。そういう者らも、小太郎と風魔衆が警固についていては、恐ろしくて手を出せぬ。

小太郎は氏規を、無事、城門の外まで送り届けた。

別れ際、氏規が頭を下げる。

「小太郎。公方さまのこと、礼を申すぞ」

「安房守さまのお智慧と言ったはず。おれは公方さまを連れてきただけだ」

「そういうことにしておこう」

氏規はひとり、小太郎の爽《さわ》やかな心事を見抜いていた。

氏姫を切り札にするという策に、安房守氏邦は関与していまい。必ず小太郎一人《いちにん》より出たものであろう。だが、身分軽き忍びの者の策略にのせられたとあっては、截流斎と氏照の誇りは傷つく。そこをわきまえた小太郎は、両人に向かって、とっさに、安房守さまのお智慧と言い抜けたのに違いないのである。

「風魔衆は、行く末、いかがいたす」

「まだ決めていない」

「この先、わしに為《な》せることなど、たかが知れていようが、頼ってまいれ。できる限り、力になる」

「無理をなさるな。美濃守さまこそ、これから秀吉の下で大変だ」

「そうであったな……」

氏規の眼《まなこ》に映る松明《たいまつ》の炎のゆらめきが、この武人の前途の多難さを暗示しているかのようであった。


小田原城の門が、内側から開かれたのは七月五日。往く夏を惜しむ蟬たちの鳴き声が、耳に痛いほどの日の朝であった。

北条氏直は、弟の氏房を伴い、滝川雄利《たきがわかつとし》の陣所へ出向いて、降伏した。

秀吉は、截流斎の出した条件を、すべて呑んだ。当初は秋霜烈日《しゅうそうれつじつ》の処分を期していた秀吉も、おもに東国の大小名衆が挙《こぞ》って、百年の永きにわたり関東に名を馳せた北条氏を惜しむ声をあげたので、これをはねつけることはできかねたのである。

こういう場合、当主を切腹させるのは当然のことなのだが、氏直については、家康の女婿《じょせい》でもあり、罪一等《つみいっとう》を減じ、高野山《こうやさん》へ追放という処置を、秀吉はとった。そのうえで、督姫とは即日離縁を命じた。

七月二十日に高野山へ向けて出立《しゅったつ》した氏直には、叔父氏規、弟氏房をはじめ、一族と家臣合《がっ》して三百人が従った。この翌年の二月に、しかし、氏直は罪を許され、一万石の大名に取り立てられたものの、十一月にはあっけなく病没してしまう。三十歳であった。実子のいなかった氏直の跡を継いだのは、氏規の子氏盛《うじもり》だが、遺領のうち相続できたのは四千石にとどまった。

氏規もまた、赦免《しゃめん》されて、河内国《かわちのくに》にはじめは二千石、次いで五千石を加増《かぞう》され、こちらは落城後十年を生きた。秀吉に仕えた間の氏規の奮闘には、涙ぐましいものがあったに違いない。なぜなら、死に臨んで、その遺跡を氏盛に継がせることを秀吉に認めてもらい、北条宗家を、合して一万一千石、ふたたび大名に復帰せしめることに成功したからである。この氏盛が、のちの河内国狭山《さやま》藩の初代藩主となり、狭山藩は明治初年の廃藩置県《はいはんちけん》まで存続する。

降伏開城後、小田原城下の医師田村安栖《たむらあんさい》の屋敷で、秀吉の沙汰を待っていた截流斎と氏照には、七月十一日、即日切腹の命令が下された。

松田憲秀と、松井田城主大道寺政繁も同断であった。憲秀は、宿老筆頭でありながら、当主氏直を蔑ろにして、截流斎・氏照を支持しつづけたこと、政繁については、やはり抗戦派の急先鋒でありながら、北国勢に降伏するやいなや、誰よりも先んじて道案内役をつとめたその卑怯未練《ひきょうみれん》の振る舞いが、秀吉を激怒せしめたのである。

截流斎と氏照は、従容《しょうよう》として、処刑の場に臨んだ。その見事な切腹のようすは、さすが北条早雲の血筋であると上方勢に称賛された。介錯《かいしゃく》をつとめたのは、氏規である。

吹くと吹く　風な恨みそ　花の春
もみぢの残る　秋あればこそ

天地《あめつち》の　清き中より　生まれきて
もとのすみかに　かえるべらなり

前者は、京都の三条西公条《きんえだ》に幾度も自詠《じえい》を送っては添削《てんさく》を願ったほどの截流斎、後者が、北条氏軍団の象徴として戦場を馳駆《ちく》しつづけた氏照、それぞれの辞世《じせい》の句であるという。

早雲・氏綱・氏康・氏政・氏直と五代百年にわたって関東を席巻《せっけん》した戦国の名門は、ここに滅んだ。

「何方《いずかた》に仕えるも勝手次第《かってしだい》」

となった北条の旧臣たちは、いったいどうすればよいのか。風魔一党七十名を率いる小太郎もまた、その決断を迫られていた。

朝な夕なに、ようやく涼しい風が吹きはじめた。この関東の大地が、次にあるじとして迎える者は、徳川家康である。

第五章　江戸の風波《ふうは》

一

紫紺《しこん》の空に、仄《ほの》かな光を感じられるのは、夜明けが近いせいであろう。それでも、沈みゆく月は、寒気のきつさゆえか、まだ凄愴《せいそう》ともいえるほど冴えている。

風が強い。月は、脚の速い雲のまにまに見え隠れし、台地上に築かれた常陸府中《ふちゆう》城もわななないて見える。

こんな日、一層気をひきしめて、火の要心にあたっていたつもりの宿直《とのい》兵たちであっただけに、城内の数ヶ所からほとんど同時に火の手があがったとき、わが目を疑った。

「付け火だ」

折からの烈風が、火をあっという間に大きく燃えあがらせる。城中は大混乱に陥った。

城主大掾《だいじよう》清幹《きよもと》が、急報をうけて、寝所から出たとき、城外で鬨《とき》の声が噴きあがった。

「誰《たれ》ぞ裏切ったか」

「囲まれたのか……」

茫然と清幹は、近習《きんじゆう》たちに訊くともなく訊いた。就寝前まで、城外に敵の姿はなかったはずではないか。

「ただいま、たしかめてまいりまする」

近習のひとりが走り去る。

佐竹義宣《よしのぶ》は、ここから七里ばかり北方の水戸《みと》城を攻囲しはじめたばかりのはず。那珂川《なかがわ》と千波湖《せんばこ》の水に守られた水戸城は容易に落とせまいし、城主江戸重通《えどしげみち》とて、藤原秀郷《ふじわらのひでさと》七世の孫通直《みちなお》以来の名門の誇りにかけて、佐竹軍に必死の抵抗を試みるであろう。とすれば、義宣が府中城へ攻め寄せてくるまで、しばらくの猶予があると清幹は安心していたのである。

大掾氏は、遠祖平国香《たいらのくにか》が常陸大掾に任じられて以来、その官名を氏としており、江戸氏よりもなお名門であった。その驕《おご》りと、十八歳という清幹の若さが、甘さを生んだのはやむをえまい。

ほどなく戻ってきた近習は、城が包囲されているどころか、佐竹軍の総掛かりの始まったことを告げた。

「義宣は早くも水戸城を落としたと申すか」

ますます信じがたい思いの清幹である。

「判りませぬ。ただ寄手《よせて》には、義宣だけでなく、鬼も出張ってきているようだと皆が申しております る」

その場に居合わせた者らが、一様に身をふるわせ、清幹の顔色を窺った。

鬼とは、義宣の父の常陸介義重《ひたちのすけよししげ》をさす。

佐竹義重は、政治・外交に並々でない手腕をふるうばかりか、いくさにおいても鬼義重の異名をとる猛将なのである。家督を嗣《つ》いだ義宣も、父譲りの麒麟児《きりんじ》だが、清幹より三歳の年長にすぎず、義重ほど恐ろしくない。

清幹は、不安げなようすの家来たちを睨みつけた。

「猿の尻を嘗《な》めるような恥知らずに、この大掾清幹が負けるものかや」

関東の大名衆の中で、もっとも早い時期に豊臣秀吉に誼《よしみ》を通じたのは、佐竹義重である。その行動は、のちの秀吉の小田原参陣要請にすら応じなかった江戸氏や大掾氏の目には、当然ながら無節操なものと映った。だが、かれらは、そういう先見の明と果断さが足らぬゆえに、いまや秀吉から常陸一国の支配権を認められた義重・義宣父子に、滅ぼされようとしているのである。

清幹の発した強気のことばに虚《むな》しい響きを感じた家来は、ひとりふたりではあるまい。

「甲冑《かっちゅう》をもて」

と清幹が命じたころには、早くも府中城の大手門は破られていた。

雪崩《なだれ》をうって城内へ乱入する佐竹軍と入れ違いに、黒影の群れが城外へ走り出た。佐竹軍は、しかし、その群れのために道をあけている。

城内に忍び込んで付け火をした者たち。小太郎と風魔衆であった。

先頭を往《ゆ》く小太郎は、総掛かりの軍勢の背後へ出たところで、ちらりと振り返った。府中城が轟然《ごうぜん》と音たてて炎上している。そこだけ、いち早く朝がきたような明るさであった。

小太郎が、報告のため、佐竹軍の本陣へ出向くと、これを引見した義重は、感嘆の声をあげた。

「さすが風魔衆よ」

永く北条氏と戦いつづけた佐竹氏は、言うまでもなく風魔衆には散々に悩まされた。それだけに、味方につけると、これほど頼もしい者どもはいなかった。電光石火のごとく水戸城を落として江戸重通を逐《お》うことができたのも、風魔衆の活躍あればこそであった。

しかし、風魔衆は佐竹氏に召し抱えられたのではない。常陸国の争乱を憂《うれ》える鴻巣御所《こうのすごしょ》が、佐竹氏にこれを統一させて安寧《あんねい》をもたらすため、風魔衆を遣《つか》わし、合力《ごうりき》させたものであった。

「小太郎。仕えてみぬか」

と義重は誘った。

「父上」

若々しいおもてに、眉根《まゆね》を寄せて、すぐに諫《いさ》めたのは義宣である。

「このような異形の者を召し抱えるは、災《わざわ》いのもとにござる」

「なればこそではないか。災いをうけるのは、小太郎の敵となった者だ」

どうじゃ、小太郎、と義重がさらに勧める。

「窮屈であろうゆえ、佐竹の禄《ろく》を食《は》めとは言わぬ。この義重一人《いちにん》に仕えよ。仕えてのち、わしを気に入らぬときは、いつでも見限るがよい」

北から奥州伊達氏、南から小田原北条氏という、東国の二大勢力に圧迫されつづけながら、常陸一国をほぼ制圧したほどの名将佐竹義重が、忠節をもとめぬ主従関係を口にしたのである。小太郎にとって、破格の申し出というほかない。

しかし、義宣が難色をしめしたように、佐竹では当主も家臣たちも風魔衆をきらっていることが、小太郎には手にとるように判る。敵にまわして怖い者は、味方につけるに限るという義重のような器の大きさを、かれらにまでもとめるのは、どだい無理な話といえよう。

それだけに一層、義重に惹《ひ》かれる小太郎ではあった。

（幻庵さまに似ている……）

北条氏時代の風魔一党も、寄親《よりおや》の北条幻庵が自由裁量を与えてくれなければ、あれほど敵を恐怖せしめる迅速、かつ存分の働きをしめすことはできなかったであろう。

思えば、湛光風車の術数と北条氏の滅亡だけが、風魔一党に分裂をもたらしたわけではない。峨妙の横死《おうし》以前、幻庵の卒した時点で、一党の結束は崩れてしまったというべきなのであろう。幻庵の跡を嗣いだ北条氏隆は、小心で凡庸《ぼんよう》にすぎた。

義重のような男にこそ仕えたい。だが、それはなるまい。小太郎には守らねばならぬ人がいる。

「われらは鴻巣御所に仕える者」

それを、義重への返辞とした小太郎であった。

「鴻巣御所には、わしから言上いたそう」

あきらめきれず、なおも言い募る義重であったが、

「ご容赦を」

小太郎がひたいを地にすりつけたので、太い吐息をついた。ひどく残念そうである。

「相判《あい》った。なれど、小太郎よ、いつかまた力をかしてくれようか」

小太郎は、おもてをあげた。

「常陸介さまのお頼みとあらば、できうる限りの合力をお約束いたす」

見交わし合う義重と小太郎の顔は輝いた。曙《あけぼの》の光が射し染めたのである。

二

古河城の南東十丁ばかりのところに、鴻巣とよばれる谷に囲まれた台地があり、そ

こに古河公方の御座所が建てられている。

代々の古河公方は、戦時には古河城に籠もるが、平時はこの鴻巣の館《やかた》に起居《ききょ》した。細川軍駐留のさいは城で暮らした氏姫も、北条氏が滅んだので、鴻巣の館へ戻った。戻る直前、氏姫は秀吉の訪問をうけている。北条氏を滅ぼしたあと、瞬く間に奥州をも平らげた秀吉が、帰京の途次に立ち寄ったのである。八月半ばのことであった。

天下人《てんがびと》豊臣秀吉が来城するというので、古河公方家の奉公衆は、大歓待せねばならぬと、上を下への大騒ぎとなった。かれらの多くは、心をはずませた。かねて細川幽斎を通じて、秀吉から厚情をしめされているので、北条氏に奪われた公方御料所の回復や、氏姫に大大名家より婿《むこ》を迎えるなどといったことを、期待したのである。

そういう中、当の氏姫ひとりが冷静であった。

(天下を取るような男が、さまで人の好《よ》いはずはない……)

公方家奉公衆の考えうる限りの贅《ぜい》を尽くしたもてなしを、秀吉側近の石田三成《いしだみつなり》が一言で片づけた。

「いなか臭《くさ》いことよ」

ことさらに非難がましいことを口にしたのは、三成の性格であったろうが、これは致し方のない現実でもあった。関東武士の生活というものは、この戦国末期の段階に到っても、おおげさに言えば、衣食住すべてにおいて鎌倉期とさして変わらなかったのである。だから、贅沢《ぜいたく》といっても、思いつくことにも物質的にも、範囲はきわめて狭小《きょうしよう》であったというほかない。対して上方は、瀬戸内《せとうち》航路を通じて、遠く海外の文化までもたらされる先進地域である。まして、京都に、あらゆる楽しみの聚《あつ》まるという意で、絢爛《けんらん》豪華な聚楽第を建てたほどの秀吉からみれば、関東武士のもてなしなど、屁のようなものであったろう。

ただ、秀吉自身は、機嫌を損ねたようすはまったくなく、終始にこやかであった。

そして、秀吉は、帰り際に、古河公方家に対する沙汰《さた》を下した。

「古河城をただちに破却《はきやく》いたし、氏姫には鴻巣の館を与え、堪忍分《かんにんぶん》として三百石余をとらす」

古河公方の居城である古河城を破却するということは、古河公方家そのものの存続をゆるさぬという意味にほかならぬ。また、堪忍分とは、主君が臣下の遺族や客分、もしくは改易《かいえき》した武士などに給付する生活費をいうが、氏姫の場合、古河公方家改易によってという立場であろう。

古河公方家が北条氏の庇護《ひご》下にあった事実に照らせば、改易はむしろ当然で、堪忍分の給付に到っては秀吉の温情というべきであった。だが、もっと甘い夢を見ていた奉公衆は、奈落の底へ突き落とされたような絶望感にうちひしがれた。

「のちのことは、この者の指図《さしず》に服《したが》うがよい。万端《ばんたん》、まかせてあるゆえ」

と秀吉が紹介したのは、曾呂利新左衛門であった。

古河公方家の中で、新左衛門が秀吉麾下《きか》の忍び集団の首領と知るのは、小太郎と関わりの深い氏姫と庄甚ぐらいなものである。余の者は、秀吉の寵臣のひとりと思っただけであった。

奉公衆に屈辱を味わう暇《いとま》も与えぬほど、手際よく古河城を破却した新左衛門は、その仕事を了《お》えた日の夜、鴻巣の館に氏姫を訪ねてきた。

「お人払いを」

と新左衛門が願い入れるので、氏姫はそのとおりにした。

「御所さん」

新左衛門は氏姫にそう呼びかける。鴻巣御所の意である。

「関白さんが給《たまわ》った堪忍分、客分ゆう意味やさかい、そこんとこ、思い違いあそばしたらあきまへん」

「なにゆえの客分じゃ」

客分となれば、捨扶持《すてぶち》ではないから、有事《ゆうじ》のさいは命を抛《なげう》たねばなるまい。古河公方家の存在を認めていた北条氏の滅んだいま、氏姫も奉公衆も、もはや無力の者たちである。

「風間《かさま》小太郎の力を借りとうおます」

にいっ、と新左衛門は笑った。

「小太郎は妾《わらわ》の家来ではない」

「家来でのうても、御所さんの仰《おお》せられることには、小太郎は服いまっしゃろ。というより、小太郎を働かせることがでけるのは、この世で御所さんのほかにおられしまへん」

「いやじゃと申せば、なんとする」

「御所さんもご奉公衆も死んでもらわななりまへんな」

おそろしいことをさらりと言ってのけた新左衛門であったが、氏姫がきょとんとして瞶《みつ》め返しているので、訝《いぶか》った。聞きづらい上方ことばで、聞き取れなかったのであろうか。

「その前に、新左衛門。そのほうが死ぬ」

途端に、背筋に悪寒《おかん》の走るのをおぼえた新左衛門は、五体を前へ転がすや、氏姫の背へまわってはりつき、その細首に左腕をまわした。転がりながら抜いた腰挿《こしざし》の刀身が、右手の先で、短檠《たんけい》の明かりをきらりとはじいた。

しかし、前を見て、新左衛門はうろたえる。いま自分が座していた場所に、背後より迫った気配の主《ぬし》は、なんと猿ではないか。

「うっ……」

だしぬけに、後ろから右腕を捻《ひね》りあげられ、腰挿を取り落とした。不覚というほかない。新左衛門の躰《からだ》は、抱きあげられ、物凄い力で放り投げられた。

床へ強《したた》かに叩きつけられた新左衛門は、そのまま滑って、部屋の一方の壁にぶつかってとまった。

巨影が歩み寄る。

「ま、待っとくんなはれ、小太郎はん」

半身を起こした新左衛門は、降参の態《てい》で両手を突き出した。

「今夜は殺さない。あんたには、ふたつ借りがあるからな。これで、ひとつ返した」

小太郎は、まじめな顔をして言った。

「わいが小太郎はんに、貸しがふたつもある。はて……」

新左衛門にはいっこうにおぼえがない。

「沼津三枚橋城の土蔵だ。親父どのの死を知らせてくれた」

「それは、貸し借りゆうようなものやないが、まあよろし。で、いまひとつは」

「拷問を解かせた」

「そやった。それは、貸しになるやもしれへんな」

「二度と姫にかまうな。去《い》ね」

「そうゆうわけにはいかへんのやで、小太郎はん」

よろしいやろか、と新左衛門は自分が初めに座していたあたりを手でしめした。直《なお》ってもよいかと氏姫と小太郎の両方に伺《うかが》いを立てたのである。

「直るがよい」

氏姫がゆるした。

「かたじけのうおますな」

ふたたび氏姫の御前に座をとった新左衛門だが、自分を横合いから眺め下ろす位置に小太郎もあぐらを組んだので、苦笑する。風魔の小太郎とひとつ部屋にいて、闘おうとするばかはいまい。

「ふうじん」

氏姫によばれて、猿がその傍《かたわ》らにちょこんと座った。

「姫。ありていに申し上げる」

新左衛門は、上方ことばをやめた。

「関白殿下は、姫のなされようをご不興にあられた」

「妾が何をしたと申す」

「北条截流斎と陸奥守に降伏、開城を決意いたさせたことにござる」

「北条も上方勢も多くの討死を出さずに済んだことが、秀吉は不興であったのか」

「さよう。殿下は、北条氏を完膚《かんぷ》なきまでに叩き、小田原城も打ち壊すことを望んでおられた」

「なにゆえ秀吉は、そこまで北条を憎む」

「北条を憎むのではござらぬ」

「姫」

小太郎が割って入った。

「秀吉が最も恐れる者は、徳川家康。北条征伐は、家康の力を弱める好機でもあった」

そのまま小太郎は、新左衛門に代わって、北条氏攻めにおける秀吉の隠された狙いを語ってきかせる。

秀吉が、この大合戦において、家康を先鋒《せんぽう》に指名したのは、北条氏との地理的、人的な関わりだけが理由ではない。関東の覇者と真っ向から激突させることで、徳川の兵力を大きく減じ、それと同時に、北条氏の恨みを家康に向けたかったのである。なればこそ秀吉は、房総方面へ進軍した家康が、諸城を落とすにさいし、強攻を命じられたにもかかわらず、できうる限り戦闘を避けたことを、手ぬるいと怒った。上州・武州方面で家康ほどには戦闘を避けなかった前田利家を、戦時中にもかかわらず譴責処分にしたのも、実は家康に対するみせしめであった。もし最後の小田原城総掛かりで、真っ先の突撃や激戦を厭《いと》うようなら、戦後、家康を厳罰に処すつもりの秀吉だったのである。いかに諸侯に一目《いちもく》おかれる家康でも、最終決戦において卑怯未練の振舞いをみせれば、一挙に信望を失う。

一方の家康も、秀吉の意図を充分に承知のうえで、北条征伐に臨んだ。山中城攻めの直前、北条氏の旧領となる関東への移封《いほう》を秀吉から命じられたときも、そのことをすでに予想していた。

戦後、勝利者として関東に入部する家康が、北条氏の残党の跳梁《ちようりよう》に悩まされることは必定《ひつじよう》である。それで大きな争乱でも起これば、領国の仕置の不行届《ふゆきとどき》を責められ、家康は窮地《ち》に立たされよう。秀吉が、かつて織田軍団の同僚であった佐々成政《さつさなりまさ》に、難治《なんち》の国と承知で肥後国《ひごのくに》を与え、国人《こくじん》たちの一揆《いつき》が起こるや、その失政を咎《とが》めて、これを切腹せしめたのは、わずか二年前のことにすぎぬ。成政の二の舞を演じないためには、関東の新しき支配者が徳川どのでよかったという声のあがるよう、北条攻めのときから、関東武士に温情をしめし、農民や町人も慰撫《いぶ》しておかねばなるまい。だから家康は、手ぬるいいくさをした。

北条征伐の裏面では、天下人と諸侯中最強の実力者が、そういう鬩《せめ》ぎ合いをしており、秀吉にとって家康を衰退へ向かわせる最後の一手こそ、小田原城強攻だったのである。

もし小田原城がみずから開かれず、北条氏に徹底抗戦の道をとられていたら、攻囲軍先鋒の家康は自軍の兵を多数損ない、同時に籠城勢を無慈悲に殺さねばならず、のちの旧北条領への入部は、殺伐《さつばつ》として、一触即発の危機を孕《はら》んだものとなっていたであろう。だが、現実は、秀吉から次々に繰り出された謀略を、家康は凌《しの》ぎに凌いで、小田原落城から一《ひと》ヶ月《つき》も経たぬ八月一日、つつがなく関東打ち入りを果たしたのである。

北条截流斎と陸奥守が降伏、開城さえしなければ、と秀吉が地団駄を踏んだのは当然というべきであった。

「だから、秀吉は不興だった。そうだろう、新左衛門」

語り終えて、最後に新左衛門に念を押す小太郎であった。

「たいしたものやで、小太郎はん。あんさん、つむりも切れる」

「受け売りだ」

小太郎は正直である。

「へえ。そこまで察していたのんは、どこのどなたはんや」

「誰でもいい」

笹箒の名まで出すことはない、と小太郎は思った。

「妾を不興と思いながら、なにゆえ秀吉は、この館と三百石余りを妾に与えた」

氏姫が新左衛門に訊くと、

「氏姫も奉公人どもも、古河城もろとも焼き殺せ。これが関白さんのご命令にござりましたのや」

というこたえが返された。新左衛門は嘘をついているようには見えぬ。

「あんたが諫止《かんし》したんだな」

言いあてたのは、小太郎である。

「まあ、そういうことでんな。理由はもう判ったやろ」

家康の力を削《そ》ぐことに腐心《ふしん》しながら、その謀略をことごとくはね返されてしまった秀吉は、天下の政治の中心たる京坂《けいはん》から遠く離れた関東へ、家康を押し込めたことを、いまとなっては裏目に出たと後悔し始めている。北条征伐ではほとんど兵を損ずることもなく、伊豆・相模・武蔵・上野・上総・下総の六ヶ国、二百四十万石の大大名となった徳川家康にすれば、存分に兵馬《へいば》を養うよき環境を与えられたといえよう。今後、豊臣政権下において、家康がますます巨大な存在となってゆくことは、約束されたようなものである。

秀吉を陰で支える曾呂利新左衛門としては、家康が関東において、さらに力をつけることを恐れている。できうることなら、領国づくりを順調なものとさせたくない。だからといって、秀吉譜代の大小名や曾呂利衆が家康に敵対しては、大戦乱へと発展しかねぬ。この場合、秀吉にも家康にも恨みをもって当然という者を、関東で暗躍させるのが、最上の策であろう。となれば、結論はやはり北条氏の残党に行き着く。残党の中で、この任に最も適した人物は、風魔衆を率いる風間小太郎のほかにありえまい。

新左衛門の凄さは、仕官や金品を餌《えさ》にしたところで飛びつくはずもない小太郎を動かすには、いかにすればよいか、それをたしかに探りあてたことであろう。氏姫だけが小太郎を動かすことができる。

新左衛門が、古河公方家の皆殺しを命じた秀吉を諫めて、かえって氏姫に鴻巣館と三百石余、正確には三百三十二石を堪忍分として与えるよう進言したのは、そういう理由があればこそだったのである。

「小太郎はんに断られたら、わいは関白さんに嘘ついたことになる。そしたら鴻巣御所さんだけやない、わいもこれや」

新左衛門は、手刀《しゅとう》をつくって、おのれの首を斬る仕種《しぐさ》をしてみせる。

「なあ、小太郎はん。あんさん、わいに、もうひとつ借りがある言うたな。厚かましいのは承知や。それ、いますぐ返してんか」

「………………」

小太郎は、返答しかねている。

口を開いたのは、氏姫であった。

「ばかじゃな、小太郎は、おとなになっても」

すまなさそうに、小太郎は頭を掻《か》く。

「意に染まぬことはせぬ。それだけのことじゃ。こやつの首をねじ切って、大坂城か聚楽第にでも放り込んでやるがよい」

氏姫が本気で言っていることは、表情から明らかであった。

（無茶言いよる姫さまや……）

新左衛門は、あきれた。が、それと同時に、氏姫が男であったら、北条征伐以前の関東の勢力図は、世人の知るそれとは違ったものになっていたやもしれぬとも思った。

「新左衛門。借りは返してやる」

小太郎は、承知した。氏姫と奉公衆の命を救うためには、承知するほかあるまい。

「ありがたいことや。このとおり」

頭を下げる新左衛門に向かって、

「条件を言う」

と小太郎が、当然のようにつづけた。

「そらあかん、小太郎はん。わいはもう、この館と三百石を、関白さんから引き出したのや。これ以上は何もできひん」

「だったら、借りは返さない」

「まさか、小太郎はん。天下人に喧嘩売るつもりやおまへんやろな」

「売ってもいいのか」

小太郎がうれしそうに異相を笑み崩したので、新左衛門はどきりとする。いざとなったら、氏姫の命だけは守りとおして、自分は秀吉と刺し違えて死ぬ。それくらいのことをやってのけられそうな男とみえたのである。

「とりあえず、言うてみなはれ」

やむをえず譲歩する新左衛門であった。

「姫の堪忍分を十倍にしろ」

「あ、あほ言うな。十倍言うたら、三千石やないか」

「三千三百二十石だ」

「できひん。できるわけがないやろが」

「では、あんたの首をねじ切ってから、秀吉に喧嘩を売る」

「わいを威《おど》すんか」

「あんたが先に姫を威した」

「ほなら、こうしようやないか、小太郎はん。あんさんには常陸太田《おおた》城へ出向いてもらう」

「佐竹義重にでも会えと言うのか」

「そのとおりや。義重、義宣父子は、心より関白さんに忠誠を誓《ちこ》うとる。そやけど、水戸城の江戸重通と府中城の大掾清幹が刃向《はむこ》うとってな、まだ常陸国内をまとめられへん。父子には北から家康に睨みをきかせてもらわなならんさかい、早々《そうそう》に江戸と大掾を始末させたいのや」

言うまでもあらへんことやが、と新左衛門は付け加える。

「関白さんはむろんのこと、わいも曾呂利衆も一切関わりのないことやで」

「秀吉の意を奉じたと言わなければ、佐竹は風魔衆を受け入れない。おれたちは佐竹の宿敵北条の忍びだったんだぞ」

「鴻巣御所さんのお下知や言えば済むことや。関東武士衆は、鎌倉公方家以来のお血筋にはまだまだ敬意を抱いてはる。佐竹の衆もいきなり斬りかかるようなことはせえへん思うで」

すでにして自分は無関係であると言いたげな、新左衛門のようすではないか。とぼけている。

ところが、小太郎の心に、不思議と怒りは湧かなかった。むしろ、親しみすらおぼえた。憎めないやつとは、新左衛門のような男をいうのであろう。

「うけた」

と小太郎は声を張った。

「わいが、早々にと言うたのを、忘れてないやろな」

「いつまでだ」

「年内に、水戸城も府中城も落としてもらいまひょ。でけるか、小太郎はん」

「そっちこそ支度しておけ、三千三百二十石」

「承知や」

満面に笑みを浮かべた新左衛門は、あらためて小太郎の小山のような座姿《ざし》を眺めやって言った。

「わいの目に狂いはなかった。やっぱり、あんさん、陽《よう》の人や」

沼津三枚橋城の土蔵でも、新左衛門からそう評されたことを、小太郎は思い出した。

何があっても皆を生かす道を選ぶのが小太郎という人間ではないか。そんなふうなことを、新左衛門は口にしたはず。

「これが成ったら、今後ともよろしゅう頼んまっせ、小太郎はん」

この瞬間、風魔の小太郎は、秀吉と家康の巨大な暗闘の渦の中へ飛び込んだのである。

そして、小太郎が佐竹父子に合力して、常陸水戸城と府中城を落とさせたのは、新左衛門との約束どおり、年内の十二月のことであった。

翌《あく》る天正十九年（一五九一）、氏姫は秀吉から、安房《あわ》里見氏のもとに永く流寓《りゅうぐう》中であった足利国朝《くにとも》との縁組を命ぜられる。国朝は、北条氏綱・氏康父子に滅ぼされた小《お》弓《ゆみ》御所足利義明《よしあき》の孫である。国朝・氏姫夫妻は、下野国喜連川《きつれがわ》に、三千五百石の知行地を与えられた。曾呂利新左衛門もまた、小太郎の思いもよらぬ形ではあったものの、約束を果たしたといえよう。

喜連川へ移ったのは良人《おっと》の国朝だけで、妻の氏姫は鴻巣館にそのまま留まった。国朝は、嫁取りではなく入夫《にゅうふ》の形であったから、立場的に強い妻と暮らす気苦労を避けることができて、むしろ悦んだ。また、この別居を秀吉はまったく咎めていない。天下人にとっては瑣末事《さまつじ》ゆえであろう、と世人もさして興味を湧かせなかった。

氏姫は、奉公衆の大半を喜連川へ移住させ、鴻巣館には日常生活に必要な人数だけを置いた。小太郎と風魔衆は、帰農者として、鴻巣館周辺の氏姫の領地に入り、ふだんは農事に精を出す日々を送ることとなった。

三

蒼々《あおあお》として広大な空に、坂東太郎《ばんどうたろう》が雄々《おお》しく立ち昇っている。

波光きらめく海上を、矢倉をもつ大船が帆走する。二千石積みといったところであろう。

左舷《さげん》方向に見えるのは、品川湊《みなと》である。

早くから開けた品川は、鎌倉府の後背地《こうはいち》でもあったことから、伊勢商人・熊野商人らと結んだ太平洋海運や、江戸湾内の廻船《かいせん》の発着港として大いに発展した。

その品川湊を、大船は通過してゆく。

この先で、品川に匹敵するほどの賑《にぎ》わいをみせてきた水運の拠点は、隅田川《すみだがわ》河口一帯であろう。河口右岸が江戸湾へ向かって突き出た砂州《さす》の付け根あたりが、浅草《あさくさ》。それより、やや遡《さかのぼ》ったところに今津《いまつ》、次いで石浜《いしはま》。その対岸には、隅田宿《じゆく》もある。

大船のめざすところは、しかし、それらの湊でもない。江戸であった。

伊勢や紀伊《きい》半島などとの往来頻繁《ひんぱん》な品川と、隅田川を通じて内陸部と通交する河口一帯の湊々という、ともに都市的性格をもつ地域によって、両者間の水運の中継点として利用されてきた江戸である。だが、いまやこの地は、たんなる中継点ではなく、関東随一の都市へと変貌を遂げつつあった。徳川家康が関東経営の本拠を江戸に定めたからである。

世の人々は、源頼朝以来の武門の聖地鎌倉か、関東の覇者北条氏が永く本城《ほんじょう》としてきた小田原か、いずれかを家康が本拠に選ぶものと思い込んでいた。それだけに、武蔵国江戸とは、意外というほかなかった。

「さすが家康よ」

と感心したのは、秀吉ぐらいのものであったろう。なぜなら、秀吉も、一も二もなく江戸を選ぶからである。

鎌倉は、新しい都市づくりをするには、あまりに土地が狭い。さらには、武門の棟梁源氏の氏神《うじがみ》、鶴岡八幡宮が鎮座するので、これを中心にせざるをえず、となると結局、鎌倉時代とあまり変わらぬ姿となってしまう。

小田原は、なお難しい。箱根山を越えられたら、簡単に敵の包囲をゆるしてしまう地形であることは、実証済みである。また、降伏、開城したことにより、巨大な城下町がほぼそっくり残されたため、これをいまから徳川氏の計画に合わせて整備し直すというのは、現実問題として不可能であろう。北条氏百年の歴史をもつ城下町に、複雑に絡み合った権益その他が存在しないはずはなく、これを反故《ほご》にしたければ、暴動を覚悟せねばなるまい。

江戸は、北条氏時代はもちろん、それ以前から支城地にすぎなかった。太田道灌以来の城と城下町は、粗末なものである。破壊も建設も思いのままといってよい。武蔵野という広大な平野を背負うので、将来の都市の拡大も容易であろう。そして、前面は、水運交通の発達した江戸湾。

ほぼ同じ条件を満たすのは品川ぐらいか。だが、品川は江戸湾のやや西寄りである。地理的に、江戸湾ばかりか、関東全体の中心といえる江戸こそ、新しい都市づくりに最適の土地なのであった。

大船の水押《みよし》の先に、江戸の海岸が近づく。

関東六ヶ国の大大名の居城ともなれば、沖合《おきあい》から望見しても立派な佇《たたず》まいと判るかと思いきや、随分と拍子抜けさせられる。江戸城はみすぼらしかった。道灌以来の城に、とりあえずの修築を、少しずつ加えているにすぎぬからである。天守もたぬ。

実は、一昨年八月の入部時から、家康が最優先させたのは城下町建設であった。まずは庶民が集住して、経済活動を行ってこそ、都市は発展するものなのである。

大規模な城郭普請を始めぬ理由は、それだけではない。京坂という中央政界から遠く離れた関東で、移封後ただちに巨城を築いたりなどすれば、その心事を秀吉から疑われるからであった。次の天下取りへの準備に違いない、と家康を讒訴《ざんそ》する者が出ることは必定であろう。家康は、へまをしない男であった。

そんな小さな江戸城を、大船の矢倉から、面白そうに眺めやる若い男がいる。末吉《すえよし》孫左衛門《まござえもん》という。

末吉家は、摂津国平野郷《せっつのくにひらのごう》の豪族である。平野郷は、七名家《しちめいか》とよばれる門閥《もんばつ》家によって、堺のような自治組織がつくられ、商業を盛んにして都市的発展を遂げた。七名家中、最も有力であった末吉家は、本家が東末吉、分家は西末吉を称して、ともに豊臣秀吉から平野の代官に任じられた。別して、西末吉の勘兵衛《かんべえ》は、器量を見込まれ、河内国でも代官職に抜擢《ばってき》された。商業活動を拡大した勘兵衛は、廻船業を興《おこ》すと、秀吉のみならず、家康からも領内諸港出入り自由の朱印状《しゆいんじよう》を与えられ、両権力者へ巧みにとりいった。その勘兵衛の養嗣子が、孫左衛門である。

勘兵衛はいま、軍需物資輸送のため、肥前名護屋《ひぜんなごや》へ赴いている。朝鮮出兵が開始されたからであった。

秀吉が朝鮮出兵を決めたとき、勘兵衛は孫左衛門に言いきかせている。豊臣政権は短命に終わる、心しておけ、と。

次の天下人を徳川家康とみる勘兵衛は、政商としての比重を、いまから徐々に秀吉から家康へと傾けてゆくつもりでいる。こうして孫左衛門が江戸へ遣わされたのも、その手始めであった。江戸城の修築と城下町づくりに励む徳川武士団と領民たちのため、食料や農業・加工業の原材料などを大量に運んできたのである。家康は名護屋へ出陣中で、留守をあずかる世子秀忠《せいしひでただ》が十四歳の年少であることを思えば、末吉父子の支援はどれほど感謝されることか。家康その人もまた、のちにこの事実を耳に入れたとき、大いに感激するであろう。

末吉船は、江戸前島《まえじま》の突端にさしかかった。江戸前島とは、陸地の南から北へ深く湾曲《わんきょく》して入り込んだ日比谷入江《ひびやいりえ》のために、湾へ突き出される恰好《かっこう》となった半島である。江戸城西ノ丸の裾《すそ》が、日比谷入江の岸まで迫っている。

江戸前島の東岸沿いに、末吉船は進む。

そのまま北上をつづければ、すでに見えている隅田川河口へ達する。上下するあまたの川舟が、孫左衛門の目に入った。

だが、江戸湊は、江戸前島の付け根のあたりである。隅田川河口までは北上しない。

「帆を畳め」

水夫頭《かこがしら》の号令に、裸同然の水夫たちが、汗を飛び散らせながら、帆を下ろし、畳んでゆく。作業が手早い。

「碇《いかり》を下ろせ」

碇も次々と下ろされる。二千石積みともなれば、碇は十数個を必要とした。

湊では、すぐに応じて、幾艘《そう》もの瀬取舟《せどりぶね》が湾上へ滑り出し、沖懸《おきが》かりの末吉船へと向かう。

当時の日本の湊のほとんどは、水底が浅くて、大船の接岸は不可能であったため、積荷は喫水《きっすい》の浅い舟に移してから陸揚《りくあ》げされた。その舟を瀬取舟という。後世の艀《はしけ》である。

末吉船に横づけされた瀬取舟に、積荷を移しかえる作業が始まった。男たちの威勢のよい懸《か》け声が、飛び交う。

孫左衛門も、奉公人らを従え、そのうちの一艘へ乗り移った。秀忠ら家康の家族へ献上する品々も、積み込んだ。

孫左衛門の荷舟が、舳先《へさき》を湊へ転じ、戻り始めた数瞬後、末吉船から悲鳴があがった。

矢倉が黒煙を噴きあげ、窓から炎の舌も出た。

炊事の者が火の始末を怠《おこた》ったのであろうか。それとも、付け火か。

「戻せ」

孫左衛門は荷舟の水夫に命じた。

「危のうおます」

「早《はよ》う岸へ着けろや」

奉公人たちが、あるじを諫め、水夫には湊の岸へと急がせた。

末吉船の船上では、皆が走り回って消火にあたりはじめる。こんなときのために、船上に天水桶《てんすいおけ》を設けてある。

瀬取舟の水夫や人足たちも、末吉船に乗り込んで力をかす。

湊の番所でも火事に気づいて、文字通りの助け舟を出し始めた。

助け舟の一艘が、乗舟の者らいずれも、末吉船の火事に気をとられるあまり、孫左衛門の荷舟も目に入らぬのか、みるみる寄ってくる。

「ばかやろう、危ねえ」

荷舟の水夫が怒鳴りつけたときには、もう遅い。荷舟と助け舟、互いの左舷が接触した。

すると、何を思ったか、助け舟の水夫も人足どもも、荷舟へと飛び移ってきたではないか。五人だ。

かれらは、荷舟の人々を全員、あっという間に海へ突き落とした。孫左衛門を突き落としたのは、左腕のない男である。

「賊や」

「盗人《ぬすっと》や」

「誰か捕まえんか」

海面に顔を出し、わめき散らす奉公人たちであったが、近くを行き交う舟でも、湊でも、すぐにそれと気づかぬ。

徳川家への献上品を積んだ荷舟は、品川方面へ遠ざかってゆく。

「つむりのええ賊やな」

ひとり、孫左衛門だけが笑った。

湊を前にした沖懸かりの荷船から、白昼堂々、積荷が掠奪《りゃくだつ》されるやもしれぬ、と誰が警戒するであろう。しかも、瀬取舟への荷の移し替え中に、である。

おそらく、賊のひとりが瀬取舟の人足に紛《まぎ》れ込んで、末吉船へ乗り込み、火を放ったものと思われる。あとは、湊じゅうが火事に気をとられ、海上に瀬取舟と助け舟の行き交う中、荷舟の一艘を奪い取るのは、たやすいことであったろう。

「逃がさへん」

奉公人のひとりが、賊たちを追跡すべく、かれらの乗り捨てていった助け舟まで泳ぎついたが、徒労であった。周到にも、舟底に穴があけられており、早くも舟の中は水浸《みずびた》しである。

四

「渺《びょう》々《びょう》たる朝露《あさつゆ》を分け入りて瞻望《せんぼう》するに、いづれの草葉《くさば》の末《すえ》にもただ白雲《しらくも》のみかかれる」

とは、尭恵《ぎょうえ》の『北国紀行《ほっこくきこう》』に記された武蔵国多摩郡中野《たまごおりなかの》の風景である。

それから、およそ百年後のこの時代でも、さしたる変化はなく、中野一帯は、日中でも物《もの》の怪《け》の出そうな寂寞《せきばく》たる大原野であった。

日暮れ近くともなれば、寒村の村人たちは皆、外出しないので、原野に感じられる生命の気配は、野生の鳥獣のものだけであった。いまも、生《お》い茂る夏草の中を、大きな蛇《くちなわ》が這い進んでいる。

蛇は、土中から突き出た棒状のものに、ゆるゆると躰を巻きつかせた。棒は、鉄製のようであり、何か飾りもついているが、すべて錆《さ》びきっている。仏塔の最上部に立てられる相輪《そうりん》か。その昔、中野には、中野長者《ちょうじゃ》が建てた七塔があったという。

蛇は、舌をちろちろ出す。その先に、小屋が見え、人声が洩れていた。

小屋の裏手は、崖になっており、三丈ほど下に谷川が流れている。

「大収穫よ」

黄色い歯を剝きだして言った男が、ビードロの酒杯に口をつけ、葡萄酒《ぶどうしゅ》を呷《あお》った。左腕がない。神甚である。

小屋の中には、神甚のほかに、十余人の男たち。全員、神甚の手下だが、ぎらついて、卑《いや》しげな顔ばかりである。

江戸湊で奪った荷舟を、江戸と品川の中間の漁村、芝《しば》の浦《うら》に着けた神甚は、そこにあらかじめ待機させておいた手下と合流し、皆で荷をひっ担《かつ》いで、この塒《ねぐら》まで逃れてきたのであった。

荷の中身は、高価な織物やら陶磁器やら、拵《こしら》えも美々《びび》しい銘刀《めいとう》やら、南蛮渡来《とらい》の珍奇な品々やら、見るのも触るのも初めてというものばかりである。

「どれもこれも高く売れるぞ」

「銭に替えたら、京の都へ遊びにいこうぜ」

「そいつはいい。いちど京女を抱いてみてえと思ってたんだ」

「京女てえのは、肌が真っ白で、いい匂いがするんだろうな」

「ちかごろ江戸で流行《はや》りの裏普請も、捨てたものじゃないらしいぜ」

江戸では、城下町づくりのため、毎日いたるところで槌音《つちおと》が響き渡っている。そういう普請場を回る遊女の一団がいて、男たちから裏普請と俗称されていた。

「裏普請なんぞ、関東の色黒の肥臭え女《こえくせ》ばっかりだろうが」

「違《ちげ》えねえ」

どっ、と哄笑《こうしょう》が湧いたのと、激しい物音が起こったのとが、同時のことであった。

小屋の戸が外から蹴倒され、緑の群れが飛び込んできた。

真っ先に反応したのは、神甚である。酒杯を投げ捨て、刀をすっぱ抜いた。

「鎌切組《かまきりぐみ》」

神甚の手下たちの幾人かが、それとみて、怯《おび》えた声を放った。

深緑色の袖無《そでなし》のぶっさき羽織《ばおり》を揃って着けた二本差《にほんざし》の男たちの姿は、まさしく蟷螂《かまきり》のように見える。蟷螂に鎌切の字もあてるのは、鎌状の前肢《まえあし》で虫を捕らえるからであろう。

新開地《しんかいち》の江戸には、関東じゅうはむろんのこと、奥羽や西国からも、仕事を求める人々がやってくる。しかも、城下町建設が主たる仕事だから、江戸への流入は、圧倒的に男が多い。必然的に、喧嘩沙汰が絶えぬ。また、領国経営の端緒《たんしょ》についたばかりとあって、警察機構も整わぬうちなので、盗み、放火、殺人などの悪事も横行する。北条氏の残党という、厄介な存在も跋扈《ばっこ》している。

それらを取り締まるために、徳川が市中へ放ったのが江戸検断組《けんだんぐみ》であった。鎌切組は、その俗称である。

鎌切組の取り締まり方は、腹をへらした子どもが、路傍の地蔵の供え物を盗んだだけで、有無を言わせず斬り捨てるほどの無慈悲さであり、江戸の人々の恐怖の的であった。

「小屋は取り囲んだ。神妙にいたせば、命だけは助けてやらぬでもない」

鎌切組の宰領らしき者が言った。

「だが、ひとりでも抗《あらが》えば、皆殺しにいたす」

神甚の手下たちも、鎌切組に抵抗するのは恐ろしい。対手《あいて》が悪すぎる。

手下たちが、それぞれの刀を差し出そうとする気配をみせた瞬間、神甚は怒鳴った。

「刀を捨てるんじゃねえ」

みずからは、足許《あしもと》にひろげてあった練貫《ねりぬき》の金摺箔《きんずりはく》の小袖を、抜き身にひっかけて、掲げてみせる神甚であった。

鎌切組の面々が、一層、殺気立つ。

「おれたちが盗んだものは、皆《み》いんな、徳川家への献上品じゃねえのか、ええ、おい、風無丹兵衛《かざなしたんべえ》よ」

と神甚はいたぶるように宰領に訊いた。

「そのほう、それがしを知っておるのか」

おどろきを隠しきれぬ風無丹兵衛である。

「まあな」

かつて武田水軍に属した神甚は、風間峨妙が頭領であったころの風魔衆と、幾度も闘った。風無丹兵衛は峨妙のそばにいることが多かった者なので、神甚はよくおぼえていたのである。

「何者か。名乗れ」

丹兵衛は、小屋内のいちばん奥にいる神甚を、あらためて瞶《みつ》めた。なかなか落ちきらぬ夏の太陽の光が、戸を失った戸枠《とわく》から流れ込んでいるので、人体《にんてい》をほぼたしかめることができる。しかし、思い出せぬ。

神甚は、名乗らず、にたりと笑い返しただけである。

「野郎ども。献上品をひとつずつ、手にするんだぜ。そうすりゃ、こいつら、斬りかかってこれやしねえ」

手下たちにも合点《がてん》がいった。情け無用のはずの鎌切組が、いきなり斬りつけてこず、神妙にすれば云々《うんぬん》と言ったのは、ここで斬り合って、徳川家への献上品の数々に傷をつけたくなかったからなのである。

手下たちは、神甚に倣《なら》って、それぞれ、手近の品をひっつかむや、刀を抜いた。形勢逆転というべきか。

「丹兵衛」

ぬっ、と戸口に立った者がいる。頭を入道《にゅうどう》にまるめ、鼻下とあごに真っ白なひげをたくわえた男であった。左目は髑髏《どくろ》を象《かたど》った眼帯の下だが、右の眼《まなこ》はどこか禍々《まがまが》しい光を湛《たた》えている。

「おかしら」

と丹兵衛からよばれたその男に、神甚は初めてまみえるが、誰であるかは察せられた。

(こいつが湛光風車だろう……)

小田原落城直前に、風魔衆の大半を徳川へ寝返らせた男だ。峨妙が頭領となる前のころにも、風魔衆を乗っ取ろうとしたことがあると聞いている。

湛光風車は、無造作に小屋の中へ入ってくると、いちばん前に出ていた神甚の手下を、抜き討ちに斬り捨てた。その者が抱え込んでいた打掛《うちかけ》も裂け、紅白段替《こうはくだんが》わりの白地の枝垂桜《しだれざくら》が、みるみる血に染まる。

「おかしら、献上品が……」

丹兵衛はあわてたが、湛光風車は眉ひとつ動かさぬ。

「何もかも血まみれにはならぬわ。残ったものを、売り飛ばすだけよ」

これには、さしもの神甚も、おどろき、蒼ざめた。徳川家への献上品を、主家のために取り戻したいのではなく、神甚と同じように売り払うつもりの湛光風車だったのである。

「殺せ」

命じた湛光風車が、背を向けて外へ出るや、丹兵衛以下、鎌切組は抜刀し、こんどは問答無用で襲いかかった。

小屋内は、たちまち、悲鳴と怒号の交錯《こうさく》する修羅場と化す。神甚の手下たちが次々と仆《たお》され、かれらの真っ赤なしぶきは、床も壁も天井も彩《いろど》った。戸口から外へ走り出る者は、包囲陣を布《し》く鎌切組の刃を、よってたかって浴びせられた。

（くそ。おれは殺《や》られやしねえ）

ひとり、神甚は、薄い板壁へ思い切り体当たりを食らわせ、外へ飛び出した。小屋の裏手は崖と承知のうえの、一か八かの逃げであった。

そのまま谷底へ落下し、神甚の躰は川面《かわも》を叩いた。夏の川は、水が少ない。川底へ打ちつけた五体に、激痛が走った。どこか骨が折れたやもしれぬ。

それでも、神甚は、下流へ向かって泳ぎはじめた。

矢雨《やあめ》が降らされ、間近の川面へばらばらと落ちてくる。神甚は振り返らなかった。死に物狂いで隻腕と両足を動かした。神崎という水辺の地に生まれ、いつも水とともに生きてきた男の、これが真骨頂《しんこっちょう》であったろう。

ついに神甚は、矢の射程圏外へ逃げきったのである。

崖っ縁《ぷち》に立って、神甚の逃れっぷりを眺めていた湛光風車へ、丹兵衛が寄ってきて告げた。

「あやつを思い出してござる」

「何者だ」

「神崎甚内と申し、武田水軍でいささか鳴らした者」

「必ず見つけだして、殺せ」

「畏《かしこ》まってござる」

湛光風車の足許に、蛇が這い寄ってきた。これを見つけた丹兵衛は、血塗《ちまみ》れの刀を突き刺して殺した。蝮《まむし》でもあるまいに、無益の殺生《せっしょう》というべきではないか。

江戸検断組と名を変えて、かくも凶暴で薄汚いことをしてのける丹兵衛ら風魔衆の姿を、小太郎が目《ま》のあたりにしたら、どう思うか。

しかし、いまや湛光風車を頭領と仰ぐかれらは、かつて北条氏百年の歴史を陰で支えた誇りを失ってしまったのである。命じられれば、小太郎に刃を向けることさえ平気であろう。

あたりには、血臭《けっしゅう》が立ち罩《こ》めていた。

五

朝鮮へ討ち入った日本軍は、たちまち漢城《ソウル》を落とし、国王を逃亡せしめるなど、緒戦から華々《はなばな》しい戦果をあげる。気分をよくした秀吉は、みずからの渡海《とかい》を計画し、最愛の母大政所《おおまんどころ》や、大老《たいろう》の徳川家康・前田利家らの必死の諫言《かんげん》にも耳を貸そうとしなかった。だが、そのさなかに大政所が病没するや、さすがにこたえて、ひとまず渡海を延期したのである。

この年は、十二月に改元の儀があり、文禄《ぶんろく》元年（一五九二）となる。

翌文禄二年の正月、家康はなお肥前名護屋に在陣中であった。今川氏の人質時代を了《お》えて三河岡崎城に復帰して以来、家康が居城以外の場所で新年を迎えるのは、じつに三十余年ぶりのことである。

あるじ不在の江戸では、しかし、新開地の槌音が熄《や》むことはなかった。

このころの江戸普請は、徳川武士団も、本多佐渡守正信《ほんださどのかみまさのぶ》の指図の下、毎日、夜明け前から普請場へ出て、人足たちに混じり、鍬《くわ》もふるえば、畚《もっこ》も担いで、お天道さまの照るうちは、ほとんど休息もとらずに働いた。

徳川氏が江戸に入部して最初の大掛かりな普請は、江戸城への物資搬入用の水路の開削《かいさく》である。江戸湊を抱える平川河口《ひらかわ》から、江戸前島の半島の付け根を横断して、江戸城の東側の外郭《がいかく》というべき日比谷入江の最奥部まで通されたこの船入堀《ふないりぼり》の名は、判らない。ただ、江戸幕府が開かれ、将軍家の侍医曲直瀬道三《じいまなせどうさん》が、堀沿いに第宅《ていたく》を賜ってのちは、道三堀《どうさんぼり》とよばれたので、便宜上、本書ではその名を用いる。

ついでながら、平川も後年、江戸城を水害から守るため、牛込見附《うしごめみつけ》あたりから東へ流路を付け替えられて、隅田川へ注ぎ込むようになる。この付け替え部分が神田川《かんだがわ》である。

突貫工事によって入部の翌年に開通した道三堀には、いくつもの河岸《かし》が設けられ、堀沿いに柳町・材木町・舟町・四日市町などが興って、大いに賑わい、江戸の町地の原型となった。

　ここでは、喧嘩、盗み、婦女への狼藉《ろうぜき》、詐欺《さぎ》同然の商《あきな》いなどといったていどの事件では、誰もおどろかぬ。それらは日常茶飯《さはん》だからであった。

　しかし、この文禄二年秋の事件は、さすがに人々の耳目《じもく》をひきつけた。兵法者《ひょうほうしゃ》同士の公許《こうきょ》を得た果たし合いなのである。

　道三堀に架《か》かる橋で、江戸城に最も近いのは銭替橋《ぜにかえばし》。名の由来は、昔このあたりで永楽銭の引き替えを行ったからという。のちに訛《なま》って銭瓶橋《ぜにかめばし》となるが、ほかにも説があり、どれもたしかではない。この銭替橋の南北の河岸道に、見物人が鈴生《すずな》りとなって、その時がくるのを、いまや遅しと待ちわびていた。

　町屋《まちや》の屋根の上でも、道三堀に浮かぶ舟々の中でも、見物人は膨れあがっている。弁当持参の者までいた。江戸城東側の土居《どい》や普請中の石垣の上から、望見する武士たちも数えきれぬ。

　公許なので、銭替橋の南北の橋詰《はしづめ》それぞれに、太縄《ふとなわ》が張られ、その内側に奉行所の役人と兵たちが居並ぶという、ものものしさであった。

　当時はまだ正式な江戸町奉行は定められておらず、駿府の町奉行であった板倉四郎《いたくらしろう》右衛門勝重《えもんかつしげ》と、近江国《おうみのくに》代官であった彦坂小刑部元正《ひこさかこぎょうぶもとまさ》が、その任をつとめていたが、両人ともみずから出張《でば》っているところをみても、この果たし合いの注目度の高さが知れよう。勝重は北に、小刑部は南に床几《しょうぎ》を据《す》えている。

堀の上空を鴫《しぎ》が掠《かす》め過ぎた。それが合図だったかのように、見物衆はどよめいた。決闘者たちが現れたのである。

北から登場した長軀《ちょうく》の兵法者は、太縞《ふとじま》の小袖に白襷《しろだすき》、繻子《しゅす》の刺繡《ししゅう》の括《くく》り袴《ばかま》に草鞋《わらじ》ばきという出《い》で立《た》ちで、腰の大小とは別に、鉄の筋金を渡した太い六角棒《ろっかくぼう》をひっさげている。門弟どもであろう、二十人ばかりの若侍を引き連れてもおり、まずは威風《いふう》堂々と評すべきか。だが、この男の顔つきはどことなく卑しい。

「恩知らず」

ふいに罵声《ばせい》を浴びせられ、門弟どもが見物衆を血走った眼《まなこ》で睨み返したが、誰が口にしたものか判らぬ。見物衆のほうも、恐れておもてを伏せる者ばかりでなく、挑むような視線を返す者が少なくない。

長軀の兵法者は、太縄を跨《また》ぎこえて、橋の北詰に立った。門弟どもは縄張り外に控える。

一方、橋の南詰に立った決闘対手《あいて》は、何もかも対照的な姿であった。樽《たる》のような躰つきの矮軀《わいく》を包むものは、みすぼらしい。鼠色《ねずみいろ》の木綿袷《もめんあわせ》も、浅葱《あさぎ》の木綿袴も、足半《あしなか》もぼろのようではないか。差料の鞘《さや》は剝《は》げ、左手にさげた木刀も、薄汚れていて、ただの短い木切れかと見紛うばかりである。むろん、従者などひとりもいない。

「負けるな」

「江戸じゅうが、あんたの味方だぞ」

「そうだ、そうだ」

こちらには、励ましの声援が圧倒的であった。

長軀は根岸兎角《ねぎしとかく》、矮軀が岩間小熊《いわまおぐま》。両人はともに、諸岡一羽《もろおかいっぱ》の高弟でありながら、故《ゆえ》あって袂《たもと》を分かったものである。

飯篠長威斎《いいざさちょういさい》を開祖とする新当流《しんとう》は、塚原卜伝《つかはらぼくでん》によって大成され、その弟子たちへと受け継がれたが、その中でも諸岡一羽は、卜伝の許しを得て、みずから一羽流を開き、常州江戸崎《えどさき》の道場において、兵法一筋に生きた人であった。だが、一羽が不治の病に冒《おか》されると、門人たちは次々と諸岡道場を見限り、最後に残ったのが根岸兎角、岩間小熊、土子泥之介《ひじこどろのすけ》という、印可《いんか》を受けた三高弟である。三人は、師匠一羽の最期《さいご》を見届けることを誓い合った。

庇護者がいないから扶持《ふち》はなし、門人もおらぬので束脩《そくしゅう》をあてにすることもできず、三人はたちまち貧困に喘《あえ》いだ。別して一羽の薬代が高くつくため、身の回りで売れるものは何でも売った。そんな生活に堪《た》えられなくなった兎角が、ある日、ついに逐電《ちくでん》する。

逃げたというだけなら、小熊も泥之介も、兎角を赦《ゆる》すことができたろう。しかし、逐電後ほどなく、兎角が小田原城下で道場を開き、微塵《みじん》流と号していることが常州まで伝わるに及んで、ふたりは怒りにうちふるえた。師匠がいまだ存生中にもかかわらず、その許しを得ずして新流派を称するなど、天をも恐れぬ裏切り行為というほかない。

その後、小熊と泥之介は、師匠を必死に看病しながら、ついには刀も脇差も売り払うという赤貧《せきひん》の暮らしを、数年間つづけた。

この間に、北条氏は滅んだが、機《き》をみるに敏《びん》の兎角は、ただちに小田原から江戸へ移って、道三堀の近くに新道場を開いた。江戸では武術道場などまだ数少ないころだから、門人はあっという間に集まり、徳川氏の武将まで名を列《つら》ねるほどの人気道場となったのである。

この夏の終わりに、一羽は死んだ。師匠の亡骸《なきがら》を葬った小熊と泥之介は、その墓前で兎角を討ち破ることを誓ったが、二対一では卑怯であるとおのれたちを戒《いまし》め、どちらが兎角と決闘するか籤引《くじび》きで決めた。結果、籤を引き当てた小熊が、泥之介を常州に残し、単身、江戸へと旅立ったのである。小熊の大刀も脇差も、居残りの泥之介が借金して覓《もと》めてくれたものであった。

右の事情が江戸じゅうに知れ渡るきっかけは、江戸へ到着するなり、小熊みずからつくった。

兵法望みの人之《これ》有《あ》るに於《お》いては、其《そ》の仁《じん》と勝負を決し、師弟《してい》の約《やく》を定《さだ》むべし

日本無双　岩間小熊

そう大書した高札《こうさつ》を、根岸道場など目に入らぬかのように、江戸城大手《おおて》筋に立てたのである。

これに怒った兎角の門人たちが、百人二百人でもって、小熊を打ち殺そうとしたことから、ひとまず仲裁《ちゅうさい》する者があり、それによって過去の経緯は明らかとなった。

一対一の果たし合いの許可を奉行所へ願い出たのは、兎角のほうである。評判の落ちることを惧《おそ》れたからであった。しかし、いま兎角を見る江戸市民の目には、すでに軽蔑の色が露《あら》わである。

兎角にすれば、ここは圧倒的な実力を示すほか、評価を高める術《すべ》はあるまい。それ

には、時をかけず、一撃で小熊を仆《たお》すことである。そうして、土子泥之介が望むなら、いつでも受けて立つと宣言してみせるのだ。

兎角は、腰の大小を役人にあずけると、板倉勝重に向かって、一礼した。勝重は視線も返さず、冷やかである。門人の中には板倉家の家臣もいるので、それだけでも兎角は負けるわけにはいかなかった。

橋の南詰でも、小熊が大小をあずける。こちらでは、小熊が頭を下げると、彦坂小刑部から微笑が返された。三河以来の徳川譜代の板倉家と違い、滅亡した今川の家臣であった彦坂家の出自ゆえか、小刑部は、見るからに分《ぶ》の悪そうな小熊に、勝たせてやりたいのやもしれぬ。

片や長大な六角棒、他方は長さがその半分ばかりの細い木刀を手に、両人とも銭替橋へ足を踏み入れた。見物衆はようやく固唾を呑む。二人の決闘者の足音と、道三堀の舟の軋《きし》む音だけが、大きく聞こえた。

橋の真ん中で、両人、五間《けん》を隔てて立ちどまった。

「根岸兎角。一羽流の名を汚《けが》したきさまを、この岩間小熊がいまこそ懲《こ》らしめてくれる」

「笑止。一羽を凌駕《りょうが》したおれが、新しき流派を興して何の不都合やある」

「諸岡先生を凌駕したとは、不遜《ふそん》もきわまれり」

「その言辞《げんじ》、わが微塵流を味わってから、もういちど申してみよ」

兎角は、左足を半歩踏みだすと、六角棒を軽々と上段にとった。

「まいれ、小熊」

「応《おう》っ」

小熊は、いったん数間を退《しりぞ》くと、そこで木刀を青眼につけるや、橋板を蹴り、兎角めがけて猛然と奔《はし》った。諸手《もろて》突《づ》きの一手にかける覚悟とみえた。

「ばかめ」

兎角は嗤《わら》う。木刀の切っ先がこちらへ届く前に、六角棒で小熊の脳天を叩き潰す光景が、脳裡に鮮明に浮かんだ。

「おおおっ」

小熊の雄叫《おたけ》びが、道三堀に響き渡る。

矮軀は長軀へ迫った。

「やあっ」

気合一声、兎角が六角棒を振り下ろそうとしたまさにそのとき、小熊は両腕を斜め上方へ突き出しざま、手から木刀を放した。

顔めがけて飛んでくる木刀を、兎角は、とっさに、六角棒で横へ薙《な》ぎ払う。

この刹那《せつな》、小熊の矮軀が活《い》きた。鞠《まり》となって、兎角の懐《ふところ》へ飛び込み、その腰へぴったりと抱きついたのである。そのまま小熊は、一方の欄干に向かって、兎角を押した。

兎角は蒼ざめた。小熊が、背は低くとも、膂力《りょりょく》は並外《なみはず》れてあり、組打ちを得意としたことを、思い出したのである。それでも、六角棒の柄頭《つかがしら》を、小熊の脳天へ打ち下ろした。が、長大な得物《えもの》は、対手が近すぎると、うまく操れぬ。柄頭が叩いたのは、小熊の筋肉の鎧《よろい》をまとった肩であった。

兎角は、六角棒を捨てると、後退させられながらも、小熊の頭とあごをつかんで、思い切り捩《ね》じった。しかし、頑丈な猪首《いくび》が、その圧力に屈しない。

欄干へ強《した》たかに背をうちつけられ、兎角の顔は激しく歪んだ。背は弓なりに反《そ》り、両足が宙に浮く。小熊にすくいあげられたのである。

「あっ……」

兎角の短い悲鳴は、死への恐怖からではなく、恥辱をあたえられることへの絶望感より発したものであろう。

実際、死ぬような高さではない。欄干をこえた兎角の長軀は、道三堀へ転落して、水煙をあげた。

見物衆から一斉に、歓声と拍手が湧いた。

水面へ顔を出した兎角は、両腕をじたばたさせる。泳げぬのではない。あまりの恥ずかしさに、早くこの場から逃れたい、と焦っているため、溺れているような動きになってしまったのである。

見物衆から哄笑が噴きあがった。江戸随一の兵法者にもなろうかというほどの勢威を誇った男は、いまや笑い者へと堕《だ》した。

「八幡大菩薩《はちまんだいぼさつ》、ご照覧《しょうらん》あれ」

天へ向かって吼《ほ》えた小熊は、やにわに、欄干へ噛みつき、その木材の表面を歯で削りとった。決闘の地に、勝利の証《あかし》を遺《のこ》しておこうというのであろう。

見物衆の拍手喝采《かっさい》は、一層大きなものとなった。

「よくやった」

「日の本一《ひのもといち》」

「天下無双」

讃辞が熄むことなく投げられる。

舟に拾いあげられた兎角は、あろうことか、その乗舟者たちをことごとく堀へたたき込むや、みずから艪を漕いで、江戸湊のほうへ向かって逃げだした。

「野郎、やっぱり恩知らずだ」

「ふざけやがって」

「みんな、逃がすんじゃねえ」

堀沿いの見物衆は、石を拾い、兎角めがけて投げはじめた。

このとき、別の大事件が勃発しなかったら、兎角は篠突《しのつ》くような飛礫《つぶて》の雨に打ち殺されていたであろう。

「お城が……」

誰かが悲鳴をあげた。

江戸城の城郭の西側部分から、黒煙が立ち昇っているではないか。一筋ではなく、幾筋も。

板倉勝重と彦坂小刑部も床几を蹴った。

江戸城では、しかし、皆が普請の手を休めて、城郭の東側へ寄っているので、自分たちの背後であがった黒煙に、すぐには気づかぬ。むしろ、銭替橋周辺の騒ぎの大きくなったようすに、こちらへさらに注目している。

勝重と小刑部は、下僚《かりよう》と兵らを橋上へ並ばせ、江戸城へ向かって大きく腕を振らせた。


「火事じゃあ」

「お城が火事じゃあ」

それでようやく、江戸城の人々も、城から火の出たことに気づき、右往左往《うおうさおう》しはじめる。

当時は、いったん火の手が拡がったら、これを消し止めることは、不可能であった。火の回りゆく方向の家屋を先に打ち壊して延焼を防ぐことが、ほとんど唯一の手段であり、あとは自然鎮火を待つ。だからこそ、火の要心に厳しかったのである。

この日の風は、幸いにも強くないが、それでも西から吹いていることは誰にでも感じられる。すぐにでも家財をまとめねばならぬ。見物衆は皆、わが家へ向かって駈けだした。

堀の対岸へ向かおうとして、太縄を越えたり、くぐったりする者も続出し、将棋《しようぎ》倒しが起こった。堀へ落ちる者もいる。

江戸城も道三堀周辺も騒然となった。

橋板を鳴らす人々を掻き分け、橋の真ん中に会した勝重と小刑部は、ともに唇を噛んだ。

「小刑部どの。これは、前々より謀《はか》りし付け火に相違ない」

「身共も、同じ意見にござる」

根岸兎角と岩間小熊の注目の果たし合いは、奉行所主導で、事前に日時も場所も公表され、そのときばかりは、江戸城普請の侍や人足たちにも、手を休めて見物することを許可してあった。銭替橋の場所を考えれば、かれらが一斉に東側へ寄るであろうことは、充分に予想できる。そのさい、城郭の西側部分から人はほとんど失《う》せる。放火の絶好機ではないか。

「皆の者。そやつを捕らえよ」

と勝重が、欄干ぎわに立つ小熊の捕縛を、配下に命じたので、小刑部はおどろいた。

槍衾《やりぶすま》に囲まれた小熊のおどろきは、さらに大きい。寝耳に水とは、このことだ。

「いかなる理由《わけ》で、それがしを捕らえると申されるのか」

「そのほうの果たし合いのさなかに、お城に付け火とは、偶然にしてはできすぎていよう」

「ばかな……」

声を失う小熊であった。

「四郎右《しろうえ》どの」

　小刑部が、同役の勝重を諫める。

「お考えは判るが、身共は小熊が関わりあるとは思われぬ。小熊は、師の諸岡一羽と同じく兵法一筋の者にて、徳川に仇《あだ》をなさねばならぬ謂《い》われはござるまい」

「貧《ひん》すれば鈍《どん》すという。北条の残党あたりにもちかけられ、銭と引き替えに、兎角との果たし合いを行《おこの》うたのやもしれまい」

　勝重は、小熊は江戸城普請の人々の注意をひきつけておく役目を担《にな》った、と言いたいのである。

「その心当ては、強引にすぎましょうぞ。果たし合いの日時も所も、われらが定めしものにござる」

「誰が定めたとて、かような形になったであろう」

　勝重のようすは、どうしても小熊を江戸城放火に連座させたいかのようにみえる。

（そういうことであるか……）

　小刑部は察した。

　板倉勝重という男は、何事においてもあらゆる可能性を思量《しりょう》したうえで、徳川の利となる最善策を選ぶ能吏《のうり》である。勝重は、多くの徳川武士が兵法の師と仰いでいた根岸兎角の無様《ぶざま》な敗北を、いささかでも救いあるものにしたいのだ。それには、勝者の小態に汚い謀《はかりごと》があったとするのがよい。城への放火は、城下町も危険にさらすことから、これに連座していたとなれば、江戸市民は小態を、英雄から一転、極悪人《ごくあくにん》とみなすに違いない。

小刑部の幼きころに討たれた旧主今川義元も、駿河・遠江・三河三国の太守でありながら、当時は弱小であった尾張の織田信長の桶狭間《おけはざま》奇襲戦に敗れ去ったことで、いまに到るも、暗愚の将と酷評されている。だが、父やほかの旧今川家臣の人々から聞いた話では、義元の実像は、軍略に長《た》け、教養も深い名将であったという。桶狭間では不運が重なっただけなのである。

いま、師恩に報《むく》いるため、流派の名を汚した非道者《ひどうもの》を見事に懲らしめた兵法者を、徳川大事というだけの論理で陥れるなど、小刑部には容認しがたいことであった。

「四郎右どの。百歩譲って、小態が関わりあったとしても、いまは何の証拠もない。縄をうつは行き過ぎと存ずる。追って沙汰あるまで、江戸を離れぬよう申し渡すだけでよろしいのではござらぬか」

「それでは、こやつは逃げる」

「小態が逃げたときは、身共が責めを負い申そう」

勝重と小刑部の視線が絡んだ。いずれも家康の信任厚い吏僚《りりよう》同士、心中ひそかに、互いを政敵と目しているだけに、見えざる火花が散った。

「彦坂どの」

と小熊が声を張った。

「貴殿のお心遣いはうれしいが、もうひとりのお代官の目が気に入らぬ」

当時、江戸を管轄《かんかつ》した勝重や小刑部らは、奉行とも町の代官ともよばれていた。

「必ずそれがしを罪人に仕立てる存念とみえた」

兵法の名人ともなれば、生死の際《きわ》においては、人の心を鮮やかに読めるときがある。

小熊が背を見せて欄干へあがった。堀へ飛び込んで逃げるつもりとみた勝重は、叫んだ。

「かまわぬ。突き殺せ」

兵たちの槍の穂先《ほさき》が、小熊の背めがけて、一斉に繰り出される。すると小熊は、欄干を蹴って、後方へとんぼを切ったではないか。思いもよらぬ動きであった。

槍の柄《え》と柄の間に着地した小熊は、手近の兵を体当たりで吹っ飛ばすや、役人のひとりへ躍りかかった。自分の大小をあずけた役人である。

素早く大小を奪い返した小熊は、一瞬、勝重を睨みつけてから、橋の南詰まで走り、河岸道に押し合いへし合いする人々の中へ突っ込んだ。

（さすがに兵法者よ……）

小刑部は感心した。もし堀へ飛び込んでいたら、小熊は弓矢で狙い射たれたであろう。逃げるには、群衆の中に紛れ込むのがいちばんである。

「四郎右どの。小熊を追うつもりなら、のちのことになされよ。いまは、延焼を防ぐのが先決」

「判っておる」

勝重は切り替えが早い。口惜しげな表情さえみせぬ。

ひとまず、江戸城へ向かって、足を速める両奉行であった。

六

渡良瀬川の岸辺に築かれた城は、周囲に土塁をめぐらせ、本丸の四隅《よすみ》に設けた櫓《やぐら》のうち、西北隅《ぐう》の三階櫓を天守代わりとしている。下総古河城であった。

秀吉の命令により、いったん破壊されたが、家康の関東入部に伴い、家臣の小笠原《おがさわら》秀政《ひでまさ》が信州松本《まつもと》からこの地に移封され、知行三万石の城として、新たに築いたものである。

豊臣・徳川両氏と、小笠原貞慶《さだよし》・秀政父子の関係は、微妙なものといわねばならぬ。

家康の重臣石川数正《いしかわかずまさ》が、秀吉のもとへ奔《はし》るという、徳川にとって驚天動地《きょうてんどうち》の事件が起こったのは、小牧・長久手戦の翌年のことである。そのさい数正は、小笠原流弓馬術の宗家《そうけ》である貞慶を伴った。貞慶にすれば、人質をとられて、やむをえざる仕儀であったといわれるが、真偽は定かでない。その後、家康が秀吉に臣従を誓うと、貞慶はふたたび家康に属し、嫡子《ちゃくし》秀政に家督を譲ったのである。この帰参《きさん》は、秀吉の命令によった。同時にまた、これも秀吉の肝煎《きもいり》で、秀政に岡崎信康《おかざきのぶやす》の遺女が妻合《めあ》わされた。岡崎信康とは、かつて家康が、織田信長に異心《いしん》なきを示すため、泣く泣く斬った長子《ちょうし》である。信康は甲斐の武田勝頼に内通《ないつう》したと疑われた。

北条氏滅亡まで、女ながらも六代古河公方をつとめた氏姫は、古河城の南東十丁ばかりの鴻巣館にいまも住む。これは、徳川の雄飛を警戒する曾呂利新左衛門がひそかに仕組んだことであった。となれば、小笠原父子の古河移封もまた、秀吉が家康にそれとなく働きかけた結果であろう。

隠居の身の貞慶は、毎日を自儘《じまま》、かつ鍛練《たんれん》を忘れずに過ごしている。初冬の冷たい風が、川辺の荒涼たる枯蘆原《かれあしはら》を波うたせるこの日も、城を出ると、馬にも乗らず、若宮《わかみや》八幡神社へ向かって歩いていた。供は、若侍二名のみ。

若宮八幡神社は、古河公方家が鎌倉鶴岡八幡宮より勧請《かんじょう》し、鴻巣館の鬼門除《きもんよ》けとして祀《まつ》ったものである。参拝したあと、氏姫のご機嫌伺いに鴻巣館を訪れ、館の堀の役目を果たす御所沼《ごしょぬま》をひと回りしてから、帰城するつもりの貞慶であった。

歩くといっても、貞慶は速足である。それも、一定で、まったく乱れがない。呼吸も静かで、汗ひとつかかず、足音すら立てぬ。これが、弓馬の道の宗家の技というものなのであろう。

従う若侍たちのほうが、早くもひたいに汗を滲ませ、わずかに肩を喘がせていた。とはいえ、この両名も、貞慶から直々《じきじき》に武術の手ほどきをうけており、弓も刀槍《とうそう》も並々でない腕の持ち主である。

若宮八幡神社に着いた貞慶は、社前で柏手《かしわで》を打つと、予定どおり、鴻巣館へと向かった。ここからは、ゆったりした足取りである。

しばし笛の音が聞こえ、そして熄んだ。

館を目の前にしたところで、十人ばかりの菰僧《こもそう》たちとすれ違った。のちの虚無僧《こむそう》のことだが、この当時は、白衣に黄色の袖無、顔のみえる通常の編笠《あみがさ》を被《かぶ》り、野宿用の菰を背負うという姿で、楽器も尺八《しやくはち》ではなく笛である。

この菰僧の一団は、鴻巣館に行乞《ぎようこつ》したところなのであろう。

何を思ったか、貞慶が館の前を素通りしてゆく。

「先に、沼をひとめぐりいたす」

供の二名は、おもてを強張らせた。隠居後の貞慶が、心のおもむくままに行動することは弁《わきま》えているが、この突然の変更は、どこかおかしい。武術の弟子としての勘であった。

「将曹《しようそう》。寿三郎《じゆさぶろう》」

貞慶が、若侍たちの名をよんで、薄く笑った。歩みはとめぬ。

「そなたらに気取《けど》られるとは、わしも未熟じゃな」

「まさか、上野介《こうずけのすけ》さまが刺客を……」

小声でそう言いかけた寿三郎を、

「やめい」

と将曹が叱りつけた。

上野介とは、いまは家康に従軍して、肥前名護屋に在陣中の秀政をさす。

小笠原父子は、貞慶が、小笠原流弓馬術の道統《どうとう》を、秀政にではなく、小笠原氏庶流の赤沢経直《あかざわつねなお》に伝えてからというもの、永く不和なのである。

小笠原長清《ながきよ》が源頼朝の下で軍功を重ねて以来、後醍醐《ごだいご》天皇へも足利将軍家へも授けられてきた誉《ほま》れ高き小笠原流。貞慶にすれば、その宗家は、実力によってのみ受け継がれるべきであり、秀政には資格がないとみたにすぎぬ。だが、父の薄情を怨《うら》んだ秀政のほうは、以後、貞慶のなすことにも考えにも、ことごとく反対するようになった。石川数正の出奔《しゅっぽん》に連座して、父とともに大坂へ赴いたときも、貞慶がたちまち親《しん》秀吉派となったのに反して、秀政はあくまでも旧主家康を大事と思い、幾度もひそかに浜松へ書状を出している。

秀吉の思惑が絡んで、古河移封と決まったとき、秀政は父が完全に敵になったと内心きめつけた。もし東西が戦うことになれば、秀政は江戸方につくが、貞慶は大坂方である。

だから秀政が、自分のためだけでなく、家康のためにも、できれば父を除きたいと思っていることは、貞慶自身、察していた。

寿三郎が、秀政からの刺客がきたのではと疑ったのも、そうした経緯による。自分の留守中の国許《くにもと》で貞慶が死んでくれることは、秀政に最も好都合であろう。

「倅《せがれ》は、わしを除きたかろうが、殺したいとまでは思うておるまいよ」

と貞慶が言った。

「肥前へ赴いて二年近くにもなるのじゃ。その存念があれば、とうにわしに何か仕掛けていよう」

「されば、先生はいま、刺客の気配をおぼえられたのではないので……」

訝《いぶか》る寿三郎に、貞慶は小さくかぶりを振る。

「いや、背後から殺気は迫っておる。なれど、倅の命《めい》をうけた者らではあるまい」

「では、何者が……」

「それをたしかめてみたくて、そぞろ歩いておる」

不敵にも、貞慶はゆったりと微笑んだ。人けのない御所沼で、敵にわざと襲わせるつもりなのであった。

「そなたらの備えが役に立つときがきた」

これには、将曹も寿三郎も昂《たか》ぶりをおぼえる。

御所沼は海星《ひとで》のような形をしており、岸沿いに逍遙《しょうよう》して一周するとなると、かなりの時を要するが、この沼の佇まいや、周辺の樹相《じゅそう》や、出会う鳥獣などを気に入っている貞慶は、時を忘れて愉しむのが常であった。

殺気の迫るいまも、貞慶が愉しんでいると感ぜられ、その巨《おお》きさに、弟子たちも落ちつきを取り戻すことができた。

主従三人は、冬枯れの樹林の中へ踏み入った。そこは、おとなの背丈ほどの低い崖と浅い谷筋の連続するところである。

幾度か上り下りを繰り返したあと、谷へ下りたまま、三人は上ってこなくなった。座して休息でもとりはじめたのか。そのまま、幾許《いくばく》かの時が流れる。

焦《じ》れたのであろう、ついに刺客団が姿を現した。木陰や岩陰や茂みの中から、総勢十名、さきほどの菰僧どもである。

宰領であろう、いちばん小柄な男が笛をもつ右腕を大きく振ると、菰僧どもは一斉に、それぞれの背負いの菰を下ろして、中に笛を差し込み、代わりに抜き身を取り出した。

かれらの無駄のない統制のとれた動きは、忍びの者のそれとみえる。

もしこの場に小太郎が居合わせれば、菰僧たちの正体は甲賀者と知れたであろう。小柄な男は、多羅尾四郎兵衛であった。

四郎兵衛も、抜き身をひっさげると、みずから真っ先に、樹間を縫って走りだした。その左右に、九名の配下が横一線にひろがる。

（小笠原貞慶を必ず討つ）

四郎兵衛の両の眼は、飢えた獣のようにぎらついていた。

四郎兵衛は、服部半蔵の下知を仰がねばならぬ身だが、いま半蔵は肥前名護屋にあって、家康のために情報蒐集《しゅうしゅう》の任についている。江戸に残された身としては、半蔵不在のときにこそ、手柄を立てておきたい。

先頃、何者かに江戸城を放火されたときは、火の手が回るより早く、本多正信の的確な指示と人海戦術とによって、城の建物の何割かを打ち壊し、延焼を最小限に食いとめている。江戸の町に到っては、完全に火を免《まぬが》れた。直後、放火犯捜しのため、江戸の内外で、別して北条牢人《ろうにん》を対象に厳しい詮議《せんぎ》が行われたが、ついに犯人を特定することはできなかった。それどころか、市中において、鎌切組が北条牢人とみれば、有無を言わせず斬り捨てることがつづいたので、徳川は江戸市民の反感をかいはじめてしまう。これ以上の詮議は、得策でないと判断した板倉勝重は、岩間小熊が放火犯一味に関わりありとして、その居所を報《しら》せた者には褒賞金を約束し、ひとまずの事後処理を了えたのである。

四郎兵衛は、しかし、小熊など関わりあるはずはないと思った。白昼、江戸城内へ忍び込み、数ヶ所に付け火をして、誰にも目撃されることなく、風のように去る。こんな鮮やかな芸当をやってのけられる人間が、ざらにいるものではない。そのうえ、北条氏に仕えて身命を捧げた者どもとなれば、おのずから限られよう。

風間小太郎と風魔衆のほかに、誰がいるというのか。

小太郎は、秀吉から下野喜連川に三千五百石を賜った元古河公方氏姫に仕えたことで、徳川でも無闇《むやみ》に手を出せぬ存在となった。氏姫がいまなお古河の鴻巣館にとどまり、これを秀吉に黙認されていることも、理由あっての特別扱いと考えねばなるまい。

それは、小太郎の側から言えば、徳川を対手《あいて》にいささか暴れたところで、おおっぴらに罰せられる心配はないということだ。付け火ぐらいは朝飯前であろう。

ただ、小太郎一存でそれを行うとは思われぬ。古河において、秀吉の意を体《たい》して小太郎を動かせるほどの器量の持ち主は、小笠原貞慶のほかにありえまい。

むろん、秀吉が天下人であるいま、その息のかかった貞慶を討つなどと言えば、服部半蔵がこれを許すはずはなかった。だが、人知れず殺してしまうのなら文句はあるまい。家康とて喜ぶであろう。

新開地特有の暴力的な気分の盈《み》ちる関東には、いまや諸国からいかがわしい者らの

流入が絶えぬ。始終出歩くうえ、供廻りの少ない貞慶に、不測の事態が起ること
は、充分にありえるのである。
四郎兵衛以下十名の甲賀者は、貞慶主従の消えた浅い谷間へ、躍り込んだ。が、主
従の姿はない。
右方は沼である。左方を見やって、四郎兵衛は、膚《はだ》に粟粒《あわつぶ》を生じさせた。
長く延びたこの谷筋は、それが尽きたとみえるあたりから、大きく湾曲しているで
はないか。甲賀者がいまあとにしてきた方向へ、である。
振り返った四郎兵衛の目は、崖上からこちらを見下ろす貞慶主従の姿を捉えた。い
ずれも、弓の弦《つる》を引き絞っている。
「皆、後ろだ」
四郎兵衛が警告を発したのと、三本の矢が弦を離れたのとが同時のことである。
恐ろしいまでの至近であった。三名の甲賀者が、ひたいや首に深々と矢を射込ま
れ、飛ばされるようにして倒れゆく。
甲賀者は皆、着籠《きごみ》をつけているが、首より上を襲われたのでは、役に立たぬ。ま
た、それと知って、貞慶らが、的としては最も大きい胴をあえて狙わなかったこと
は、明らかというべきであろう。

それにしても、貞慶主従は弓矢をどこに隠しておいたのか。貞慶自身は脇差のみ、供侍たちも腰の大小だけのはずではなかったか。

（小笠原流を侮《あなど》った……）

臍《ほぞ》を嚙む四郎兵衛であった。

それでも、さすがに甲賀者である。貞慶らが第二矢をつがえる前に、七名とも崖上へ飛びあがった。

ところが、貞慶側は、はなから第二矢を射放つつもりなどなかったのか、弓を甲賀者らへ投げつけると、素早く後退し、主従が別々の木の幹の陰に消える。その一瞬後には、それぞれ槍を手にして、陰から躍り出た。

小笠原流の電光の突きが、またしても甲賀者三名の命を奪った。

（槍までも……）

四郎兵衛は茫然とせざるをえない。

実は、この樹林の中に武器をあらかじめ隠しておいたのは、将曹と寿三郎であった。かねてより、秀政が刺客を放ってくるやもしれぬと疑う両人は、貞慶の普段の散歩道で、襲撃されやすいと想定される場所には、ことごとく備えを万全にしてある。

いくさの勝敗は、実際に干戈《かんか》を交えるそのときより、そこに到るまでに、どれだけの準備ができるか否かにかかっている。この貞慶の教えを、弟子たちは忠実に守ったのであった。

「こちらにおわす御方を、小笠原貞慶さまと知っての狼藉であろう。名乗れ」

将曹が、残る四名の敵を睨みつける。小笠原流にとって、三対四では勝ったも同然というべきであった。

「かかれ」

四郎兵衛が、生き残った配下に命じた。

応じて、甲賀者三名は、それぞれが貞慶、将曹、寿三郎に斬りつける。絶望的な闘いといえよう。

この間に、ひとり、身を翻《ひるがえ》して逃げだした四郎兵衛は、数瞬後には、配下の断末魔の悲鳴を背中に聞いている。

こんどもまた、服部半蔵の鼻をあかしてやることはできなかった。

「くそ、くそ、くそ」

おのれの不運を詛《のろ》い、怒りの遣り場もない四郎兵衛は、樹林を脱して、細径《ほそみち》へ出たところで出くわした者を、斬り捨てた。

粗末な装《なり》の若い女であった。近在の村の者であろう。

無惨な所業というほかないが、四郎兵衛自身は、溜飲《りゅういん》を下げたかのように、薄ら笑いを浮かべ、その場から立ち去った。

七

王朝のころ、冬の月を評して、清少納言《せいしょうなごん》はすさまじきものとし、紫式部《むらさきしきぶ》はあわれと記した。いま江戸の夜空にかかる月もまた、見る人の心持ちによって、その目にはどちらとも映るであろう。

漆黒《しっこく》に塗り込められた隅田川の河口で、灯火が点々として揺れている。白魚《しらうお》漁の舟々の明かりである。白魚は闇に活動するため、漁も夜間に行われるのであった。

百年ぐらい後の江戸なら、永代橋《えいたいばし》の橋上にでも佇んで、白魚漁を見物する人の姿を見られようが、このころはまだ叶わぬ。荒川《あらかわ》も千住《せんじゅ》より下流を隅田川、江戸湾へ注ぐ最下流をのちに大川《おおかわ》と称《よ》んだが、そのどこにも、いまだ永代橋はおろか、ただひとつの橋も架けられていない。最初の橋である千住大橋の架橋は、翌年の出来事であった。

白魚漁を行うのは、摂津国西成郡《にしなりごおり》佃村《つくだむら》からの移民である。本能寺の変にさいし、急遽《きゅうきょ》帰国する家康のために、佃村の住民が船を出したのが縁で、家康関東移封に伴い、名主森孫右衛門《なぬしもりまごえもん》以下の漁師衆が江戸に下《くだ》ってきた。上方の進んだ漁業技術を広めるのと、家康の大好物の白魚を獲《と》って献上するのが、かれらの任である。のちに移住することになる佃島は、まだ造成されておらず、孫右衛門らは安藤対馬守《あんどうつしまのかみ》の屋敷内を仮宿としていた。

今夜、かれらが白魚漁に出たのは、家康が明日にも江戸に着くという触れがあったからである。

朝鮮戦線は、開戦当初には快進撃をつづけた日本軍が、補給路を断たれて糧食の尽きたことで、この春から膠着《こうちゃく》状態がつづいていた。秀吉の愛妾《あいしょう》淀殿懐妊の報が名護屋にもたらされたのは、そのさなかのことである。二年前に初めての男子鶴松を夭逝《ようせい》させ、悲嘆のあまり朝鮮出兵の暴挙に出たのだと噂されたほどの秀吉だから、淀殿二度目の懐妊の吉報《きっぽう》に、ほとんど狂喜乱舞した。ふたたび渡海を決意していたのに、それも沙汰やみとなる。また、これを機に、日本と、朝鮮の宗主国《そうしゅこく》である明《みん》との間で、講和交渉に入った。

八月三日に、淀殿は大坂城で男子を産んだ。お拾《ひろい》（のちの秀頼《ひでより》）である。もはや朝鮮陣などどうでもよいものとなった秀吉は、夜《よ》を日《ひ》に継いで大坂へ帰城し、待望の跡取りに頬ずりした。このとき家康も、上方へ戻ることを許された。

それから秋の終わりまで、京坂にあって、秀吉の遊興に随伴した家康であったが、とうとう領国への帰国許可がおりたのである。

しかし、家康の帰国を待ち望んでいたのは、白魚漁師たちだけではなかった。この夜、江戸にふらりと現れた男は、明日、帰国軍が江戸入りの安堵感から油断するであろうことを見越し、白昼、衆人環視の中の家康暗殺を期している。

北条牢人ではない。家康に怨みがあるわけでもない。天才を自任するおのれの術《じゅつ》技《ぎ》を、存分に揮《ふる》ってみたいだけであった。

市街地を目前にした枯蘆原の中の道を、男は灯火も持たずに悠然と歩いている。月明かりをわずかに反射させるほどの白面で、総髪《そうがみ》を茶筅《ちゃせん》に結いあげたこの若き武士は、唐沢玄蕃であった。

町外れの路傍に、篝火《かがりび》が見える。そこまで寄っていくと、二本差の男が五人いた。いずれも、揃いの袖無のぶっさき羽織を着けている。玄蕃は前を塞がれた。

「この夜更けに、市中へ入らんとするは、胡乱《うろん》なやつ。名乗れ」

玄蕃は、しかし、名乗らぬ。代わりに、ふん、と鼻で嗤《わら》った。

「何がおかしい」

色をなした五人は、一斉に差料の柄へ手をかける。

「やつがいまのおぬしらを見たら、首をへし折るだろうな」

「やつ……。誰のことだ」

「小太郎さ」

玄蕃の口から吐かれた名に、びくっと身を硬くする五人であった。

玄蕃はすでに、この者らが鎌切組と判っている。そして、その前身が、小田原落城寸前、湛光風車に率いられて徳川へ寝返った風魔衆であることも。

「汝《うぬ》は小太郎の配下だな」

ついに五人は、抜刀した。

「ばかどもが。やつは、敵《かたき》だ」

「偽《いつわ》りを吐《ぬ》かすな」

「おれの中では、元風魔衆のおぬしらも、敵ということになる」

にやり、と玄蕃が笑った。

「小癪《こしゃく》なやつ」

道の真ん中に位置する者が、突きを繰り出した。直後、わが目を疑う。対手《あいて》は消えてしまったではないか。

「あ……」

その者は、なぜおのれの腹から刀の切っ先が突き出てきたのか、一瞬、理解できなかった。

得意の跳び六方で、敵の頭上を越え、音も立てずにその背後へ降り立っていた玄蕃は、第一の犠牲者の背から刀を引き抜いた。

玄蕃の瞬間の移動に、ほかの四人もあっけにとられた。

玄蕃は、篝籠《かがりかご》の中へ手を突っ込むと、燃え木をつかんで、枯蘆原めがけて二、三本を放り投げた。手の皮がよほど厚いのか、それともこれも技なのか。

「いかん。火を消せ」

うろたえた鎌切組は、二人が消火に走り、二人は玄蕃の前に残った。

玄蕃は、篝籠を蹴倒すなり、眼前の二人が舞いあがった火の粉からおもてをそむけた刹那、踏み込んだ。火明かりにきらめいた剣光が、その二人に血煙《ちけむり》をあげさせた。

燃え木を路上へ蹴りだし、枯蘆に燃え移った火を、脱いだぶっさき羽織で叩き消した残る二人が、こちらを見やった。ほとんど同時に、両人の喉首へ棒手裏剣が吸い込まれた。

玄蕃は、誰かに見られたかと気にするでもなく、何事もなかったかのように、その場をあとにして、市中へと入ってゆく。現実に、目撃者はいない。

やがて、道三堀の河岸道に姿を現した玄蕃は、めあての場所へと歩を進める。闇の中に、そのあたりだけまだ、うすぼんやりと灯火が洩れている。

柳町の遊里《ゆうり》であった。

遊里といっても、のちの吉原《よしわら》とは到底比べものにならぬ小さなもので、ふつうの町屋とさして変わらぬ二階建ての遊女屋が、点在しているにすぎぬ。二階建てについては、江戸ではかなり早い時代からみられた。

玄蕃は、今夜は遊女屋に泊まって、明日に備えるつもりなのである。

遊里といえども、灯火具の貴重なこの当時では、往来が賑わうのは日の落ちる頃合いまでであった。これほど夜が深まってから訪れる客は滅多にいないから、物騒な時代でもあり、遊女屋はどこも戸を閉《た》てている。

だが、戸を叩けば、応対に出る遊女屋は必ずあろう。玄蕃は、目星《めぼし》をつけた一軒の戸を、ほとほとと叩いた。

のぞき窓から、顔がのぞいた。

「お上がりにございますな」

深夜の客に、不審げなようすもみせぬ。

「亭主か」

「さようにございます」

「代は、はずむ」

「それはどうも」

亭主は、内側から戸を開け、玄蕃を招じ入れた。

すぐに、下働きの女が、足濯《あしすす》ぎ用の盥《たらい》を抱えて出てくる。

上がり框《かまち》に腰を下ろした玄蕃は、盥から白い煙が立ち昇っているので、張られているのが、水ではなく湯であると気づいた。草鞋《わらじ》を脱いで、足を入れてみると、ほどよい熱さだ。深更《しんこう》まで湯を絶やさぬとは、なかなかの心がけというべきであろう。

下女《げじょ》が玄蕃の足を濯ぎはじめる。その横顔を見下ろして、玄蕃は訝った。下女にしては、美しすぎる。

「亭主。おれの敵娼《あいかた》になるのは、この女より美しい遊女なのだろうな」

「当家の遊女は皆、心根《こころね》の美しき者ばかりにございます」

「心根などどうでもよいわ」

「心根美しきは、見目《みめ》も美しい」

亭主の顔は、ただでさえ、目も眉もおかしなほど垂れているのに、ふにゃっと笑み崩したものだから、どうにも憎めない表情になった。さしもの玄蕃も、苦笑する。

「まあよい。案内《あない》いたせ」

大小を亭主にあずけた玄蕃は、下女に導かれ、二階の一室へ通された。あとは、遊女がくるのを待つばかりである。

のちの吉原では、おそろしく煩瑣《はんさ》なしきたりが作られて、その手順を踏まぬ客は野暮《やぼ》と嗤われ、対手にされなかったりするが、このころはすべてが安直《あんちょく》なものであった。

下女が退《さ》がって、しばらくのち、気配が伝わってきた。

戸が開かれた。

「どういうことだ」

玄蕃は警戒した。廊下に端座しているのが、さきほどの下女だったからである。

その下女の後ろへ、ぬっと巨影が立った。

とっさに中腰となった玄蕃は、懐へ右手を差し入れた。

「ここではよせ」

巨影は言った。小太郎である。

「不覚よな。その女が忍びと気づかなんだ……」

おのれを嗤いながら、玄蕃は座り直した。

下女は笹箒である。

小太郎と笹箒も、中へ入り、玄蕃に対《むか》い合って座した。

「まさか、あの亭主も忍びか。だとすれば、たいしたやつだ」

勘の鋭い玄蕃の目にも、生まれたときからこの生業《なりわい》であるような風情と見えた亭主だったのである。

「あの男は、ほんとうにこの遊女屋の亭主だよ」

小太郎が言うと、当人が入ってきて、ふにゃっと笑った。

「さきほどは挨拶《あいさつ》をしそびれましたが、手前はこの遊女屋〈裏普請〉のあるじ、庄司甚内にございます。どうぞ、庄甚とおよびくださいまし」

氏姫と旧古河公方家の安泰と引き替えに、小太郎はひそかに、曾呂利新左衛門を通して豊臣秀吉に従っている。

関東における徳川氏の動向を探るのはもちろん、場合によっては家康の関東経営の妨害工作をすることも、小太郎に課せられた任であった。家康や徳川諸将に、反豊臣のようすが少しでも見えたときは、その確証をつかんで、新左衛門に報告しなければならぬ。そのために小太郎は、家康の居城地たる江戸へ庄甚を送り込んだ。

市中に生活者として住み暮らしながら、それとなく探索をするという任に、庄甚はどうってつけの男はいまい。その風采《ふうさい》や物腰が、装《なり》さえ変えてしまえば、実は武士であるなどと想像もできぬことは、玄蕃をも欺《あざむ》いたとおりである。さらには、たよりなさそうに見えても、氏姫のために身命を賭《と》す覚悟ばかりは揺るぎないから、役目を途中で放りだすこともありえないのが、庄甚であった。

小太郎をおどろかせたのは、一昨年の初頭に江戸入りした庄甚が、たちまち遊女屋を始めたことである。もともと、古河公方家にあっても、女子衆《おなごしゅう》から好かれていた男だが、人の才覚とは判らぬものだ。

はじめは、遊女たちを引き連れ、江戸じゅうの普請場をめぐって小屋掛けをしたので、〈裏普請〉とよばれた。次いで、その俗称を屋号として、居付《いつ》きの遊女屋を設けた。いまでは柳町随一の繁盛を誇る。

こうして目立ったほうが、かえって疑われぬというのが、庄甚の思惑であり、まさしくそのとおりになった。

〈裏普請〉に、風魔衆の者はいない。鎌切組に発見される危険を避けたのである。また、遊女もすべて、庄甚みずから雇い入れた。だから、どこから見ても遊女屋なのであり、奉公人一同、笹箒を除いて、誰《たれ》ひとり庄甚の正体も目的も知らぬ。

遊女屋ほど、世の中の情報が集まる場所はないといってよい。あらゆる種類の男たちがやってきて、ふだんの警戒心を解き、寝物語に口をすべらせる。実際、嫖客《ひょうかく》には徳川の武士も多く、かれらは、風魔衆が江戸城に忍び込んだり、徳川諸将の身辺に探りを入れても知るのは難しいような事実を、平気で明かしてくれるのである。それを庄甚は、遊女たちから巧みに聞き出す。

「お話が終わったら、お申しつけくだされ。敵娼を侍《はべ》らせますゆえ」

「敵娼はこの女にする」

玄蕃の冷たい白面が、笹箒に向けられる。笹箒は睨み返した。

「おれの妻だ」

と小太郎が言った。

途端に、笹箒は、頬を赧《あから》め、うつむいてしまう。

「風魔の小太郎が妻をもつというか……」

玄蕃が疑わしげに小太郎と笹箒を眺めやったのは、数瞬のことにすぎぬ。

「女は要らん。その気が失せたわ」

玄蕃は吐き捨てた。

「さようで。では、酒をお持ちいたしましょう」

ひとり、庄甚は辞した。

「小太郎。おれがおぬしを討つのをあきらめた。そう思うているのではあるまいな」

「ふうん……。まだあきらめていなかったのか」

「当たり前だ」

玄蕃の双眸に一瞬、殺気の炎《ほむら》が立つ。

応じて、笹箒が右手を後ろへまわした。

小太郎は、ぴくりとも動かぬ。

玄蕃が力を抜くと、笹箒も右手を膝へ戻した。

「そのわりには、沼田で一別以来、久しぶりだ。おれが古河にいることを知らなかったのか」

「知らぬわけがあるまい」

「なら、早く討ちにくればよかった」

まるで心待ちにしていたような小太郎の言いかたではないか。

玄蕃は、腹立たしくなるより、呆れた。と同時に、かすかにたじろいでもいる。沼田で小太郎と闘ったときにも感じたことだが、どうしても敵《かな》わぬところがあるような気がするのであった。それは、兵法や忍びの術技をこえた何かである。

「秀吉は北条氏の血縁である古河公方氏姫を殺さなかった。秀吉をよく知る者らは、側妾《そばめ》にするつもりだろうと思うた。ところが、喜連川に三千五百石を与えて、同じ足利の血を婿に迎えさせた。あまつさえ、氏姫が喜連川へ赴かず、古河にとどまることまでゆるした。その氏姫に、おぬしが風魔衆を率いて仕えた。裏があるとみるのは、当然ではないか」

玄蕃はひと息にそこまで語った。

「真田安房どのから、小太郎どのには手を出すなと命じられた。そういうことにございますな」

先んじて結論を言いあてたのは、笹箒である。玄蕃の主君真田昌幸は、安房守を称す。

「小太郎。おぬしの女房はでしゃばり者だな」

「軍師《ぐんし》だよ」

と小太郎は言って、自分の頭を指でつつく。

「おれのここは、恃《たの》みにできない」

ふん、と玄蕃は鼻を鳴らす。見かけと違い、小太郎は頭が切れる男であることを、見抜いている玄蕃であった。

「玄蕃。あんたの仕業だろう」

唐突に、小太郎が話題をかえた。

「なんのことだ」

「江戸城の火付け」

にやり、と玄蕃は笑った。自分の仕業と白状したにひとしい。

「いくら家康ぎらいの真田安房でも、いまそんな命令を下すはずはない。真田の家来のやったことと露見すれば、徳川との大いくさになったところだぞ。なぜあんなことをした」

「面白いからよ」

「城はいい。けれど、町へ飛び火したら、大勢が苦しむ」

「いくさとは、そういうものではないか」

「いま豊臣と徳川は主従だ。いくさはしていない」

実は小太郎は、曾呂利新左衛門から、大風の日は江戸じゅうに放火しろと再三にわたって命じられているが、一度も実行に移していない。徳川との闘いを厭《いと》うものではないが、平時に町や田畑へ火を放つのは非道にすぎる。

「それに、あの火付けのせいで、嫌疑をかけられた北条牢人が何十名も斬られた」

「それをおれに言うのは、的外れよ。斬ったのは、おぬしの元《もと》配下どもではないか」

鎌切組のことである。

「きっと本意じゃない。湛光風車に踊らされている」

「そんなふうだから、配下に見限られるのだ」

すると小太郎は、総髪の頭をぽりぽりと掻いた。

「そうかなあ……」

まるで、世間知らずの子どもの反応ではないか。

（ばかか、こいつは……）

玄蕃は、本当は頭の切れる男という小太郎への評価を、買い被りだったのかもしれないと思い直しかけた。だが、故意にこうして人を煙《けむ》にまいているのだとしたら、やはり尋常ならざる男というべきであろう。

「それで、また火付けにきたのか」

小太郎が訊ねた。

「さあな」

とぼけて、玄蕃は、意味ありげに口許を歪める。

「明日、家康が江戸に戻る。あんたにとって、火付けよりもっと面白いことを思いついたようだな」

小太郎のその推測に、内心ぎくりとした玄蕃であったが、表情には出さぬ。

(買い被りではなかった。小太郎は油断ならぬ……)

玄蕃は、ふたたび、殺気を放った。

「おれをとめるか、小太郎」

「関わりなき人たちを傷つけないなら、邪魔するつもりはない」

「この唐沢玄蕃は天下一の忍びよ。事はあざやかにしてのける」

殺気をおさめ、代わりに満腔《まんこう》の自信を口にする玄蕃であった。

八

冬の空《から》っ風《かぜ》は、上州だけでなく、江戸でも名物であった。

徳川軍が帰国したこの日も、風は、乾いた畑の土や路上の砂塵《さじん》を巻きあげている。

それでも江戸の人々は、沿道に群がり、笠《かさ》や頬かむりなどで塵埃《じんあい》を避けながら、関東の太守の帰還を歓呼《かんこ》をもって出迎えた。

戦国に生きる庶民は、世の流れや支配層の盛衰というものに敏感に反応する。関東入部から三年余りにすぎない新領主の家康を、かくも崇《あが》めてみせるのは、次の天下人と目《もく》しているからであった。ほんとうに心服する者は、まだまだ少ない。

家康は、馬上、中軍《ちゅうぐん》にある。冬日に輝く金陀美《きんだみ》の仏胴具足《ぶつどうぐそく》に身を包んでいるのが、質実をむねとする家康としては、精一杯の派手な演出であろう。あらためて領民に堂々たる風姿《ふうし》をみせなければならぬほど、江戸不在は長期にわたったのである。

風塵除《ふうじんよ》けのためであろう、兜《かぶと》の下に、目ばかりのぞかせた覆面《ふくめん》と猿頬《さるぼお》をつけているので、家康の表情は窺えない。

その前後左右は、屈強の馬廻衆《うままわりしゅう》で固められている。

また、鉄炮《てっぽう》足軽のうち二十名は、玉込《たまご》めまで終えて、火薬が湿気《しっけ》ぬよう、銃口に袋状の布をかぶせてある。時がたてば不発となる危険性は否めないが、全部がそうなることもない。これは、不意の多勢の襲撃に対し、即座の銃声で逆に敵をおどろかせ、しばしその足をとめることが目的であった。それで得た猶予によって、味方は落ちつき、応戦態勢を整えることができる。

市中の主要な辻《つじ》の角《かど》屋敷は、江戸城防御の出城の役目を兼ねて、土蔵造りの三階櫓をあげており、それらの望楼《ぼうろう》に立つ兵たちも、弓矢鉄炮を携え、軍列の周辺に目を光らせている。

領国へ帰り着いたからといって、油断はできぬ。そういう時代であった。

軍列は延々《えんえん》とつづく。先頭は江戸城の大手門近くまで達したが、中軍はようやく市中へ入ったところである。

家康の騎馬《きば》が三階櫓の下へさしかかった。刹那、その三階の屋根から、空中へ飛んだ白いものがある。

望楼の兵たちは、突然に頭上から降ってきたそれを、翼をひろげた大きな鶴かと見誤った。実際には、人間である。忍び頭巾、胴衣、裁着袴《たつつけ》、脚絆《きゃはん》、すべてが純白であった。

大きな白布《はくふ》まで背負い、その四隅を両の手首と足首に結んでいる。白布は、風を孕んで円《まる》く膨らみ、まるで巨大な母衣《ほろ》のようであった。

「曲者《くせもの》」

望楼の兵たちが叫んだときには、白い曲者は、狙いあやまたず、馬上の家康の背へ躍りかかっていた。

おどろいた馬が、後肢《うしろあし》を折りかけて、右に左によろめく。とっさに家康は、手綱《たづな》を引き寄せた。

曲者は、あわてぬ。眼前の兜の錏《しころ》を持ち上げ、曝《さら》された盆《ぼん》の窪《くぼ》へ鋭利な長い針を突き刺すと、家康のからだを横ざまに突き落として、わが身を鞍壺《くらつぼ》へ移した。と見るや、手綱を巧みにさばき、馬を踏ん張らせて体勢を立て直し、馬首《ばしゅ》を左へと転じた。

さしもの徳川軍も、空から人が降ってくるという夢想だにせぬ襲撃法と、あっという間の凶変に動転してしまった。馬廻衆ですら、互いの馬をぶつけ合ったり、徒《かち》の足軽らの列へ乗り入れたり、狼狽をおさえきれぬ。沿道の人々も、悲鳴をあげ、押し合い突き合いしながら身を避《よ》ける。

それに乗じて、曲者は、家康から奪った馬の腹を鐙《あぶみ》で蹴り、横道へ乗り入れた。

我に返った馬廻衆が、いずれも弓矢や槍を手にして追尾にかかった。このあたりは、やはり、いくさ慣れした徳川武士というべきであろう。

「鉄炮隊、これへ参じよ」

辻で馬を輪乗りしながら、声を張りあげている武士もいる。

大混乱の中から曲者が抜け出し、数瞬後《おく》れて、馬廻衆のうち十余騎が追いすがる。弓矢を持つ者らは、騎射のかまえをとった。まだ至近である。名手ならば外さぬであろう。

ちらりと後ろを振り返った曲者が、背負っていた白布を後方へ投げ捨てるのと、数筋の矢が弓弦《ゆんづる》を離れたのとが、ほとんど同時である。矢はすべて、白布へ吸い込まれた。

曲者は、白布を取り除いてもなお、矢襖《やふせ》ぎの本物の母衣を背負っていた。母衣串《ぐし》を入れて籠状《かごじよう》にしてあるのであろう、形のよい膨らみをもっている。

「馬を射殺《いころ》せ」

「やめよ。殿の御愛馬だ」

「曲者を逃がせば、われらは切腹だぞ」

馬廻衆の間で怒声が飛び交ったとき、銃声が一発、轟いた。

振り向いたかれらの目に、道幅いっぱいにひろがって鉄炮をかまえる兵らの姿が映った。いまの一発は、空へ向かって放たれたもので、馬廻衆への警告であった。

事前に玉込めを終えている鉄炮足軽二十名が、威力を発揮するときである。馬廻衆は、ただちに、左右の路傍《みちばた》へ乗馬《じようめ》を寄せてゆく。

曲者と鉄炮隊との間を遮るものが失せた。母衣は、矢は禦げても、銃弾まではじき返すことはできぬ。

「射放ていっ」

号令一下《いっか》、居並ぶ銃口が轟然と火を噴いた。不発はない。

距離は五十間《けん》足らずであろう。充分な射程圏内を飛んだ弾丸のひと群れは、曲者とその周辺に集中する。

曲者の母衣へ着弾した。馬も被弾し、にわかに四肢を突っ張らせて、とまる。鞍壺から曲者が放りだされ、馬体は激しくもんどりうつ。

「やったぞ」

人馬ともに路傍に寄っていた馬廻衆は、喜び勇んで、乗馬に鞭《むち》打った。

地に倒れ伏している曲者のもとへ、真っ先に馳せつけた者は、しかし、次の瞬間、悲鳴をあげて落馬した。突然、はねるようにして起きあがった曲者が、腰間《ようかん》から鞘走らせてきた一刀を、躱《かわ》すことができなかったのである。

曲者は、母衣を背から落とした。母衣を貫通したとみえた銃弾は、分厚い竹束《たけたば》で作られた母衣串に食い込んでいた。

ふたたび馬上の人となった曲者は、こんどは頭を低くし、脇目も振らず、一散に逃げてゆく。

「追え」

「逃がすな」

馬廻衆も、あわてて、馬を責める。

まだ市街地の広くない江戸は、武蔵野の原野がすぐそこに見えている。曲者は、渺々たる冬枯れの原へと走り入った。

曲者と馬廻衆の差が広がりはじめる。身軽な者と、具足を着用する者とでは、馬への負担が違う。

曲者は、そこを初めからめざしていたのか、雑木林へ達すると、下馬して、松の木の根元に膝をつき、無数に落ちている枯葉を手で払いのけた。隠されていた弓矢が現れる。

さらに、土の中から頭を出している小さな鉄籠《てつかご》を掘り出す。中には、籠《こ》もり火《び》といって、長く消えずにいる火をおさめてある。忍具《にんぐ》のひとつであった。

矢も、矢柄《やがら》のところに、火薬を詰め込んだ円筒がくくりつけてある。大国火矢《おおくにびや》という火器だ。円筒から出ている紙縒《こより》に火をつけてから、曲者は矢を弓につがえた。

馬廻衆がこちらへ向かってくる。その後方には、新手《あらて》の追手《おって》たちの姿も見えた。

大国火矢が放たれるや、十間ばかり飛んだところで円筒が火を噴いた。瞬間、恐ろしいほどの勢いがついて、大国火矢は音立てて煙の尾を曳《ひ》きながら、馬廻衆めがけてゆく。

馬前の地面へ突き刺さった大国火矢は、小さな爆発を起こした。次いで、そこで、ぱっと火が燃え立った。かと見るまに、火はたちまち、しゅっ、しゅっと音を立て、一筋の線となって南北へ延び始める。曲者があらかじめ火薬と油を撒《ま》いておいたのである。

空っ風が、瞬く間に、火を煽《あお》って大きくした。馬たちが尻込みする。

曲者は、頭巾をとった。唐沢玄蕃である。

(家康を殺《や》った)

その昂揚感に、いつもは冷たい白面が、上気している。

胴衣も裁着袴も手早く脱いで、それらの端を鞍に結びつけると、玄蕃は馬の尻へ浅く斬りつけた。

おどろいた馬は、ひと声、高く嘶《いなな》いてから、南へ向かって狂ったように駈けだした。鞍上《あんじょう》に、白い衣がたなびく。

「あそこだ」

「逃がすな」

炎と煙の向こうで、馬廻衆がわめいた。

くすんで色彩の乏《とぼ》しい枯野《かれの》の中で、白一色は目立つ。だから、いま馬の鞍上で白いものが動けば、それだけで、かれらは曲者と思い込んでしまうのである。

馬廻衆も、乗馬の鼻面《はなづら》を南へ向け、土を蹴立てて追った。後続の追手も、これに倣《なら》う。

　玄蕃は、雑木林の奥へ進んで、隠しておいた着替えの衣を身につけた。行商人《ぎょうしょうにん》の装《なり》である。

　家康暗殺という凶変の起こった市中の往来では、しかし、玄蕃の逃げたあと、誰もが目を剝く意外の出来事が起こっていた。

　近習たちが躍起になって家康の具足を解き、その躰を抱えて、角屋敷へ運び入れようとしたときのこと。前軍《ぜんぐん》から馬を飛ばしてきた者が、声を荒らげたのである。

「無用」

　服部半蔵であった。

「何を言う」

「血迷《ちま》よわれたか、半蔵どの」

　近習たちが気色ばんでも対手《あいて》にせず、下馬した半蔵は、白目を剝いて痙攣《けいれん》している主君に向かって、

「不覚者めが」

　吐き捨てるなり、抜刀して、家康の心の臓へ切っ先を突き入れた。とどめである。

　徳川武士たちのおどろくまいことか。

「乱心者じゃ」

「服部半蔵が狂うた」

「討ち取れ」

味方同士の斬り合いが始まりかけた。

しかし、半蔵ひとり、落ちついて、周囲を睨み渡し、真相を明かす一言を告げた。

「影武者《かげむしゃ》だ」

半蔵がそう言うのなら、間違いない。家康の影武者をつとめるのは、半蔵配下の伊賀者であることだけは皆が知っている。戦陣においては、半蔵みずから影武者となることもめずらしくない。

「殿は早《はや》、ご入城あそばした」

家康は前軍のどこかにいたのである。すべては半蔵の差配《さはい》であった。

事切れた家康の影武者を、冷やかに一瞥《いちべつ》してから、何事もなかったかのように鞍上へ戻った半蔵のもとへ、配下たちが馳せつける。

半蔵は、影武者の遺骸の処置を命じた。

「魚の餌にでもせよ」

九

当時、伊賀・甲賀組の住居は、半蔵の屋敷のある一ッ木《ひとつぎ》村を中心に、今井《いまい》村・原《はら》宿《じゅく》村・渋谷《しぶや》村あたりまで散在していた。のちの赤坂《あかさか》とその周辺地域は、かれらが開発したといってよい。

一ッ木は、人継《ひとつぎ》の意で、鎌倉・小田原・大山《おおやま》と結ぶ交通の要衝であったともいわれる。が、言うまでもなく、後年の幕府時代に比《ひ》せば、まだまだ寂しい土地であった。

家康の影武者が殺されたこの日、夜になっても風は絶えず、月下に犬の遠吠えが長々とつづく。

半蔵屋敷の奥の一間《ひとま》では、戸外の切りつけるような風音を聞きながら、三人の男が対面していた。

上座にあるじの服部半蔵、下座に並んで多羅尾四郎兵衛と湛光風車。それぞれ伊賀組、甲賀組、鎌切組という、いわば徳川の影の軍団の首領である。ただ、四郎兵衛ら甲賀組は、いまのところ半蔵の下命によって働く身であった。

「湛光風車。そのほう、何をしていた」

と半蔵が訊いた。

「何をすることがある、石見守《いわみのかみ》どのがついておられるというに」

石見守は半蔵の官名だが、湛光風車は鼻で嗤いながら言った。

市中で家康の影武者が暗殺されたとき、江戸検断組はどこで何をしていたのかというのが、半蔵の糾問《きゅうもん》である。江戸検断組は、その出《い》で立《た》ちから鎌切組と俗称される。

「いい気になるな」

氷のような目で、半蔵は湛光風車を見た。

湛光風車も睨み返す。

「忘れたか、半蔵。おれは、汝《うぬ》の配下ではないわ。家康公より直々《じきじき》に、江戸検断組のかしらに任じられたのだ」

隻眼《せきがん》に勝ち誇った色が浮かぶ。

だが、半蔵は無表情である。

「大坂へでも行ったらどうだ、湛光風車」

「ほう……。行ってもよいのか」

「そのほうのためだ」

「やめておく。江戸は居心地がよい」

この両人のやりとりを眺めながら、ひとり四郎兵衛は、これまで幾度か心に湧かせたことのある疑問を、また蘇らせた。

（家康はなぜ、湛光風車のような危うい男の好きにさせているのか……）

家康は、北条氏滅亡の直後から、北条氏の旧臣に救いの手を差し伸べている。山中城で壮烈な討死を遂げた老将間宮豊前守の遺児と、その一族を御家人《ごけにん》に取り立てたのをはじめ、徳川氏が召し抱えた北条侍は数多い。四代古河公方足利晴氏の弟の子、新田義貞《にったよしさだ》の後胤《こういん》、太田道灌の末裔《まつえい》など、没落の名家にも采地《さいち》を給《きゅう》した。これらは、言うまでもなく、大量に発生した北条牢人による暴動の勃発を未然に防ぐのと、関東の事情に精通した者らに領国経営の一端を担わせるためであり、家康ならずとも、新領主として当然の施策というべきであろう。

むろん、すべての北条旧臣を抱えるわけにはいかないから、一方で、家康憎し、あるいは自暴自棄という北条牢人も少なくなく、かれらが江戸やその周辺で暴れるのは、日常的な出来事であった。このていどのことも、いくさによって領主が交代した国ならば、施政の当初に必ず見られる光景といわねばなるまい。

問題は、それらの取り締まりに、あまりに情け容赦のないことである。取り締まりの実行部隊の鎌切組は、牢人とみれば、北条の旧臣であろうとなかろうと、有無を言わせず、片端から討ち果たす。暴動の芽を摘むには、あるていど必要なことやもしれぬが、鎌切組の暴走は目にあまる。腹をへらした孤児《みなしご》がにぎり飯ひとつ盗んだだけで斬り殺したり、市中を闊歩《かっぽ》して町方《まちかた》より当たり前のように金品《きんぴん》をせびってもいる。湛光風車率いる鎌切組は、言うなれば合法的な強盗殺人集団であった。

これが反感を買わぬはずはなく、ちかごろは、鎌切組の存在をゆるす家康に対しても、怨嗟《えんさ》の声があがり始めている。にもかかわらず、湛光風車には上から何のお咎めもない。

(家康ほどの人物が……)

と時に不審を抱くことがあった四郎兵衛なのである。ただ、湛光風車が何をしようと関わりないことなので、これまではどうでもよかった。

しかしいま、四郎兵衛の目には、鬼の半蔵ですら、湛光風車に対して、どこか釈然としない態度をとっているように見える。

(もしや……)

湛光風車は何か家康の重大な秘密をつかんでいて、それを切り札としてちらつかせることで、格別の立場を得ているのではないか。むろん半蔵も、その切り札の存在を知っているため、湛光風車を除きたくても手が出せない。

（とすれば、面白い）

どんな切り札かいまは知る由もないが、湛光風車との談合によっては、半蔵の上に立つことができるやもしれぬ。

はじめて、そんな想像を働かせて、四郎兵衛が内心ほくそ笑みかけたとき、半蔵が思いもよらぬことを口にした。

「湛光風車。そのほう、あれがまことに影武者であったと思うているのか」

言われた湛光風車はもちろん、四郎兵衛もぎくりとする。

両人は、半蔵の顔を食い入るように凝視した。が、天下に名だたる伊賀者の総帥の心を読みとることなど、できるものではない。

ただ四郎兵衛は、半蔵の口ぶりから、家康が死ねば湛光風車の切り札も役に立たぬということを、言外に匂わせたような気がした。

しばしの不穏の沈黙のあと、ふっ、と湛光風車が嗤った。

「鬼の半蔵が戯《ざ》れ言《ごと》好きとは知らなんだわ」

半蔵は、それにはこたえず、四郎兵衛へ視線を向けた。

「四郎兵衛。そのほう、下総へ行ったな」

「なんのことだ」

四郎兵衛はとぼけてみせるが、半蔵は事実を知っていた。

「古河にはさわるな。鴻巣御所にもだ」

「ふん。どのみち、いずれ徳川と豊臣は戦うのであろう」

「そのほうが予断すべきことではない」

「そのへんの百姓のがきでも知っていることではないか」

「寝た子を起こすつもりか」

「誰のことだ」

「風間小太郎よ」

横から口を挿《はさ》んだ湛光風車であったが、じろりと半蔵から睨まれ、そっぽを向く。

「小太郎は判らぬ男だ」

と半蔵は話をつづけた。

「太閤とつながっているのはたしかだが、にもかかわらず、どうやらおのれの意に叶わぬことはやらぬ。その矜持《きようじ》の高さが、なぜか人を惹きつけるらしい。佐竹義重、小笠原貞慶、天徳寺了伯《てんとくじりようはく》らは小太郎を召し抱えたいと思うておる。越後の上杉景勝までもな」

天徳寺了伯というのは、俗名を佐野房綱《さのふさつな》といい、かつて下野佐野の唐沢山《からさわやま》城にあって、上杉謙信に抗戦し、剣の達人としても、その名を関東に鳴り響かせた勇将である。この朝鮮役《えき》に際し、秀吉の側近富田知信《とみたとものぶ》の子信吉《のぶよし》を養嗣子に迎え、いまは隠居して唐沢山城内の一郭《いっかく》に住む。

この了伯に限らず、小太郎に好感をもつ武人たちに共通するのは、その心情のありようだ。利では動かず、義によって戦旗《せんき》を揚げる男たちであった。

「小太郎がわれからすすんで、徳川と闘う気になったときを思え。これらの武将は、太閤の思惑とは別のところで、小太郎への助力を惜しむまい」

「服部半蔵ほどの者が、忍びの若造ひとりを恐れるか」

この嘲《あざけ》りもまた、湛光風車のものである。

「そのほうが小太郎を侮《あなど》るとはな……」

半蔵は嘲り返した。

「風魔衆二百名のうち、小太郎のもとにとどまった七十名は、秀《ひい》でた者ばかりと聞いておる」

「なに」

湛光風車は気色ばんだ。自分に従って徳川へ寝返った百三十名は、屑《くず》ばかりと言われたようなものではないか。だが、反駁《はんばく》はしがたい。屑だからこそ、北条百年の忍びであった誇りを捨て去り、湛光風車に命ぜられるまま、嬉々《きき》として悪事をなすのである。

「両人とも、殿のご在国中は、この半蔵の癇《かん》に障ることはいたすな」

「おれは汝の配下ではないと言ったはずだ」

と湛光風車は隻眼をぎらつかせ、四郎兵衛も返辞をせぬ。

このあたりは、ふたりとも乱世人《らんせびと》とでも評すべきか。半蔵も忍び、われも忍び。立場を逆転させうる機会など、この先いくらでも訪れると思っている。

ただ、服部半蔵は恐ろしい男だ。それだけは、湛光風車も四郎兵衛も肝に銘じていた。

十

半蔵屋敷を辞して、夜の往還《おうかん》へ出た湛光風車には二十名、多羅尾四郎兵衛には十名の配下が供をしている。

火明かりはない。

月明かりだけで障りなく歩けるのは、忍び衆ならではの能力だが、灯火を持たぬのは、飛び道具の標的となるのを避けるためである。別して、湛光風車のように、大勢の人間の恨みをかう身であれば、なおさらであった。

昨夜も、鎌切組の者が五名、殺された。犯人はどこの誰とも知れぬ。

「白装束の忍びが影武者を討った手並み、見事であったそうよな」

四郎兵衛が湛光風車に語りかけた声は割れる。依然として風が強い。

「所詮《しょせん》、しくじったのだ。見事とはいえぬわ」

湛光風車は、何者とも知れぬ暗殺者をこばかにした。

「なれど、半蔵の申したように、もしあれが影武者でなかったとすれば……」

「半蔵は自分が格別の者であるとひけらかしたいだけよ。われこそ家康公の側近第一であるとな」

そう言いながら、実は湛光風車も疑いを拭いきれていなかった。ほんとうに家康その人が殺されたのではないか。

徳川には、半蔵のような冷酷な切れ者もいれば、性根《しょうね》の据わった苦労人の家臣も多くいる。とくに、三河以来の譜代衆の結束力の強さは比類ない。万一、本物の家康が暗殺されたとしても、何食わぬ顔で影武者を仕立て、後嗣《こうし》の秀忠の成長まで事実を隠し通すぐらいのことはやってのけるであろう。なんといっても、家康は秀吉の次の天下人と目されているのだから。

しかし、事実を隠し通すことはできたとしても、影武者が本物の家康になれるわけではない。家康の器量あればこそ、徳川氏は巨大なのである。朝鮮出兵の暴挙や、わが子への溺愛《できあい》といったちかごろの秀吉を見れば、きわめて近い将来の豊臣政権崩壊は既定の事実といってよいが、さりとて、もし家康がすでに存在しないのなら、徳川も傾く。となれば、乱世の様相は、それこそ織田信長登場以前のそれに逆戻りするであろう。

そこまで至れば、家康の秘事など屁の突っ張りにもならぬ。

家康は、秀吉と北条氏の対立の深まる中、命懸けで和睦《わぼく》に奔走する清々《すがすが》しき武将であった。それゆえ、北条氏滅亡後も、旧北条領の人々はおおむね家康に好意的である。かれらがもし、甲斐山中における家康爆殺未遂事件も、秀吉の北条征伐のきっかけとなった名胡桃城事件も、早々に北条氏を滅ぼして関東を手に入れたかった家康自身の謀《はかりごと》であったと知れば、どういうことになるか。旧北条武士とその領民は、家康にまんまと騙《だま》されたのである。むろん、秀吉も。

両事件の実行者である湛光風車こそ、真相を知る者であった。実行の際にその手足となった配下たちですら、湛光風車が実は家康の密命をうけていたとは、いまだに思いもよらぬ。あの時点で、家康と湛光風車がつながっていたことを知る者は、徳川の中でも謀臣《ぼうしん》本多正信と半蔵しかいなかった。そして、湛光風車と接触をもったのが半蔵である。

両事件の真相を一度だけ明かしたことのある湛光風車だが、明かした対手《あいて》はその場で殺した。風間峨妙である。

（討たれたのは影武者でないやもしれぬなどと、なにゆえ半蔵は言いおったのか。おれを惑《まど》わすためか……）

とすれば、成功であろう。いままさに、湛光風車は惑わされている。

（太閤に寝返るか……）

大坂へでも行け、と半蔵も皮肉まじりに言ったが、実際にはできぬ相談であろう。次に日本国内で大いくさが起こるとすれば、豊臣対徳川が衆目の一致するところだ。そんなときに、湛光風車たちのような忍び衆が、家康から秀吉に鞍替えしようとすれば、猜疑《さいぎ》されるにきまっている。家康の謀略の先兵に違いない、と。

徳川氏の中で、このまま家康の秘事という危うい綱を渡りつづけるのも、面白いといえば面白い。暗い愉悦をおぼえるのだ。だが、半蔵の存在を近くに感じなければならぬのは、鬱陶《うっとう》しい。やがては寝首を掻かれるやもしれぬ。

（そうよ、家康がまことに殺されていて、その証拠をつかんで大坂へ奔《はし》れば、太閤は必ずおれを召し抱える）

なかば妄想じみた考えをふくらませた湛光風車であったが、四郎兵衛に何か言われて、われに返った。

「何と言った」

湛光風車は訊き返す。

「組まぬかと申したのだ」

両人は足をとめた。いつしか、周辺に蘆原の広がる岐《わか》れ道にきていた。風の吹きつける蘆原は騒々《そうぞう》しい。

このあたりは、台地に挟まれた汐入《しおい》りの低湿地で、日比谷入江に注ぐ川も流れている。岐れ道を、右へ往けば甲賀組の屋敷、左へ進めば鎌切組のそれへと向かう。

「おれと組んで、半蔵を追い落とすとでもいうのか」

「察しが早い」

「悪いが、多羅尾四郎兵衛よ。おぬしは信用ならぬ」

「信用ならぬは、おたがいさまであろう」

「似た者同士などと言うなよ」

「おぬしもおれも半蔵を悪《にく》み、悪まれている。似た者同士……」

語尾を口から出す前に危険を察知した四郎兵衛は、差料に手をかけ身構えた。湛光風車も同様である。

蘆原に伏勢《ふせぜい》がいる。

この風の中では気配を感じ取るのは難しかったとはいえ、

「抜かったな、おぬしもおれも」

舌打ちを洩らす湛光風車であった。

「おのれ、半蔵」

四郎兵衛は、早くもきめつけて、怒りを湧かせた。

伏勢が立ち上がった。その数は三十名ほどであろう、包囲の輪をつくっている。

両人の配下たちは、ほとんど一斉に抜刀し、こちらも円陣をつくって、包囲陣に対した。その円に、両首領は守られるかっこうとなった。

包囲陣の中から、ひとり、進み出てきた。悠然たる足取りである。

その巨影の持ち主が誰であるか、顔を見るまでもない。湛光風車も四郎兵衛も、あっとおどろきの声をあげた。

甲賀者がひとり、血気《けっき》にまかせて、斬りつけた。が、その切っ先が届く前に、対手から長大な腕が振りだされた。ぐしゃっという、胸の悪くなりそうな音がして、その甲賀者は膝から崩れ落ちた。顔面への拳《こぶし》の一撃で即死せしめられたのである。

この場にいる四郎兵衛の配下たちは、小太郎を見るのは初めてであった。想像を超える大巨人ではないか。そのうえ、素手でかくもたやすく人を殺せる。名《な》にし負《お》う甲賀衆が、足を竦《すく》ませた。

「小太郎。汝が江戸でおれたちに闘いを挑むのは、太閤にその覚悟があるということであろうな」

湛光風車が念押しするように言った。

家康の居城地の江戸へ、豊臣方の忍びである風魔衆が乗り込み、徳川方の忍び軍団と闘うのは、家康と手切れになってもよい覚悟が、秀吉にできたということではないか。湛光風車の考えでは、当然そうなる。

だが、小太郎は首をかしげている。

「太閤なんて会ったこともない。おれは多羅尾四郎兵衛に用があってやってきた」

「よもや、私事《わたくしごと》だとでも言うのではあるまいな」

「何を面倒なことを言っている。どこかへ行け」

「なんだと」

ほんとうに四郎兵衛ひとりに用があるというのか。

「湛光風車。あんたとも、いつか結着をつけなきゃならないが、今夜はそのつもりはない」

「配下の大半がおれについたのが、それほど口惜しいか」

鼻で嗤った湛光風車だが、小太郎は口惜しそうな表情ではない。

「どう生きるかは、ひとりひとりが決めることだ」

「負け惜しみを言うことよ」

「あんたは……」

と小太郎が、ひと呼吸おいた。

「親父どのを殺した」

これには湛光風車も蒼ざめる。

（こやつ、峨妙殺しがおれの仕業と知っていたのか……）

結着とは敵討ちのことだ、とようやく湛光風車にも判った。

「おかしら。小太郎の申したこと、まことにござるか」

供のひとりが、湛光風車へ詰め寄った。もと風魔衆の風無丹兵衛である。

丹兵衛は、峨妙が風魔衆の頭領であったころ、忍び働きのさいには峨妙その人に随行することが多かった。

丹兵衛のほかにも十名余りが、湛光風車を振り返った。かれらも、もと風魔衆である。残りの者は、小田原陣以前から湛光風車に従ってきた者たちだ。

「小太郎の虚言《きよげん》よ。峨妙を殺したのは、真田の忍びだ」

もと風魔衆の疑惑の眼差しに、そうこたえてから、湛光風車は怒声をはりあげた。

「こやつ、われらを仲間割れさせせんとの存念だ。惑わされるな。屋敷まで走るぞ」

それ、と湛光風車は配下たちの背中を強く押しやった。

これがきっかけで、風魔衆対鎌切組・甲賀組の夜戦が始まった。

乱軍の中、小太郎は、四郎兵衛の往く手を塞いだ。小太郎の傍らには、若い配下が寄り添っている。

「あんたに用があると言ったはずだ」

「小田原陣で、おぬしが半蔵に捕らえられたのは、おれのせいではないわ」

そのことで小太郎は自分を恨みつづけている、と四郎兵衛は勝手に思い込んだ。だが、小太郎の口からは、すぐには判りかねる一件が吐きだされた。

「下総で女を斬ったな」

「なに……」

何を小太郎は言っているのか。

「小笠原貞慶どのを襲うて逃げるとき、あんたは村の女を殺した」

それでも戸惑う四郎兵衛であった。そんなことがあったろうか。

「戯《たわむ》れに斬ったのだな」

めずらしく、異相に怒気が盈《み》ちた。

「仙八郎《せんぱちろう》。敵を討て」

若い配下に、小太郎は声をかけた。

「はい」

風戸《かざと》仙八郎は、四郎兵衛へ剣尖《けんせん》を向ける。

「敵だと……」

女を斬ったことは思い出したが、敵討ちというのが解《げ》せぬ四郎兵衛であった。どこにでもいる百姓の女であったはず。

「みよは言い交わした女だ」

叫びざま、仙八郎が斬り込んだ。

（ばかな……）

躱しながら、四郎兵衛は信じられぬ思いであった。

配下の若者と夫婦《めおと》の約束をした女が殺された。だから、その若者に敵討ちをさせてやるという、たったそれだけのことで、小太郎は危険を承知で江戸まで出てきた。そういうことなのか。理性でも感情でも、四郎兵衛には不可解としかいいようがない。

(小太郎は判らぬ男)

いみじくも半蔵が言ったが、まさしくそれであった。

仙八郎と斬り結びながら、四郎兵衛は目の隅に小太郎の姿を捉えている。その巨体が動くたび、甲賀組と鎌切組の絶叫が迸《ほとばし》った。湛光風車ほどの男も、死に物狂いで小太郎から逃げようとしている。

寒風が一段と烈《はげ》しくなり、四郎兵衛の膚を突き刺す。小太郎こそ、風魔である。

(恐ろしい)

忍びに生まれて、これほどの恐怖を味わうのは初めてのことであった。

「わあああっ」

四郎兵衛は、狂ったようにおめいて、闇雲に剣を振り回した。自分の配下を傷つけようと、おかまいなしである。

冴えた月が、地上の修羅を照らして、凄愴《せいそう》の気を放っていた。

(中巻につづく)

解　説——既存の歴史小説の主人公とは似ても似つかぬ自然児のヒーロー

作家　諸《もろ》田《た》玲《れい》子《こ》

——肉体が精神を生むのか、精神が肉体を作るのか。

向田邦子さんのエッセイを再読していたら、偶然こんな一文に出くわした。ハムレットが北《きた》の湖《うみ》の肉体を持っていたら悲劇は起こらなかっただろう、恋人のオフェリアと結婚して幸せな生涯を送ったに違いない……とエッセイはつづくのだが、私は読んだとたん、小太郎《こたろう》を思った。

小太郎は、名前とは裏腹に「とてつもない巨人」である。身の丈七尺は二メートルを優に超える。十七、八世紀の江戸庶民の平均身長は、男子がおよそ一メートル五十七センチ、女子が一メートル四十五センチ余りだったと言われている。五代将軍綱吉《つなよし》に至っては一メートル三十センチにも満たなかったという説もあるくらいで、となれば、小太郎の時代に七尺がどれほど驚異的な背丈であったかは推して知るべし。それだけでもう、小太郎は「化け物」なのである。

大男、私は大好きだ。見た目のおおらかさに安心感を呼び覚まされるのか、産む性である女の自衛本能をくすぐられるのか、寄らば大樹の陰、である。けれど私の浅《せん》狭《きょう》な経験によれば、当世の大男は思いの外、軟弱だった。期待が大きいせいもあるのだろうが、見かけによらず小心だったり短気だったり……。おおらか、というのは諸《もろ》刃《は》の剣《つるぎ》で、万人に受けがよいかわり、とんでもない浮気者もいた。

その点、我が小太郎は違う。軟弱でないのは当然として、小心でも短気でも浮気者でもない。陽に焼けて逞《たくま》しく、ウドの大木どころか敏捷《びんしょう》で、腕力も並外れている。「驚くべき異相」は「南蛮人と見紛《みまご》う」ばかり。大男、総身に知恵がまわりかね……という格言に反して「つむりも切れる」。

もちろん女性にはやさしい。古河公方《こがくぼう》家へ嫁いだ氏姫《うじひめ》にひたすら忠誠を尽くす。女忍びの笹箒《ささばき》を命がけで守り通す。小太郎のように気はやさしくて力持ちから愛されるとは、なんという果報者だろう。女性ならだれもが氏姫や笹箒になりたいと思うに違いない。

小太郎の美質はまだある。

宿敵の玄蕃《げんば》が、小太郎を「おかしなやつ」だと笑う場面がある。「忍びが人の道を説く」のがおかしいという。

小太郎は偉そうに道を説いたのではない。小太郎の心には、生まれながらにして信義や仁愛の精神が宿っている。風魔《ふうま》党の頭領の倅《せがれ》であるからには殺し合いが宿命だが、その非情さ罪深さを決して忘れてはいない。

「親父どのもおれも、人を殺すからには、殺されるのも覚悟のうえだ」

小太郎は言う。そしてまた、こうも言う。

「おれは、刀が千振《ふり》でも万振でも、人ひとりのほうがいい」

死と対峙しながら常に平静である。恩義に篤《あつ》く、人情をわきまえている。小太郎こそ武の道（江戸時代以降、武士道と呼ばれて尊ばれた精神）を体現しているのではないか。これは私の勝手な想像だけれど、著者は皮肉や諧謔《かいぎゃく》を込めて、あえて「武士より武士らしい」忍びを造形したのではないか。戦国から江戸初期にかけては名武将や剣聖が輩出した。信長《のぶなが》や秀吉《ひでよし》、家康《いえやす》をはじめ、宮本武蔵《みやもとむさし》のような剣豪も数知れない。彼らは何の為に戦ったのか。天下布武《てんかふぶ》だの戦国の世を終わらせる為だのと言いながら、突き詰めれば私利私欲、私怨、己《おのれ》の名声や子孫繁栄の為である。何の為に戦うかわからずに、悩みつつ殺戮《さつりく》をくり返した者もいる。それなのに、武士でも剣士でもなく、むしろ蔑《さげす》まれる立場である忍びの小太郎は、軽やかに、何のてらいもなく、武士道を全《まっと》うした。著者は小太郎を通して、歴史の表舞台の嘘や醜さを炙《あぶ》り出そうとしているようにも思える。

ともあれ、小太郎のいちばんの美徳はこの、いつ何時《なんどき》でも変わらない「軽やかで、てらいのない」人となりだろう。つまり、自然体なのだ。

世間知らずの子供のような反応——元配下が殺戮をしたと非難されたときでさえなお彼らを庇《かば》う人のよさ——に、玄蕃は（ばかか、こいつは……）とあきれる。もう一人の宿敵、神甚《こうじん》も、殺気立つ自分に対して平常心で向き合い、慢心も過信も微塵《みじん》も見せない小太郎を見て、（こいつは化け物だ……）と怖気《おぞけ》をふるう。あまりに無垢《むく》で、あまりに飄々《ひょうひょう》とした男に、敵までが一目置かざるをえない。

小太郎は、その存在自体が大自然の一部だ。太陽のように明るく、風のごとく何ものにもとらわれない。だから強い。小太郎の真の強さは、巨体や腕力以上に、自然と一体化していることによる。龍姫《たつひめ》（のちの氏姫）にせがまれて風穴を見に行く冒頭の場面がそれを象徴している。既存の歴史小説の主人公とは似ても似つかぬ自然児に、読者は初《しょ》っぱなから心を奪われ、ぐいぐい引き込まれてしまう。

こんなにもスケールの大きなヒーローの産みの親とは、一体どのような人物か、読者は興味津々だと思う。

私は著者の宮本昌孝《みやもとまさたか》さんに何度かお会いしたことがある。宮本さんは小太郎のような大男ではない。が、すらりと背が高く、細面の美男で、礼儀正しくセンスもよい。こういう非の打ち所のない男性はえてしてとっつきにくいものだが、宮本さんには何とも言えない温かさがある。とりわけ目がやさしい。爽やかな風を想わせるところも、それでいて他人に迎合しない意志の強さを感じさせるところも、そう、小太郎に似ている。

名は体《たい》を表わす、は眉唾《まゆつば》だが、文は人なり、は当たっていると思う。宮本さんの小説は、本書にかぎらず、いずれも読後感がよい。重厚でしかも緻密でありながら、突き抜けるような明るさがある。これは宮本さんご自身の持つ美徳で、余人には決して真似できないものだろう。私はそこが好きだ。

本書も、気宇壮大《きうそうだい》にして重厚緻密な裏面史である。小太郎に惚れ込むあまり他の登場人物について書く余地がなくなってしまったが、有名無名の脇役が次々に現れ、読者を楽しませてくれる。秀吉、家康、服部半蔵《はっとりはんぞう》、柳生又右衛門《やぎゆうまたえもん》、江戸初期の三甚内《じんない》……この三者三様の甚内がまた個性豊かで読者を唸《うな》らせる。ページを繰る手が止まらない。

興を削《そ》いではいけないのでこれ以上は書けないが、ぜひとも最後までノンストップで読んでいただきたい。そうすれば本を閉じるとき、小太郎と出会えた幸運を――旅の道連れになれた幸せを――必ずや感謝したくなるはずである。

この先、どんな冒険が待っているのか。

小太郎と新たな旅に出かける日を、私は心待ちにしている。

（本書は、平成十八年三月に小社から
四六判上下巻で刊行されたものです）

祥伝社文庫

風魔《ふうま》 (上)

平成21年 9月 5日 初版第1刷発行
令和 2年 6月10日 第11刷発行

著 者 宮本昌孝《みやもとまさたか》
発行者 辻 浩明
発行所 祥伝社《しょうでんしゃ》
東京都千代田区神田神保町3-3
〒101-8701
電話 03 (3265) 2081 (販売部)
電話 03 (3265) 2080 (編集部)
電話 03 (3265) 3622 (業務部)
www.shodensha.co.jp
印刷所 堀内印刷
製本所 ナショナル製本

Printed in Japan ©2009, Masataka Miyamoto ISBN978-4-396-33528-1 C0193